La Marche des nuages

DE LA MÊME AUTEURE

La Marche des nuages, L'insoumis, tome 1, roman, Montréal, Hurtubise, 2015.

Jean Talon, intendant en Nouvelle-France, roman, Montréal, Éditions de l'Isatis, 2014.

Rires d'Halloween, nouvelle, Gatineau, Vents d'Ouest, 2013.

Le mystère de la mare aux crapauds, roman, Gatineau, Vents d'Ouest, 2013.

La nuit des cent pas, roman, Montréal, Hurtubise, 2009.

La fille du bourreau, roman, Montréal, Hurtubise, 2008.

Chut! Ne dis rien!, album, Montréal, ERPI, 2007.

Nuit blanche à la cabane à sucre, roman, Laval, HRW, 2007.

Lettre à Salomé, roman, Montréal, Boréal, 2007.

Le cadeau du vent, roman, Montréal, Éditions du Phœnix, 2006.

Le secret du château de la Bourdaisière, roman, Montréal, Pierre Tisseyre, 2005.

Le petit carnet rouge, roman, Montréal, Hurtubise, 2005.

Trente minutes de courage, roman, Montréal, Hurtubise, 2004.

Pour un panier de pêches, roman, Montréal, Pierre Tisseyre, 2004.

Vaco, le Moche, roman, Montréal, Pierre Tisseyre, 2003.

Les temps fourbes, roman, Montréal, Pierre Tisseyre, 2003.

Au château de Sam Lord, roman, Montréal, Hurtubise, 2003.

Le choc des rêves, roman, Montréal, Pierre Tisseyre, 2002.

Sur les traces des Caméléons, roman, Gatineau, Vents d'Ouest, 2002.

Les mirages de l'aube, roman, Montréal, Pierre Tisseyre, 2001.

La dernière nuit de l'Empress of Ireland, roman, Montréal, Pierre Tisseyre, 2001.

Le secret de Marie-Victoire, roman, Montréal, Hurtubise, 2001.

Le huard au bec brisé, roman, Montréal, Pierre Tisseyre, 2000.

Le vol des chimères, roman, Montréal, Pierre Tisseyre, 2000.

La peur au cœur, roman, Montréal, Boréal, 2000.

L'orpheline de la maison Chevalier, roman, Montréal, Hurtubise, 1999.

Le moussaillon de la Grande Hermine, roman, Montréal, Hurtubise, 1998.

Les caprices du vent, roman, Montréal, Pierre Tisseyre, 1998.

Le secret du bois des Érables, roman, Laval, HRW, 1998.

Josée Ouimet

La Marche des nuages

tome 2

L'infidèle

Roman historique

Hurtubise

Catalogage avant publication de Bibliothèque et Archives nationales du Québec et Bibliothèque et Archives Canada

Ouimet, Josée, 1954-

    La marche des nuages : roman historique

    Sommaire : t. 2. L'infidèle.

    ISBN 978-2-89723-841-4 (vol. 2)

    1. Huot, Damase – Romans, nouvelles, etc. I. Ouimet, Josée, 1954- . Infidèle. II. Titre.

    PS8579.U444M37 2015   C843'.54   C2015-941134-3
PS9579.U444M37 2015

Les Éditions Hurtubise bénéficient du soutien financier du gouvernement du Québec par l'entremise du programme de crédit d'impôt pour l'édition de livres et de la Société de développement des entreprises culturelles du Québec (SODEC). L'éditeur remercie également le Conseil des arts du Canada de l'aide accordée à son programme de publication.

Financé par le gouvernement du Canada | Canadä

Conception graphique : René St-Amand
Illustration de la couverture : Luc Normandin
Maquette intérieure et mise en pages : Andréa Joseph [pagexpress@videotron.ca]

Copyright © 2016, Éditions Hurtubise inc.

ISBN 978-2-89723-841-4 (version imprimée)
ISBN 978-2-89723-842-1 (version numérique PDF)
ISBN 978-2-89723-843-8 (version numérique ePub)

Dépôt légal : 4e trimestre 2016
Bibliothèque et Archives nationales du Québec
Bibliothèque et Archives Canada

Diffusion-distribution au Canada :   Diffusion-distribution en Europe :
Distribution HMH   Librairie du Québec/DNM
1815, avenue De Lorimier   30, rue Gay-Lussac
Montréal (Qc) H2K 3W6   75005 Paris FRANCE
www.distributionhmh.com   www.librairieduquebec.fr

Imprimé au Canada
www.editionshurtubise.com

*L'avenir n'est jamais que du présent à mettre en ordre.
Tu n'as pas à le prévoir, mais à le permettre.*

Antoine de Saint-Exupéry

Chapitre 1

Le chemin inverse

Alors qu'il traversait le Maine et le Vermont, Damase prit conscience des changements importants survenus depuis la fin de la Grande Guerre. Les agglomérations urbaines poussaient à grande vitesse. Plusieurs hectares de forêt avaient été abattus pour faire place à des villes et des villages. Cette expansion prouvait, à n'en pas douter, à quel point l'économie des États-Unis croissait. Damase ressentait de la fierté à l'idée d'avoir contribué à cette fulgurante prospérité pendant quelques mois, grâce à son travail au camp de bûcherons.

Une fois la frontière canadienne franchie, l'ancien déserteur eut la nette impression d'arriver dans un autre monde. Ici, pas de barrières de montagnes ou de collines comme en Nouvelle-Angleterre. Que de vastes étendues. Les fermes s'étalaient au loin, parsemées ici et là d'habitations ou de bâtiments souvent dans un état lamentable. Rien de comparable avec les riches maisons bourgeoises qu'il venait de laisser derrière lui.

«C'est normal, y a plus de jeunes hommes pour entretenir et cultiver les terres!», songea-t-il.

Damase imagina la mer où il aimait aller flâner et se surprit à la regretter déjà. «Je vais y retourner très bientôt», se convainquit-il. Le visage de Flore Auger envahit son esprit que le roulis continu du train engourdissait.

— J'ai hâte qu'on se marie…, soupira-t-il, un sourire étirant ses lèvres auréolées d'une barbe naissante.

Bien qu'il ait pris la décision de se rendre au chevet de son oncle Cléomène le plus rapidement possible, il s'en voulait de ne pas avoir acquiescé à la demande de sa fiancée qui avait voulu l'accompagner. «Elle aurait très bien pu aller voir sa sœur au couvent des religieuses de la Présentation de Marie à Saint-Hyacinthe», se disait-il maintenant. Damase secoua la tête, autant pour se soustraire à la somnolence qui le gagnait que pour effacer l'expression déçue de celle qui était restée aux États-Unis. Malgré cela, l'appréhension qui le tourmentait depuis l'annonce de la maladie de Cléomène ne le quittait pas. Damase craignait d'arriver trop tard.

Il mit la main au fond de sa poche où se trouvait la lettre qui lui avait été remise la semaine précédente, après un délai de plusieurs mois. L'angoisse l'oppressait.

— Mon Dieu, faites qu'il soit encore en vie! pria-t-il à voix haute.

Voulant à tout prix se changer les idées, il concentra son attention sur le paysage qui défilait derrière les vitres du train.

En ce beau début de mai 1919, les feuillus se couvraient d'un duvet vert tendre et dans le ciel bleu, des nuages immaculés dessinaient des arabesques laiteuses. «Dans peu de temps, y va falloir préparer la terre pour les semailles», songea-t-il. Il devrait probablement demeurer à la ferme quelques semaines. Surtout, il faudrait voir à ce que les champs soient ensemencés pour l'été. Pour ce qui était des animaux, il en discuterait avec Cléomène. Il serait peut-être préférable de les vendre.

Damase en était à échafauder plusieurs scénarios quand la locomotive s'arrêta enfin à la gare de Sainte-Hélène. Fatigué et anxieux, il quitta son siège en vitesse. Il n'en pouvait plus d'attendre. Le train venait à peine de s'immobiliser que Damase était déjà sur le quai.

Une rafale le fouetta en plein le visage. Il se souvenait du mois d'octobre précédent, ce mois funeste qui avait guidé ses pas loin d'ici. La peur de voir apparaître un policier à l'affût de déserteurs rentrant au pays le saisit un court instant. Damase balaya du regard les environs et ne vit aucun uniforme de la police du dominion. Rassuré, il releva son col et marcha vers le chemin qui longeait la gare quand une voix l'interpella:

— Tiens, tiens! Si c'est pas Damase Huot!

Il se raidit et fit demi-tour à la recherche de celui qui l'apostrophait ainsi. Il aperçut sur sa gauche un homme qui avançait vers lui en boitant, une main appuyée sur une canne grossière en bois tordu.

— Tu me reconnais pas ?
— Non, monsieur…
— Bon, monsieur, asteure ! Voyons, j'ai tant changé que ça ? C'est moi, Gérald !
— Gérald ?
— Gérald Lupien ! Le neveu de Majorique Lupien ! On était à l'école de rang ensemble !
— Oui, oui ! Gérald Lupien ! Ça fait tellement longtemps…
— Pas loin d'une quinzaine d'années, certain !
— Hum, hum…
— J'habitais chez ma vieille tante cette année-là. À l'école, on était avec mademoiselle Coderre. J'étais en cinquième…
— … et moi en deuxième, si je me souviens bien.
— Oui, en deuxième, c'est ça !
Les anciens camarades se serrèrent la main.
— T'arrives de Montréal ?
— Euh… non.
Un silence gêné s'installa, tandis qu'une calèche passant près d'eux sur la route de terre battue soulevait un nuage de poussière et de petits gravats qui, poussé par le vent, obligea les gens sur le débarcadère à baisser la tête et à fermer les yeux.
— Maudit vent ! maugréa Gérald.
Damase lorgna vers la canne sur laquelle son vis-à-vis s'appuyait toujours.
— J'ai perdu la moitié de ma jambe, expliqua celui-ci. Un obus.

— Oh!
— Pas de pitié! J'ai eu de la chance de revenir avec seulement ça en moins.
— Vu comme ça...
— Et toi? La guerre t'a pas trop magané?

Damase n'appréciait pas la tournure que prenait la conversation. Il voulait y mettre un terme. Il n'avait pas à raconter sa vie à cet homme qu'il n'avait côtoyé qu'une dizaine de mois à la petite école. D'ailleurs, il n'avait de compte à rendre à personne. Et il préférait jouer de prudence.

Le silence de Damase fit son effet.

— T'es pas allé à la guerre, toi? Hein?
— Non.
— Parce que t'étais un fils de cultivateur, j'imagine?

Damase attrapa la perche tendue.

— Oui. J'ai eu la dispense.

Gérald Lupien le fixa droit dans les yeux, renâcla et cracha par terre.

— Moi, j'ai pas pu parce que mon frère avait déjà été dispensé. T'as de la chance d'être fils unique.
— Peut-être... Bon, je dois y aller, maintenant!
— Je peux te conduire chez toi, si tu veux, j'ai ma carriole à côté. C'est vingt cents.
— Tu gagnes ta vie comme ça?
— Oui. Un petit commerce facile.

Il donna un coup de bâton sur sa jambe droite. Le bruit des deux morceaux de bois s'entrechoquant fit sursauter Damase.

— Avec ma jambe, je peux pas rester debout bien longtemps, et même si les manufactures à Saint-Hyacinthe offrent des bons salaires, j'aime mieux travailler au grand air.

— Je comprends.

— Je t'emmène?

La perspective de devoir répondre à d'autres questions ne lui disait rien qui vaille, mais la possibilité d'arriver plus vite à la ferme calma l'anxiété qui le rongeait.

— D'accord!

— Tu vas voir, j'ai une jument magnifique, et surtout très rapide. Je l'ai achetée au père Demers quand je suis rentré au pays. Elle s'appelle Coucoune…

Damase emboîta le pas à son compagnon, qui lui racontait la bonne affaire qu'il avait faite en achetant cette jument. Les deux hommes longèrent le bâtiment principal, contournèrent un tas de planches et des sacs de blé qui partiraient par le prochain train vers Drummondville pour y approvisionner les citadins.

La guerre finie, les activités commerciales avaient repris leur cours normal. Les usines ne produisaient plus de munitions ni d'engins de guerre. L'acier, que le gouvernement avait réquisitionné tout au long du conflit, servait de nouveau à la fabrication d'objets usuels ou de matériel industriel. La laine et le coton, auparavant réservés aux filatures qui fournissaient leurs uniformes aux soldats, étaient maintenant destinés à la confection de vêtements civils. La paix était revenue et, avec elle, la liberté de profiter du luxe et du confort que les dernières inventions procuraient. Pour autant qu'on avait un peu d'argent...

Arrivés près de la carriole, Gérald invita Damase à prendre place pendant qu'il détachait sa jument. Une fois installé sur le banc, Damase releva la tête et aperçut une jeune femme qui se dirigeait vers le débarcadère. Son sang ne fit qu'un tour quand il crut reconnaître Edwina Soucy. La même démarche, la même taille... Lorsqu'un petit garçon la rejoignit, Damase comprit cependant que ce ne pouvait être la fugueuse qu'il avait quittée quelques mois plus tôt. « Elle doit vivre à Montréal de toute façon... », se rappela-t-il.

Gérald Lupien claudiqua jusqu'à la carriole, déposa sa canne sous le banc recouvert de cuir noir avant d'empoigner les bords de la voiture pour se hisser d'un seul mouvement sur le siège à côté de Damase.

— T'as pas de bagages? demanda soudain l'homme.
— Je resterai pas longtemps.
— Ça veux-tu dire que tu penses quitter le pays?
— Je sais pas.
— Ah!

Gérald fit clapper sa langue en même temps que les rênes claquaient sur le dos de la jument. L'animal releva la tête, hennit en secouant sa crinière brune aux reflets chatoyants et se mit en marche.

— Es-tu assez belle, ma Coucoune?
— Ah oui, très belle!

La voiture quitta les abords de la gare et, après avoir bifurqué vers la droite, elle emprunta le chemin menant au 2ᵉ Rang.

— La semaine dernière, j'ai transporté un gars qui revenait des États, raconta Gérald, dont le bavardage était visiblement l'activité favorite. Y avait l'air pas mal en moyens ! T'aurais dû voir son paletot, pis son chapeau !

Le cocher siffla longuement en levant les yeux au ciel.

— Ça m'a tout l'air qu'y s'est enrichi ailleurs qu'icitte.

Il fit une pause, lorgna Damase du coin de l'œil, et enchaîna aussitôt.

— Y en a qui se sont pas gênés pour fuir vers les États ! Les maudits ! Y ont fait la grosse vie tranquille pendant qu'on se faisait massacrer dans les tranchées. Pour avoir l'amnistie, y auront juste à se présenter à un tribunal civil et payer cinq ou dix dollars. Tu parles d'une amende pour des gars qui en ont plein les poches !

Gérald ponctua son affirmation d'un crachat qui atterrit sur la route.

— Y voulaient être libres, à ce qu'on dit ! Peuh ! Si y font la belle vie aujourd'hui, ben c'est à cause de nous autres, les pauvres niaiseux qui ont perdu des bras, des jambes pis des amis au front !

Damase n'osait plus le regarder. Il ressentait le profond mépris de cet homme à l'égard des déserteurs. Il imaginait son visage rouge, son regard noir, le rictus qui déformait ses lèvres. La rage qui l'habitait face à cette injustice était palpable. Damase comprenait la colère de celui que le destin avait mené loin des siens dans un enfer de feu et de sang. Il était tout de même chanceux d'avoir pu échapper au carnage. Damase ne pouvait donc accueillir ces propos véhéments qu'avec le respect dû à ceux qui se sont sacrifiés.

— Pour moi, t'es pas niaiseux, t'es brave.

Gérald tourna la tête vers son passager qui, lui, gardait les yeux fixés sur la route.

— Merci.

Le trot régulier du cheval entrecoupa le court silence qui suivit.

— T'es marié ? continua Gérald.

— Fiancé seulement.

— Une fille du coin ?

— Non. Et toi ? T'es marié ?

Gérald Lupien lâcha un rire amer.

— Qui voudrait d'un boiteux ?

— C'est juste une jambe en moins. T'as pas perdu ta tête.

— C'est facile à dire, ça, quand on a tous ses morceaux !

— Ouais… désolé.

— À vrai dire, j'ai fréquenté une fille. Elle m'a quitté pour un cultivateur.

— T'en trouveras une autre. C'est pas les filles qui manquent.

— C'est ce que je me dis aussi ! Sauf que ça prend du temps…

Comme si ce sujet l'avait ébranlé, Gérald garda le silence tout le reste du voyage. La carriole filant bon train, le trajet fut de courte durée. Quand le conducteur stoppa son animal devant la maison de Cléomène Beauregard, le soleil s'étirait en bandes orangées à l'ouest. Damase paya la course, échangea une poignée de main et sauta en bas de la voiture.

— À la prochaine ! le salua Gérald en s'éloignant aussitôt.

Damase observa les alentours. Le spectacle désolant qui s'offrait à lui le consterna. Le potager était en friche. Les toits du hangar et de la remise devaient être réparés le plus rapidement possible. Dirigeant son regard vers la grange, le bâtiment le plus important de la propriété, il vit avec soulagement que celle-ci était toujours en bon état. Quand il s'approcha de la galerie de la maison, il découvrit que la peinture s'écaillait par endroits. « Cléomène n'a pas pu s'occuper de la ferme, c'est certain. Pas plus que Léontine de la maison… »

Bouleversé, Damase dut se faire violence pour monter les marches qui le séparaient de la porte d'entrée. Là, il tendit l'oreille, scrutant l'intérieur à travers la dentelle du rideau, pour repérer un mouvement dans la cuisine. Rien ne bougeait. Il pensa à sa mère, Clara, décédée. Pourrait-il un jour se pardonner de l'avoir quittée alors qu'elle était si malade ?

Tu devais fuir. Tu n'avais pas le choix…, le réconforta une petite voix au fond de lui.

«Pas le choix», se répéta-t-il pour se convaincre. *Elle serait morte de toute façon*, ajouta la voix.

Damase prit une profonde inspiration, posa la main sur la poignée de la porte et l'ouvrit.

L'intérieur baignait dans l'obscurité naissante. Sur la table, une assiette sale côtoyait des ustensiles malpropres et un verre cerné de lait séché. Sur le comptoir, près de l'évier, reposait une cuvette remplie d'eau brouillée. Sur le poêle chaud, une bouilloire laissait échapper un filet de vapeur blanche. L'atmosphère lugubre lui fit froid dans le dos et Damase craignit le pire.

— Y a quelqu'un ?

Le bruit de pas trottinant derrière lui le fit se retourner.

— C'est toi, Ti-Pierre ?

Léontine se tenait devant lui.

— C'est moi… Damase.

— Damase ! Seigneur Jésus ! s'exclama la vieille dame, une main sur la poitrine.

Émue, elle chancela et prit appui sur le bord de la table près d'elle. Damase fut aussitôt à ses côtés, tira une chaise et la fit s'asseoir.

— Ça fait longtemps que t'es là ?

— Je viens juste d'arriver.

— Où est Ti-Pierre ?

— Qui c'est, Ti-Pierre ?

— Le petit sacripant ! Y doit encore être allé jouer avec les poulets.

— Où est oncle Cléo ?
— Dans sa chambre.
— Je veux le voir !

Léontine leva vers lui un regard attristé et posa une main ridée sur son avant-bras.

— Il est très malade, tu sais, mon garçon. Après ton départ pour les États, il a plus été le même. Il errait dans la maison comme une âme en peine. Il a plus remis les pieds à l'église. Même pas pour les messes de Noël et du jour de l'An, lui qui manquait presque jamais la messe… Depuis la mort de Clara, il a perdu l'appétit et il reste cloîtré dans sa chambre.

— Il a vu le docteur ?
— Une fois, je l'ai fait venir et il m'en a voulu.
— Le docteur, lui, qu'est-ce qu'il dit ?
— Que Cléomène serait en train de se laisser mourir.

Damase comprit que le pauvre homme était peut-être en train de mourir de chagrin.

— Je suis là, maintenant ! Je vais l'aider à se remettre sur pied.
— Te fais pas trop d'illusions, mon garçon. Il en a plus pour très longtemps.
— Pourquoi dis-tu ça ?
— Il s'est affaibli sans bon sens. Il mange presque plus et je vois bien qu'il a perdu beaucoup de poids. Il dort souvent, le jour, assis dans sa berceuse. La nuit, je l'entends pleurer. Il veut plus vivre, c'est clair… Mais je vais le prévenir que t'es là, fit Léontine en se levant.

— Laisse, ma tante. Je vais y aller moi-même.
— Comme tu veux...

La vieille dame se dirigea vers le poêle en fonte émaillée, leva un rond et vérifia si du bois y brûlait toujours en quantité suffisante. Elle prit un tisonnier accroché derrière le panneau de fonte, brassa les braises, puis se tourna vers son neveu.

— Tu voudrais bien aller me chercher quelques bûches dehors avant ? Ti-Pierre a oublié d'en mettre dans la boîte à bois. Tu sais, j'arrive plus tellement à abattre toute ma besogne. Je veux pas me plaindre, seulement j'avoue que depuis cet hiver, les temps sont durs.

— J'y vais.
— Si t'as faim, tu te sers, d'accord ?
— D'accord.
— Je vais retourner dans ma chambre. La nuit va bientôt tomber.
— Oui. Va te reposer, tante Léontine.

Celle-ci lui sourit tristement.

— C'était bien, aux États ?
— Oui, très bien.

Léontine hocha la tête. Damase ressortit de la maison, descendit les marches du perron et longea la galerie jusqu'à un appentis où Cléomène entassait le bois pour le poêle. Il prit six bûches qu'il tint en équilibre sur son bras replié et revint au pas de course vers la maison. Une fois devant la porte, la sensation bizarre d'être épié le fit se retourner. À quelques mètres sur sa droite, à demi caché derrière le mur de la maison, un garçon d'une douzaine d'années le fixait d'un air inquiet.

— Ti-Pierre ?

— Hein ?

— Je suis Damase, le fils de Clara.

— Hein ?

— T'as donné à manger aux animaux ? demanda-t-il, devinant que ce freluquet devait être l'engagé sur la ferme.

— Hein ?

À son air hagard et à ses réponses, Damase comprit que le garçon était attardé. « Il a sûrement pas dû aider tant que ça ! », ronchonna-t-il intérieurement.

— As-tu donné à manger aux vaches ?

L'enfant demeurait à bonne distance, comme s'il avait peur du nouveau venu.

— Hein ?

— Les vaches ?

Sans crier gare, Ti-Pierre déguerpit en direction du poulailler.

— Pauvre garçon…

À l'intérieur, Léontine avait déserté la cuisine. Damase déposa les rondins de bois dans la boîte, en mit un dans le poêle et se dirigea vers la chambre de Cléomène. Sur le seuil, il hésita un instant. Le souffle sifflant de son oncle lui parvenait, emplissant le silence de son bruissement lugubre. Une odeur douceâtre effleura ses narines et, en dépit de la pénombre de la pièce, il aperçut la silhouette allongée sur le lit. Damase s'en approcha à pas lents, le cœur battant la chamade et le cou en sueur.

Cléomène reposait sur le côté, sa tête chenue tranchant sur l'obscurité environnante. Ses épaules si larges autrefois s'affaissaient, comme sous le joug d'une vie de misère. Damase le trouva amaigri et fragile ; lui qui avait longtemps été le pilier de la famille, celui sur qui on pouvait toujours s'appuyer.

Cléomène dormait, la tête soutenue par son oreiller.

— Cléo…, murmura Damase.

Le vieil homme sursauta et ouvrit les yeux.

— Damase ?

— Oui.

Il tendit la main vers son neveu qui s'en empara et tomba à genoux près du lit. Des larmes glissèrent sur les joues du malade.

— Enfin…, souffla-t-il.

Damase resta sans voix, le cœur rempli d'affection et de peine, puis il se mit à pleurer à son tour. Il prit la main de Cléomène et les deux hommes, l'un robuste et l'autre fragile, demeurèrent ainsi, soudés dans le silence.

— Je suis content que tu sois là.

— Moi aussi.

— Ta tante sait que t'es rentré ?

— Oui, c'est elle qui m'a dit que je te trouverais ici.

— Et Ti-Pierre ?

— Je l'ai renvoyé à l'étable finir sa corvée.

— Une chance qu'y est pas fin fin… Y pourra pas te dénoncer.

— T'en fais pas avec ça. Depuis l'amnistie des déserteurs, la police est plus à mes trousses.

— T'es sûr ?

— Sûr !

Le vieil homme posa une main sur sa poitrine et fit la grimace.

— T'as mal ?

— Un point… au cœur… Comme d'habitude.

— T'as vu le docteur pour ça ?

— Y pourra rien changer…

— Mais…

— … y a pas de "mais" qui tienne, le coupa Cléomène. Je suis vieux. Vieux et usé.

L'oncle posa un regard enflammé sur le visage de celui pour qui il avait perdu son âme.

— Maintenant que t'es de retour, j'aurai plus à me faire du souci pour toi et pour la ferme.

Le moment n'était pas propice pour lui parler de ses projets de tout vendre et de retourner vivre à Old Orchard. Il devait lui laisser le temps de recouvrer ses forces. Dans quelques jours ou quelques semaines, sûrement…

— Je vais aller manger un peu, dit Damase en se relevant. As-tu faim ?

— Non.

— Je te laisse te reposer.

Damase sortit de la chambre, le cœur en miettes. La faiblesse de Cléomène ne laissait aucun doute sur sa fragilité. Son séjour à la ferme maternelle serait plus long que prévu. «Je vais téléphoner à Flore, le plus tôt possible, pour l'aviser que je serai pas de retour tout de suite», décida-t-il. Puis il se ravisa. Qui pouvait bien avoir le téléphone à Sainte-Hélène? Il choisit plutôt de lui écrire, et il en profiterait du même coup pour retarder la date de leur mariage. «Je vais remettre la ferme en état, pensa-t-il encore. Je leur dois bien ça!»

Dans la cuisine, Damase se sustenta d'une tranche de pain garnie de beurre, accompagnée d'un morceau de lard qu'il avait trouvé dans la glacière. Un thé à la menthe termina son repas frugal. Quand il eut rangé son couteau et son assiette sur le comptoir, il monta à l'étage pour changer de vêtements. Là-haut, dans la chambre qu'il avait occupée toute son enfance, rien n'avait bougé. Comme si le temps s'y était arrêté. Il ouvrit la commode, y prit une chemise bien pliée ainsi qu'un pantalon de denim pressé. Il se déshabilla, enfila ses habits de travail et sortit de la pièce. En bas de l'escalier, il jeta un œil à travers les carreaux jaunis de la fenêtre qui donnait sur les bâtiments de ferme. Il aperçut Ti-Pierre, courant dans tous les sens, comme s'il était à la poursuite de quelque chose.

— Qu'est-ce qui lui prend?

Damase sortit précipitamment de la maison.

Chapitre 2

Le projet d'Edwina

Il était onze heures trente quand Edwina, les bras chargés de taies d'oreiller bien repassées, monta les escaliers menant à la salle des malades. Depuis qu'elle avait quitté Sainte-Hélène, elle travaillait à la buanderie des Sœurs de la Providence à Montréal. La jeune femme avait trouvé ici une famille, des amies... et la paix. Elle habitait toujours une chambre chez sa logeuse, madame Bélec, avec qui elle partageait ses repas et quelques besognes quotidiennes. Edwina avait enfin une vie remplie d'un bonheur simple.

Sur son trajet, elle croisa deux infirmières, reconnaissables à leur uniforme et à leur tablier fait du même coton blanc que leur coiffe. Edwina n'osait pas lever les yeux sur les convalescents couchés dans les lits alignés le long des murs de la grande salle. Elle entendait leurs râles et leurs toussotements. La grippe espagnole n'était pas venue à bout de ces patients, grâce aux soins assidus des infirmières qui les avaient sauvés. Sans compter qu'une épidémie de tuberculose, causée par du lait de vaches contaminées, venait grossir le nombre de malades...

Sur sa gauche, elle aperçut un jeune homme qui la regardait et qu'elle voyait ici pour la première fois. Gênée par cette attention, elle baissa la tête et accéléra le pas vers le bout de la pièce quand il l'interpella :

— Mademoiselle ? Pouvez-vous venir ici, je vous prie ?

Edwina se retourna à la recherche d'une infirmière.

— Mademoiselle !

— Oui, répondit-elle enfin.

— Venez ici, s'il vous plaît !

Cette fois, le ton était impératif.

Alors qu'elle s'avançait dans sa direction, elle constata que le jeune homme était revêtu du sarrau des médecins et qu'il portait un stéthoscope autour du cou.

— Pouvez-vous m'aider à replacer ce patient ?

— Mais... je... je suis pas infirmière.

— J'ai simplement besoin de deux bras !

— Oh !

Edwina posa son paquet au pied du lit et attendit.

— Placez-vous d'abord là, lui intima le docteur en désignant le côté opposé du lit.

Edwina s'exécuta.

— Maintenant, empoignez le piqué qui protège le matelas et tenez-le fermement. Nous allons nous en servir pour remonter monsieur Thibault. À *go*, vous tirerez très fort et vous le glisserez vers le haut. Vous avez bien compris ?

— Oui.

— Alors, allons-y !

Edwina s'empara du bord de l'alèse et attendit.

— Attention... Un, deux, trois, *go* !

Dans un synchronisme parfait, et sans trop d'effort de leur part, ils installèrent le patient dans une position plus confortable.

— Voilà ! Maintenant, monsieur Thibault, vous allez pouvoir vous reposer.

— Merci, docteur ! marmonna le vieillard.

Après un mot d'encouragement et une main apaisante sur le bras du malade, le médecin s'apprêta à aller s'occuper d'un autre patient. Edwina replaça donc la pile de taies d'oreiller sur ses avant-bras repliés et fit un pas vers la sortie.

— Merci, mademoiselle !

— De rien, docteur.

— C'est la première fois que je vous vois ici.

— Je passe pas souvent par la salle des convalescents.

— C'est donc ça...

— Je travaille à la buanderie.

— J'ai cru comprendre...

— Vous remplacez le docteur Gagnon ? osa-t-elle demander.

— Non... heu, oui, en quelque sorte. Je fais mon internat.

— Ah !

L'horloge sonna midi.

— Je vais être en retard pour le dîner ! sursauta Edwina. Bonjour, là !

— Bonjour, répéta le jeune docteur en la regardant courir vers la porte et disparaître dans le couloir.

Quand Edwina arriva au réfectoire, tout le monde était déjà attablé. Elle salua la mère supérieure, sourit à sœur Hortense et se rendit directement à la place qui lui avait été attribuée dès son arrivée ici. Elle s'installa devant une large tranche de pain et une soupe aux légumes que la préposée avait versée dans son bol.

— Je me demandais où t'étais ! la sermonna Adèle, sa compagne de réfectoire.

— J'ai été retardée.

— Par quoi ?

— J'ai dû aider le nouveau docteur à replacer un malade dans son lit.

— Le nouveau docteur ? Tu l'as vu ?

— Pas toi ?

— Non, pas encore, répondit Adèle entre deux bouchées. J'en ai entendu parler, par exemple. Y paraît qu'il est beau comme un cœur !

— J'ai pas remarqué.

— Fais pas l'innocente ! chuchota-t-elle pour ne pas être entendue des religieuses. T'as des yeux pour voir, toi aussi !

Edwina ne répondit pas, concentrant son attention sur son repas. Elle se rappelait bien la moustache fine et bien taillée du docteur, du même blond roux que ses cheveux. Elle n'aurait pu dire la couleur de ses yeux, mais elle se souvenait de la délicatesse de ses mains et de la finesse de ses doigts posés sur le bras du malade.

— Hé ! Je te parle !

— Pardon, Adèle, j'étais dans la lune.

— Ou avec le beau docteur ? la taquina sa compagne en riant.

— Qu'est-ce que tu vas t'imaginer ?

— Rien ! Je suppose simplement qu'une fille de ton âge peut avoir un béguin.

— Tu te trompes ! J'ai le béguin pour personne. Et puis, comment un docteur pourrait-il s'intéresser à une buandière comme moi ?

— Ben là, ma fille, y faudrait que tu commences à te regarder dans un miroir ! T'es jolie, même si tu te mets pas en valeur.

— Arrête !

— T'es une jolie fille, j'te jure. Pis tu me crois pas ! Le jeune docteur, lui, y a sûrement vu ça tout de suite.

— Ben si c'est le cas, il me l'a pas fait sentir.

— C'est peut-être juste une question de temps.

— Tu dis des bêtises !

— Peu importe ! C'est amusant de rêver, non ?

Edwina sourit à cette fille que la vie avait menée aux portes de ce refuge. À vingt ans bien sonnés, Adèle avait eu son lot de misère. La rumeur courait qu'elle avait été obligée d'abandonner un enfant. Jamais Edwina ne la questionnait sur son passé. Moins elle en savait sur les autres, mieux elle se portait. Elle-même évitait les confidences. Ainsi, les relations n'étaient pas teintées de pitié ou de jugements.

— Bon, je dois retourner à l'ouvrage, décréta Adèle en s'essuyant la bouche du revers de la main.

— Comment ça se passe avec le linge de la pouponnière ?

— On n'en finit pas de laver des couches, des bandages et des draps de lit. Mais j'aime mieux le caca de bébé que celui de…

— Ça va ! la coupa Edwina. J'ai pas besoin de détails.

Adèle rit devant la mine offusquée de sa compagne.

— Petite nature !

— Tu fais exprès !

— Ben non, voyons donc !

Et les filles rirent de plus belle. Un claquement sec au fond de la pièce ramena les deux femmes à l'ordre et au silence pendant un instant.

— Ce soir, on va prendre un café chez Armande comme chaque vendredi. Tu viens ? demanda encore Adèle.

— Oui, bien sûr ! répondit Edwina.

Depuis quelques mois, elle prenait plaisir à ces rendez-vous hebdomadaires entre compagnes de travail. Elles se réunissaient toujours chez Armande qui, comme elle, avait quitté sa campagne pour venir travailler en ville. Elle était fière, indépendante et surtout très attachée à sa liberté. Armande ne voulait pas se marier, car elle ne supportait pas l'idée d'avoir à subir l'autorité d'un homme. « Je serai jamais l'esclave d'un mari ! J'ai assez vu ma mère en souffrir ! », répétait-elle à qui voulait l'entendre.

Edwina admirait la volonté de cette fille d'à peine trois ans son aînée. Elle s'abreuvait à ses paroles pleines de bon sens et se les répétait comme une litanie. « Une femme pis un homme, à part enfanter, ça peut faire les mêmes choses. La preuve, qui a travaillé dans les usines quand y sont tous partis à la guerre ? » Armande avait même adhéré au mouvement des suffragettes, ces femmes qui réclamaient le droit de vote et de meilleurs salaires.

— Moi aussi, je peux faire ce que je veux, s'encourageait Edwina, le soir dans son lit, avant de s'endormir.

Cependant, la solitude lui pesait. Elle se voyait vieillir, délaissée par ses collègues qui, elles, prendraient le risque de fonder une famille. D'ailleurs, plus d'une avait déjà succombé à l'attrait du mariage et s'était vue dans l'obligation de cesser de travailler. Quand elle y songeait, ses pensées volaient étrangement vers Damase Huot, qu'elle avait rencontré avant son exil à Montréal. « Y fera sûrement un bon mari et un bon père… »

— Dépêche-toi de manger ta soupe, elle va être froide, lui conseilla Adèle en prenant congé.

Edwina termina son repas en vitesse, prit le morceau de pain qui restait, le mit dans la poche de son tablier et quitta la table. Près de la porte, sœur Hortense la retint.

— As-tu fini le livre que je t'ai prêté ?

— J'ai pas eu le temps.

— Ce n'est pas grave. Tu me donneras ton travail plus tard.

— Sœur Hortense…, hésita la jeune femme.

— Oui ?

— Je… J'ai…, bredouilla-t-elle, j'ai plus beaucoup de temps pour les études…

— On n'a pas toute la vie pour s'instruire, ma fille.

— Ben, justement, j'ai pas toute la vie pour m'amuser non plus, répliqua spontanément Edwina que les leçons de français, de catéchisme et de mathématiques de sœur Hortense commençaient à embêter.

— C'est bien de ton âge de vouloir t'amuser, concéda la religieuse avec un brin de malice au fond des yeux. Néanmoins, si tu veux un jour obtenir un meilleur emploi, il est important de posséder plus de connaissances, termina-t-elle, sérieuse.

— Vous me comprenez, hein ? osa demander Edwina avec un air repentant.

La religieuse hocha la tête en silence et posa une main affectueuse sur le bras de celle qu'elle avait prise sous son aile.

— Oui, je te comprends. Avant de prendre le voile, j'ai été jeune, moi aussi.

Elle porta même deux doigts à ses lèvres pour étouffer le petit rire qui la secoua un court instant.

— Quand tu auras du temps, alors ! conclut-elle en prenant congé de sa protégée.
— Merci !
Les deux femmes se séparèrent comme l'horloge du réfectoire sonnait la demie de l'heure.

Chapitre 3

L'engagement

La nuit était tombée depuis longtemps lorsque Damase revint de l'étable. Fourbu, il but un verre d'eau tirée à même la pompe avant d'aller se coucher. Une fois dans sa chambre, il se dévêtit à la hâte, déposa ses vêtements sur la chaise près de la table de chevet et s'allongea sur le dos. Un bras replié derrière sa nuque et les yeux rivés au plafond, il laissa enfin son esprit s'alanguir et vagabonder. Tour à tour, les visages d'Edwina avec sa mine effrayée et ses cheveux coupés, de sa mère avec ses joues creuses et son regard triste, et de Flore avec son sourire et sa joie de vivre juvénile valsèrent dans sa tête que la fatigue alourdissait peu à peu.

— Tu me manques, soupira-t-il en ne pensant plus qu'à l'Américaine.

Damase ferma les yeux.

Dehors, le vent redoublait d'ardeur, soulevant de l'allée principale des gravats qui martelaient les vitres du rez-de-chaussée.

Toujours éveillé, Damase réfléchissait à la situation de Léontine et de Cléomène. De toute évidence, ils n'avaient plus la force d'entretenir cette propriété. Qu'est-ce qui avait pu abattre Cléomène à ce point ? Lui si courageux, si dur à l'ouvrage, capable d'affronter toutes les situations ? N'avait-il pas prouvé maintes fois sa force de caractère et sa détermination depuis qu'il le connaissait ? Son exil et la mort de Clara étaient-ils les seuls responsables ? « Il faut que je lui parle… Il faut qu'il sache que je vais me marier avec Flore et que… »

Du bruit au rez-de-chaussée le fit se redresser sur son lit.

Léontine l'appelait.

— Damase ! Descends vite !

En moins d'une seconde, il se remit sur ses pieds, enfila son pantalon et sortit de sa chambre pour dévaler les marches.

— Quoi ?

— C'est ton oncle. Y veut te voir.

— Y va pas bien ? Tu veux que j'aille chercher le docteur ?

— Non. Cléomène veut te parler.

— Me parler ? Maintenant ?

— Y dit que ça peut plus attendre.

— Mais…

— Va le voir. Ensuite, tu retourneras te coucher.

Léontine leva vers lui un regard où perlaient des larmes.

— Il t'aime comme son propre fils…

— Je sais...

Léontine tapota affectueusement le bras de Damase, puis s'éloigna de quelques pas pour égrener machinalement son chapelet en pétales de roses qui ne la quittait plus. Damase pénétra dans la chambre où vacillait la flamme d'une chandelle.

— Damase, c'est toi ?
— Oui.
— Approche. Il faut que je te parle pendant que j'en ai encore la force.

Damase obéit. Il saisit une chaise, la plaça près du lit et s'assit.

— Je vais mourir..., commença Cléomène.
— Ben non voyons, le docteur va...
— Y peut plus rien pour moi.

Soudain accablé d'une peine immense, Damase baissa la tête.

— Je veux pas que tu sois triste, mon gars. Je suis un vieil homme et il faut bien quitter ce monde un jour ou l'autre.

Damase releva la tête pour poser les yeux sur le visage ridé de celui à qui il devait la liberté.

— J'ai besoin de toi, oncle Cléo.
— Dis pas de bêtises, t'es un homme, maintenant.

Un sourire triste étira les lèvres de Damase au souvenir des paroles de Cléomène, le premier soir de sa désertion. « C'est pas un peu de barbe au menton ou un uniforme qui fait qu'on est un homme. Ça prend bien plus que ça ! »

— Je suis donc devenu un homme ?

— Oui, Damase. L'homme de la famille. La ferme t'appartient maintenant que t'es de retour au pays.

Fatigué, Cléomène ferma les yeux un instant. Sa respiration courte et sifflante emplit la pièce où flottait un calme étrange qui gagna peu à peu Damase et l'apaisa. Le temps était venu d'annoncer à son oncle qu'il avait l'intention de retourner vivre à Old Orchard.

— Hum, oncle Cléo, j'ai… j'ai rencontré une fille aux États. Elle s'appelle Flore Auger. Nous sommes fiancés.

— Fiancés ?

— Oui.

— Tu l'aimes ?

— Oui.

— Ça veut dire que tu veux repartir…

— Pas tout de suite. Pas avant que tu sois sur pied.

— Je prendrai pas de mieux, Damase, je vais mourir…

— Comment peux-tu en être aussi certain ?

— Parce que je VEUX mourir !

Cet aveu stupéfia Damase. Il comprit que Léontine avait raison. Cléo portait en lui un mal incurable. Un mal qui, certes, affectait son corps, mais davantage encore son âme.

— On meurt pas quand on veut, oncle Cléo. T'as de la peine à cause de la mort de maman, sauf que là, tu dois te ressaisir. La vie continue. Elle doit continuer. Pour toi aussi…

— Mon cœur me fait mal. Très mal.

— Si tu vends la ferme, tu pourras te reposer en paix. Tante Léontine et toi, vous pourriez venir vivre avec moi aux États. Là-bas, y a plein de Canadiens français. La vie est plus facile aussi. Et puis, y a la mer !

Cette fois, ce fut un regard empreint de colère que le vieil homme tourna vers son neveu.

— Tu penses vraiment ça ? Tu veux que je vende la ferme ? Ton héritage ! Le bien le plus précieux que tu possèdes ! La terre de ton père…

Cléomène se tut, posa une main sur sa poitrine en feu et referma les yeux.

— Te fâche pas. C'est pas bon pour ton cœur. Tante Léontine ?

— Alerte pas ta tante, articula faiblement Cléomène.

— Je vais chercher le docteur, annonça Damase en se levant.

Cléomène tendit sa large main vers lui.

— Reste avec moi. Je t'en prie. Je dois te dire autre chose…

Obéissant, Damase se rassit et prit la main de son oncle entre les siennes. La respiration de Cléomène devenait de plus en plus difficile et haletante. Ses traits se décomposèrent, lourds de la tristesse tapie au fond de lui, et il sentit le poids de ses malheurs dans chaque ride de son visage.

— Tu sais que je t'aime, mon gars, commença-t-il, comme on se jette à l'eau. Alors tu vas m'écouter jusqu'au bout.

Il prit une profonde inspiration, ferma les yeux et enchaîna d'une voix rauque.

— J'ai... j'ai une confession à te faire. Je suis pas l'homme que tu penses. J'ai commis un péché que Dieu seul saura me pardonner.

— De quoi parles-tu ?...

Cléomène leva la main pour le faire taire.

— Quand t'es parti en train pour les États, je t'ai suivi. J'étais pas le seul, d'ailleurs. Quelqu'un était sur tes traces. Quand j'ai aperçu une silhouette pas loin du trou où tu te terrais, je suis allé voir. Et puis...

— ... et puis quoi ?

— J'ai pas voulu, tu sais... Pas voulu. Il s'est débattu et j'ai serré.

— Je comprends pas...

Une douleur, plus forte que la précédente, fit se raidir Cléomène que cet aveu mettait en nage.

— Jure-moi que tu vas rester sur la ferme !

— Je sais pas encore...

— Il faut pas vendre la cabane du 2e Rang. Il faut la garder. Toujours ! Avec la terre ! Jure-le-moi, Damase.

— Je peux pas...

— JURE-LE MOI !

Cette fois, Cléomène avait crié, portant une main à sa gorge.

— C'est bon, je te le jure.

Le visage de son oncle se convulsa et prit une teinte pourpre.

— Cléo ! cria Damase. LÉONTINE !

Damase s'agenouilla au bord du lit, les yeux écarquillés de peur.

— Cléo non ! Pas maintenant ! ONCLE CLÉO !

Dans un dernier soubresaut, le souffle de vie quitta Cléomène.

Léontine surgit derrière Damase, une main sur la bouche. Elle s'avança lentement, comme on va vers l'autel pour recevoir la communion, jusqu'au pied du lit, étouffant le sanglot qui lui brûlait la gorge.

Damase pleurait à chaudes larmes, le visage dans les draps fripés de celui qui venait de rendre l'âme.

— Il attendait ton retour pour partir en paix…, déclara-t-elle enfin en posant une main affectueuse sur le front du défunt, dont la peau prenait rapidement un aspect cireux.

— J'aurais pas dû lui dire de vendre la ferme ! Ça l'a tué !

— Dis pas de bêtises ! C'est le bon Dieu qui l'a rappelé à lui, tout simplement.

— J'ai pas eu le temps de lui redire que je l'aimais.

— Il le savait.

— Je l'aimais…

Léontine n'ajouta rien. Quand les pleurs de Damase se furent calmés, la femme essuya les larmes qui roulaient sur ses joues ridées, quitta le bord du lit et trottina vers la porte de la chambre.

— Je vais envoyer Ti-Pierre chercher le curé. Si tu voulais faire chauffer de l'eau sur le poêle, je vais faire sa toilette. Tu m'aideras à l'habiller. Ouvre la fenêtre avant de sortir.

Comme un automate, Damase obtempéra. Le vent qui pénétra dans la chambre balaya la tiédeur étouffante des lieux, lui donnant du courage. Damase contempla le corps vide de celui qui avait été un père pour lui.

—Je t'aime, souffla-t-il dans le silence.

Il leva les yeux vers la fenêtre et imagina l'âme du vieil homme volant vers l'infini. Puis il quitta la chambre, le cœur aussi lourd que ses pas.

Chapitre 4

François

François Mongeau et Edwina avaient eu l'occasion de se revoir à quelques reprises, celui-ci habitant tout près du logis où la jeune femme résidait. Une amitié s'était aussitôt installée entre eux. Le médecin n'était pas gêné d'entretenir ouvertement des liens d'amitié avec une jeune fille qui n'était pas de sa classe sociale. D'ailleurs, ne s'était-il pas disputé plusieurs fois avec sa mère à ce sujet ? Les temps changeaient et François croyait faire partie de ces jeunes gens qui voulaient participer aux transformations sociales.

— Tu connais Saint-Hyacinthe ? lui demanda-t-il, un soir qu'ils déambulaient rue De Lorimier.

— Pas vraiment, répondit Edwina.

— C'est une belle ville !

— Quand j'étais jeune, j'aurais aimé y aller.

— Sainte-Hélène, c'est juste à une trentaine de minutes en voiture, pourtant !

— Quand mon père allait au marché, ma mère et moi, on restait à la maison.

— Tu n'as donc jamais vu la Foire agricole ?
— La quoi ?
— Tu sais, la grande exposition avec les manèges, le concours d'animaux, la lutte ? Mon père m'a raconté y avoir vu un combat d'hommes forts mettant en vedette Louis Cyr, notre Samson canadien. Le géant Beaupré, aussi !

Edwina marchait, la tête baissée, silencieuse. Elle détestait se sentir ignorante, insignifiante, même…

Ils arrivèrent devant la maison où elle prenait pension.

— Merci de m'avoir raccompagnée jusque chez moi, encore une fois.

— Ça me fait toujours plaisir, tu le sais bien.

Edwina fit mine de le quitter quand il lui prit la main.

— Que dirais-tu de venir avec moi, mercredi prochain ?

— Où ?

— À Saint-Hyacinthe. J'ai reçu un appel téléphonique de ma mère. Un de ses cousins est mort et elle aimerait que je l'accompagne aux funérailles. Déjà que mon père ne peut pas y aller… Il travaille à son cabinet, car les patients ne peuvent pas attendre. Et puis j'aimerais bien t'offrir une occasion de te divertir un peu, t'emmener en dehors de la ville. Loin du boulot… Tu as besoin d'un petit congé, non ?

— Oui, j'aimerais bien me changer les idées et sortir du train-train quotidien. Mais je sais pas si je peux prendre congé comme ça au beau milieu de la semaine...

—Je parlerai à la mère supérieure, promit le jeune homme, insistant.

L'idée de retourner dans cette ville, où elle n'avait été de passage que le temps d'un arrêt de train, la fit hésiter. « Et si je rencontre quelqu'un qui me reconnaît ? », songea-t-elle. Ses pensées volèrent vers son père. Qu'était-il devenu ? En même temps, elle imaginait avec joie qu'il puisse la surprendre au bras du fils du docteur Mongeau. Cette image la fit sourire.

—Alors, c'est oui ! s'enthousiasma François, concluant que la réponse était affirmative.

—Attends, il faut demander la permission à la mère supérieure. Je veux pas perdre mon emploi à la buanderie.

—Je me charge de la convaincre.

Heureux, il ne put résister à l'envie de déposer un baiser sur la joue de la jeune fille qui rougit tout de suite.

—Excuse-moi, regretta François en percevant la gêne de sa compagne.

—C'est correct, ça m'a juste surprise. On se connaît pas depuis bien longtemps.

—Oui... Enfin... Je suis content de prendre un congé, moi aussi.

—Bonsoir !

—Dis, demain, on pourrait dîner ensemble ! tenta-t-il encore.

— Demain, je peux pas.

Edwina monta précipitamment les marches du perron et entra dans la maison de madame Bélec.

Pendant les jours qui suivirent, Edwina et François n'eurent pas l'occasion de se reparler. Les malades, qui affluaient de plus en plus à l'infirmerie, avaient tenu le jeune médecin et tout le personnel très occupé. Du côté de la buanderie, l'arrivée de ces patients remplissait les bacs de linge souillé qu'il fallait désinfecter au plus vite pour diminuer les risques d'épidémie. Le spectre de la grippe espagnole hantait toujours les mémoires, en conséquence de quoi les mesures d'hygiène étaient devenues la priorité de l'établissement.

Malgré tout, à la demande du docteur, la mère supérieure n'avait pas hésité à accorder à Edwina non pas un, mais deux jours de congé. Le mercredi suivant, après avoir enfilé une nouvelle robe qu'elle s'était procurée au magasin Eaton, sis sur la rue Sainte-Catherine, au prix de quatre dollars, soit l'équivalent d'une semaine de salaire, Edwina avait quitté sa chambre, joyeuse et pimpante, pour prendre place dans la Ford T de son cavalier. À la vue de la jeune femme vêtue à la mode, celui-ci ouvrit grand les yeux et ne put retenir un sifflement d'admiration.

— Que tu es belle !

— S'il te plaît…, le supplia Edwina, intimidée, passant devant François qui lui ouvrait galamment la portière.

En dépit de sa gêne, Edwina savourait pleinement l'effet qu'elle provoquait chez cet homme. Elle se délectait même à l'avance, avec une joie toute coquette, de celui qu'elle ferait sur les gens qu'elle rencontrerait à ces funérailles…

Chapitre 5

Le curé

Le jour se leva sur un ciel couvert de nuages gris.

Damase sortit du lit, les paupières gonflées, et descendit à la cuisine où Léontine avait déjà préparé à déjeuner pour Ti-Pierre. Celui-ci n'affichait aucun air triste ou désolé. Il leva à peine le nez de son assiette quand Damase mit le pied dans la pièce.

— Assis-toi, ton déjeuner sera prêt dans une minute, dit Léontine.

Damase lorgna un moment le visage fermé et la mine déconfite de sa tante, qui n'avait vraisemblablement pas fermé l'œil de la nuit. Sans une remarque, il prit place en face du garçon, qui avait élu domicile dans cette maison dont il était désormais l'unique propriétaire.

Ti-Pierre avait le nez penché sur l'assiette contenant des œufs et une tartine de graisse de rôti de porc. Damase remarqua les cicatrices sur son front, autour duquel flottaient des mèches aussi noires que l'ébène. Il se demandait de quelle couleur étaient ses yeux quand le garçon leva vers lui un regard apeuré couleur d'azur.

— Bonjour, le salua Damase. Tu t'appelles comment ?
— Hein ?
— Ton nom ? C'est quoi ton nom ?
— Perds pas ton temps, intervint Léontine en déposant devant lui une assiette et une tasse pleine de café noir. Il parle à peine.
— Est-ce qu'il comprend au moins ?
— Je sais pas.
— Ça fait longtemps qu'il vit ici ?
— Depuis le mois de janvier. On a eu besoin de lui, et lui de nous…
— Tu m'as écrit que sa mère était morte.
— Oui. Il était près d'elle, dans sa maison, quand on l'a trouvée. La pauvre avait rendu l'âme depuis au moins quatre jours.
— Ça fait pitié des affaires de même !
— T'a ben raison ! Personne savait quoi faire avec le gamin.
— Charitables comme vous l'êtes, Cléo et toi, vous l'avez pris ici.
— On laisse pas un chien dehors. Surtout pas en hiver ! Et il peut aider un peu.
— Vous avez bien fait. Y dort où ?
— Dans la petite chambre, derrière le salon.
— C'est pas plus grand qu'une penderie là-dedans !
— C'est là qu'y voulait dormir. Cléo et moi on l'a pas forcé.

LE CURÉ

Au souvenir de son oncle dont la dépouille gisait toujours dans son lit, Damase se raidit.

— Le curé est pas encore venu ?

— Il va arriver une fois sa messe célébrée. C'est écrit sur ce papier que Ti-Pierre m'a remis à son retour du village.

— T'as veillé au corps le reste de la nuit, je suppose ?

— Je pouvais pas dormir, de toute façon. Et puis, il faut bien que quelqu'un prie pour son âme.

— Son âme est pure. J'en suis certain.

— Y devait bien avoir ses secrets et ses petits péchés, mon jumeau... Depuis ton départ, je l'ai souvent entendu parler dans ses rêves. Y faisait des cauchemars. Pis y a crié, deux fois. Je m'en souviens parce que ça m'a réveillée en sursaut.

— Qu'est-ce qu'y criait ?

— "J'ai pas voulu, la Belette ! J'ai pas voulu..."

Les dernières paroles de son oncle lui revinrent en mémoire : « J'ai pas voulu, tu sais... pas voulu. Il s'est débattu et j'ai serré. »

Léontine s'approcha de la table et servit à Damase deux œufs accompagnés d'une tranche de pain grillée, quand quelqu'un frappa à la porte.

— Ce doit être le curé. Ti-Pierre, va ouvrir ! ordonna Léontine en replaçant le poêlon sur la cuisinière de fonte.

Elle s'essuya les mains sur son tablier de serge rayé blanc et gris épinglé à son bustier qui couvrait tout le devant de sa robe de laine noire, et alla accueillir le curé Arcouette.

— Entrez, monsieur le curé !
— Comme ça, notre Cléomène est mort ?
— Oui. Y fallait ben que ça arrive un jour ou l'autre.
— C'est un peu vite, quand même !
— Le cœur… ça pardonne pas.

Le curé enleva son manteau et son chapeau, avant de les tendre à Léontine qui s'empressa de les suspendre à un crochet sur le mur près de la porte. Il fit quelques pas et, apercevant Damase, il sursauta.

— Je ne savais pas que tu étais revenu.
— Je suis là, comme vous voyez.
— Tu sais que le gouvernement a voté l'amnistie ? l'avisa le prêtre qui connaissait l'histoire de Damase.
— Oui. D'ailleurs, quand vous aurez terminé avec oncle Cléo, j'aimerais bien qu'on discute, si vous avez une minute à m'accorder.
— Bien sûr.
— Par ici, lui indiqua Léontine.

Le prêtre attrapa la mallette de cuir noir qu'il avait déposée par terre. Il avait pris soin d'apporter l'huile bénite, le saint chrême, son étole et son missel, afin de célébrer les derniers sacrements, ainsi qu'un scapulaire pour le défunt.

— Avez-vous fait sa toilette ? s'informa-t-il en cours de chemin.
— Oui, le rassura Léontine.

— Bien ! Bien !

— J'ai pas entendu sonner le glas, chuchota la vieille dame en pénétrant dans la chambre.

— Je n'ai pas eu le temps. Pour tout vous dire, je me suis empressé de venir. Je le ferai dès mon retour à l'église.

Tous deux s'approchèrent du lit où reposait la dépouille.

Dans la cuisine, Damase toucha à peine à son déjeuner.

— Hein ? demanda Ti-Pierre, en désignant, de sa main tendue, l'assiette remplie de nourriture.

— Tu peux la prendre.

À son tour, Damase entra dans la chambre sur la pointe des pieds, par respect pour le défunt comme le voulait la coutume.

Le curé sortit d'abord de son sac une étole de satin mauve, ornée de broderie dorée. Il y posa les lèvres, la plaça sur ses épaules et la laissa pendre de chaque côté, selon le cérémonial en usage lors de l'administration des sacrements. Il prit une fiole d'eau bénite et commença en aspergeant le corps de Cléomène, maintenant raide et froid. Il se tourna ensuite vers Léontine et Damase, et leur fit signe de s'agenouiller. Puis vint l'imposition des mains accompagnée d'une prière. Le curé s'empara d'un petit pot de verre rempli du saint chrême, y trempa l'index, posa le récipient sur la table de chevet près du missel et effectua des onctions, par des signes de croix tracés sur le front et les mains, en psalmodiant :

— ... par cette onction sainte, que le Seigneur en sa grande bonté vous réconforte par la grâce de l'Esprit saint. Ainsi, ayant été libéré de tous vos péchés, qu'Il vous sauve et vous relève.

Il traça encore le signe de la croix sur les lèvres, les oreilles et les paupières closes du mort.

— Dommage que je ne sois pas arrivé avant pour lui donner la dernière communion, chuchota-t-il.

Léontine acquiesça d'un mouvement de la tête.

Le prêtre reporta son attention vers le défunt, leva les mains vers le ciel et commença un *Pater Noster*. Damase et Léontine se joignirent à lui et la chambre fut bientôt remplie du rythme monotone des prières. Après quelques minutes et un dernier *Gloria*, tous se turent et la chambre redevint silencieuse. Damase leva les yeux vers Cléomène qui reposait sur son lit, vêtu de son habit du dimanche ; celui qu'il portait fièrement aux beaux jours de sa vie. Le prêtre glissa un chapelet entre ses mains jointes et passa un scapulaire autour de son cou pour le protéger des flammes de l'enfer et lui assurer la protection de la Vierge Marie.

Le curé se redressa et enleva son étole. Il posa une seconde fois les lèvres sur le tissu soyeux en fermant les yeux, puis il plia le vêtement sacré et le remit dans le sac aux côtés des autres objets liturgiques.

Léontine se signa et se releva à son tour avec difficulté. Soutenue par son neveu, la vieille dame pleurait doucement. Elle sortit de la chambre, le curé sur les talons.

Dans la cuisine, Ti-Pierre se berçait dans la chaise de Cléomène.

— Qu'est-ce que tu fais là, toi ?

— Hein ?

— T'as pas de travail à l'étable ou au poulailler ?

Apeuré, le petit se leva comme si une mouche l'avait piqué. Il sautilla un instant sur place, puis détala comme un lapin.

— Crie pas après lui. Ça l'énerve sans bon sens, souligna Léontine.

— Je veux plus le voir dans cette chaise.

— Y savait pas…

— Le pauvre, tu lui as donné une de ces frousses en le réprimandant comme ça ! constata à son tour le curé.

— Prendriez-vous une tasse de thé, monsieur le curé ? offrit Léontine.

— Ce n'est pas de refus. D'autant plus que je n'ai pas pris le temps de déjeuner avant de venir jusqu'ici.

— Votre servante est pas au presbytère ? demanda Damase pour détendre un peu l'atmosphère.

— Elle est à Acton Vale, au chevet de sa mère malade.

— Tenez, dit Léontine en déposant une tasse remplie d'un liquide doré devant lui.

— Avez-vous décidé où vous allez exposer le défunt ?

Damase se tourna vers Léontine, quêtant son aide.

— J'avais pensé le laisser dans son lit, répondit celle-ci. C'est plus commode, vu que le salon est plutôt petit et que sur la table de cuisine, c'est ben dérangeant.

— Parfait! approuva le curé en buvant d'un trait le liquide chaud. Je vais donc retourner au presbytère et remplir l'acte de décès.

Soudain, l'horloge suspendue au mur de la cuisine attira son regard.

— Vous n'avez pas arrêté les aiguilles pour marquer l'heure du décès?

— Non, répondit platement Damase, qui ne voyait pas l'utilité de se conformer à ce rituel archaïque.

— J'imagine que vous allez au moins suspendre un tissu noir à la porte, pour informer vos voisins et les passants de la présence d'un mort dans cette maison.

— J'imagine, oui…, répondit le neveu.

— Tu me sembles bien peu au courant des rites de l'Église, mon garçon, souligna le curé Arcouette, les sourcils froncés et l'air suspicieux. Maintenant que tu es de retour, j'espère te voir aux offices religieux plus souvent.

— Je resterai pas longtemps.

— Que veux-tu dire? s'inquiéta Léontine.

— Je t'expliquerai, ma tante. Pour l'instant, je vais aller aider Ti-Pierre.

Sur un signe de tête, il prit congé du curé et de sa tante.

— Les jeunes, asteure, y sont pas comme nous autres, avança Léontine, pour justifier la conduite de son neveu auprès du représentant de l'Église. La guerre les a ben changés…

— Oui… La guerre a changé bien des choses, en effet…, soupira le curé avant de se préparer à partir.

— Au revoir, monsieur le curé, dit Léontine en refermant la porte derrière lui.

Enfin seule, elle laissa libre cours à sa peine et à son désarroi. Elle prit place sur une des chaises et appuya ses coudes sur la table. Sa tête lourde de fatigue et de chagrin dodelina un instant. Elle aurait tant aimé chasser ses idées noires et les nouveaux soucis qui se profilaient à l'horizon ! Les paroles de Damase résonnaient dans sa tête comme autant de glas annonçant la fin d'un monde… Son monde…

«Je resterai pas longtemps.»

La vieille dame posa son front entre ses mains que les travaux ménagers avaient gercées, et pria le ciel de lui laisser un peu de temps avant que Damase ne se décide à repartir. Elle savait qu'elle ne retournerait jamais vivre à Montréal où, de toute façon, elle n'avait plus de logis depuis la mort de Clara. Elle désirait finir ses jours ici, à Sainte-Hélène. Comme l'avait fait avant elle sa sœur, et maintenant son frère.

— Donnez-moi juste le temps de me trouver une place où mourir en paix, mon Dieu, s'il vous plaît ! supplia-t-elle dans le silence.

Léontine se rendit dans la chambre de son frère, assombrie par la toile noire accrochée devant la fenêtre, prit place sur une des chaises alignées au pied du lit et sortit son chapelet pour réciter des *Ave*. La prière lui fit du bien. Elle se rappela alors son ancien désir de devenir religieuse, ce qui lui donna l'idée d'aller demander asile au couvent des Sœurs de la Présentation, à Saint-Hyacinthe.

— Dès que j'en aurai l'occasion, j'irai voir s'ils ont une petite place pour moi, s'encouragea-t-elle.

Réconfortée, elle ferma les yeux et se concentra sur ses prières.

Chapitre 6

La veillée au corps

Le lendemain, vers dix heures, Kilda Francœur et Adrien Touchette furent les premiers visiteurs à venir prier au corps. En entrant dans la chambre mortuaire, Kilda et son compagnon enlevèrent leur chapeau avant de saluer Léontine et Damase. Ils restèrent debout, à distance respectable du défunt, les bras croisés sur le ventre, une main enserrant leur couvre-chef. Le curé, revenu prêter assistance à ses ouailles en peine, se mit à réciter une dizaine de chapelets, puis il invoqua les saints anges et termina ses prières en aspergeant le mort à l'aide de ramilles de sapin trempées dans une soucoupe d'eau bénite. L'assemblée se signa et redevint silencieuse, chacun implorant le Tout-Puissant à sa manière.

Sur la commode, Léontine avait placé un bouquet de genévrier, qu'elle avait coupé à même le buisson derrière la maison. Une photographie de Cléomène, ainsi qu'un reliquaire familial, composé d'une bague, de sa montre à gousset et d'un crucifix, voisinaient les tiges qui dégageaient leur parfum et assainissaient un peu l'air vicié.

Dans la cuisine, le bruit de la porte qui s'ouvrait et les chuchotements de nouveaux invités vinrent interrompre le recueillement des personnes rassemblées.

Adrien se signa, imité par Kilda. Ils quittèrent la chambre, suivis de Damase et Léontine qui abandonnèrent au curé le soin d'accueillir les nouveaux arrivants.

— Toutes mes condoléances, Léontine, lui offrit Adrien.

— Mes sympathies aussi, enchaîna Kilda en tendant la main à Damase.

— Merci.

— Y est parti ben vite! ajouta Adrien. On pensait pas…

— La mort, ça fauche tout d'un coup! commenta Kilda. Peu importe l'âge! On sait jamais quand elle va nous tomber dessus.

— T'as raison, murmura Léontine en prenant place sur une chaise.

— T'es sûre que ça va, toi? lui demanda Adrien en s'approchant. T'as l'air fatiguée sans bon sens.

— Voyons, Adrien! C'est normal, le sermonna son compagnon.

— C'est correct, Kilda, intervint Léontine. Y a eu beaucoup à faire depuis la mort de Clara. Faut croire que Cléomène était plus fatigué que moi.

— Maintenant que Damase est là, tu vas pouvoir te reposer, la réconforta Adrien. Mon gars, c'est à ton tour de prendre soin de la ferme et de ta vieille tante, pas vrai?

Damase hocha la tête tristement.

Malgré le serment fait à Cléomène de garder la terre, Damase ne planifiait pas y demeurer toute l'année. Il pourrait la louer à quelqu'un qui l'entretiendrait pendant que lui retournerait travailler au commerce de son beau-père. Et il en tirerait une bonne rente! Cette pensée le rassura. En secret, il espérait que Flore hérite de l'entreprise de son père et de la maison familiale aux États. Il n'aurait qu'à passer à la ferme de temps en temps pour s'assurer que tout allait rondement…

Deux autres personnes du voisinage entrèrent dans la maison. L'un d'eux, un petit homme placide aux joues rondes et au visage remarquablement lisse, hormis de profondes fossettes, attira l'attention de Kilda. Il le désigna d'un bref mouvement du menton.

— Tancrède Phaneuf! J'aurais un mot à lui dire avant de partir…

— C'est toujours pas réglé vos histoires de bornes? l'interrogea Adrien.

— Non! Le maudit! Y dit que sa clôture est sur sa terre, mais y a empiété de six pieds sur la mienne.

— Je veux pas d'esclandre dans la maison! ordonna Léontine qui connaissait le caractère impétueux de Kilda Francœur. Surtout pas maintenant!

— Ben voyons, ma Léontine, je te ferai pas honte le jour où ton frère repose sur son lit de mort. Je vais l'emmener dehors pour parler de ça.

— C'est quand donc l'enterrement ? demanda Adrien.
— Mercredi.
— Le veillez-vous jour et nuit ?
— Le curé préfère pas, répondit Damase. Paraît que, dans ces veillées-là, on boit trop !

Les trois hommes rirent doucement sous le regard outré de Léontine.

— Et c'est mieux comme ça ! se fâcha-t-elle. Ce genre de soirée finit plus souvent qu'autrement en beuverie, oui. Et puis, Damase et moi, on doit bien dormir si on veut suffire à la tâche !

— En tout cas, moi, j'oublie jamais la présence d'un décédé, se targua Kilda. Je suis incapable de manquer de respect, tant aux morts qu'aux vivants. Pis c'est pas demain que ça va changer !

— Depuis que les curés entraînent nos femmes dans une vraie croisade de tempérance, on peut même plus regarder une bouteille sans se faire traiter comme le plus pécheur des pécheurs ! répliqua Adrien.

— C'est partout pareil. Dans tous les villages du Québec, y paraît, renchérit Kilda.

— L'alcool est pas bien vu aux États-Unis non plus…

Damase se tut aussitôt. Pour la première fois depuis son retour, il avait failli à sa résolution de ne pas parler ouvertement de son séjour en terre américaine. Il déglutit avec peine, cherchant contenance en fouillant au fond de ses poches à la recherche d'un mouchoir, avec lequel il s'épongea le front.

— On crève de chaleur icitte, vous trouvez pas ?

— Le mois de mai est plus chaud que d'habitude, nota Kilda qui n'avait pas remarqué son trouble. Bon, ben moi, je vais aller parler à Tancrède ! Bon courage à vous deux !

— Je te suis ! déclara Adrien.

— Merci d'être venus ! les salua Léontine.

— Oncle Cléo vous aimait bien, ajouta Damase.

— Ton oncle, c'était un vrai bon Jack ! Y en aura pas d'autres comme lui…, dit Kilda qui se racla la gorge sous le coup de l'émotion.

— C'est toujours les meilleurs qui partent en premier, se désola Adrien.

Les deux amis prirent congé la tête baissée et le cœur lourd. Sur le seuil de la porte, Kilda interpella Tancrède qui semblait à l'étroit dans ses habits du dimanche.

— Tancrède, j'aimerais ça te parler deux minutes.

L'interpellé opina du chef. Alors que les trois hommes sortaient de la maison, Gérald Lupien entrait dans la cuisine. Damase vint aussitôt à sa rencontre.

— Gérald !

— J'ai su pour ton vieux. Mes sympathies.

— Merci.

— Ça doit faire drôle en titi de revenir à la maison pis que…

— … oui, oui, ça surprend.

— Y était pas très vieux, apparemment.

— Presque cinquante-sept ans.

— Je passais te donner mes sympathies. Pis au cas où t'aurais besoin de moi, je suis au village, sauf les jours où je vais mener des gens en ville. J'ai un corbillard, si jamais…

— Un corbillard ?

— Oui, pour aller porter la dépouille au cimetière.

— J'avais pas pensé à ça.

— Y va falloir !

— Ouais…

— Je te chargerais pas cher.

— Combien ?

— Une piastre.

Damase évalua la situation. Il voyait mal comment leur vieille jument et la charrette pouvaient rivaliser avec l'attelage de Gérald.

— OK. Présente-toi ici mercredi matin, à dix heures.

— Tu le regretteras pas. Mon corbillard est très beau.

— J'en doute pas une minute.

— Bon ben, marché conclu ! se réjouit Gérald en posant une main sur la poignée de la porte.

— Tu viens pas faire une prière au corps ?

Gérald hésita, visiblement mal à l'aise.

— Depuis que je suis revenu de l'autre bord, avec tout ce que j'ai vu dans les tranchées, je suis plus tellement fervent de prières. De cadavres non plus… Tu comprends ?

— Je comprends.

Gérald prit congé. Damase le regarda descendre les quatre marches du perron en s'appuyant sur une nouvelle canne, puis se hisser à la force de ses bras sur le siège, prendre le fouet d'une main et les rênes de l'autre, et les claquer sur le dos de Coucoune qui se mit aussitôt en route.

Le jeune homme leva les yeux vers le firmament où le soleil jouait à cache-cache avec des nuages épars. Des souvenirs d'enfance refirent surface à la vue de ce ciel maintes fois contemplé. Il se rappela les jeux dans le jardin avec sa mère et son oncle, les travaux des champs quand l'été faisait fleurir les marguerites et gonfler les épis de maïs. Lui revenaient en mémoire les pique-niques et les promenades près du ruisseau quand la canicule résonnait du chant des cigales et des stridulations des grillons. De ces beaux jours, il ne restait, hélas, que la nostalgie. « Rien ne sera plus jamais pareil... », pensa-t-il, amer.

De nouveaux venus arrivèrent dans la cour, arrachant Damase à sa rêverie mélancolique. Il accueillit les voisins voulant offrir les condoléances d'usage et les guida jusqu'à la chambre où s'entassaient maintenant ceux et celles qui désiraient rendre un dernier hommage à Cléomène Beauregard, leur voisin et ami.

Pendant les deux jours que dura l'exposition du corps, les gens se relayèrent sans relâche. Damase n'imaginait pas que Cléomène avait autant d'amis. « C'est normal ! C'est un gars du coin. Il est né ici et a toujours vécu à Sainte-Hélène », lui fit remarquer Léontine. Même Paul Dufault, le célèbre ténor à la réputation internationale, de passage dans sa famille, était venu prier au chevet du défunt. Malgré cette affluence, Damase dut faire le train, le pauvre Ti-Pierre étant trop apeuré à la vue de tous ces étrangers.

— Il donne plus de trouble qu'il peut aider, confia-t-il à Léontine, le soir avant les obsèques.

— C'est vrai qu'il a pas beaucoup aidé. Cléomène savait comment lui faire accomplir certaines tâches.

— Avec sa manie de se cacher dans le poulailler, aussi !

— On dirait qu'il se sent en sécurité avec les poules. Le pauvre ! Va savoir ce qu'il a pu endurer dans sa petite enfance…

— Tu crois qu'il a été battu ?

— J'en mettrais ma main au feu ! Y serait pas le premier ni le dernier, d'ailleurs. Tu te souviens de la fille d'Adélard Soucy ? Ben moi, je pense que le vieux a pas été correct avec elle.

— Pas correct, comment ?

— Un homme, ça peut devenir fou quand c'est en manque…

— En manque de quoi ?

— Tu me comprends, rétorqua Léontine, visiblement mal à l'aise. Plus de femme, pis la boisson aidant… ben… Et puis, personne sait où sa fille est passée.

— Qu'est-ce que t'as appris au juste ?

— Quand on l'a trouvé mort, il était dans le lit de sa fille, les vêtements couverts de sang et d'excréments, et le sexe à l'air, lui révéla-t-elle sur le ton de la confidence.

Damase se raidit. Se pouvait-il que... Il se souvint tout à coup des paroles de la fugueuse apeurée qu'il avait côtoyée quelques jours dans le bois : « Si jamais je dois retourner là-bas, je le jure sur la tête de ma mère, ce sera pour le tuer ! »

— Il avait des blessures apparentes ?

— Non.

— Et le sang, alors ?

— On raconte qu'il avait fait boucherie ce jour-là et que c'est le sang d'un cochon qui tachait ses vêtements. Tu parles d'un drame !

Léontine leva les yeux vers l'horloge dont les aiguilles marquaient onze heures vingt.

— Même si ça fait presque trois jours qu'il est mort, mon Cléomène, soupira-t-elle, j'ai encore l'impression qu'il va sortir de sa chambre pis venir se bercer.

Le silence reprit sa place dans la cuisine. Damase regarda de nouveau la chaise berçante dans laquelle Cléomène prenait plaisir à s'installer et à fumer une bonne pipe après une dure journée de travail. Plus jamais il ne verrait son oncle.

Léontine remarqua la mine sombre de son neveu.

— Tu m'as pas encore parlé de ton exil.

— On a pas eu le temps, à vrai dire.
— Si jamais t'as envie de te confier, je suis là.

Damase sourit à cette femme qui était devenue, en quelques mois à peine, son unique parente.

— Je vais me coucher, ma tante.
— Moi aussi.

Les deux complices s'éloignèrent de la table où refroidissait le repas de Ti-Pierre.

— Y viendra pas souper, avança Damase en pointant l'assiette remplie de tranches de pain beurrées.
— J'ai laissé la porte ouverte. Je sais qu'y va entrer quand on aura éteint les lampes à l'huile. Il aime mieux être dans le noir, le pauvre…
— T'es ben bonne.
— C'est la simple charité. Comme le dictent les commandements du bon Dieu.

Damase se dirigea vers l'escalier et s'arrêta sur la première marche.

— J'ai oublié de te dire que Gérald Lupien viendra chercher le corps avec son corbillard demain à dix heures.
— Pour quoi faire, un corbillard ?
— Parce que Cléomène mérite ben ça !

Sans prononcer un mot de plus, Damase monta l'escalier. Léontine souffla les lampes, mais en conserva une allumée pour mieux s'orienter dans le noir jusqu'à la chambre de son jumeau, au chevet duquel elle avait l'intention de passer la nuit.

Chapitre 7

Les funérailles

Au matin de la cérémonie funèbre, après la récitation des prières et des invocations, le corps de Cléomène fut placé dans un cercueil dont on vissa le couvercle. Kilda, Adrien, Damase et Tancrède portèrent celui-ci sur leurs épaules jusqu'à l'extérieur où les attendaient Gérald et son corbillard acheté à un entrepreneur de pompes funèbres de Victoriaville. Noir, comme de raison, et les côtés vitrés, il s'ouvrait par-derrière. Le véhicule n'arborait aucun autre ornement que la croix qui le surmontait.

— C'est un beau corbillard que t'as là, mon gars, déclara Tancrède une fois que le cercueil fut bien en place dans le véhicule.

— Merci ! répondit fièrement Gérald.

— Propre avec ça ! ajouta Adrien.

— Je prends toujours soin de mes affaires.

— C'est tout à ton honneur ! apprécia Kilda.

— C'est le temps d'y aller ! les pressa Damase.

Gérald monta sur le siège, s'empara des rênes et fit avancer sa jument dont il avait tressé la crinière et la queue avec du ruban noir. Le cortège se mit en branle : des *bogheys* réservés à la famille et aux amis, une *rubber tail* – une petite voiture à roues au fini métallique –, de même que différentes charrettes, simples ou doubles, tirées par un seul cheval et dont certaines étaient pourvues d'échelettes qui portaient des gerbes de fleurs. Tous suivaient le corbillard dans un silence respectueux. Les sabots des chevaux marquaient la cadence. Damase et Léontine, en tête de file, avaient préféré prendre place dans leur propre charrette.

— Ça va, Léontine ? s'enquit Damase en voyant le visage blême de sa tante sous son bonnet noir.

— Ça va, oui…

— T'es pâle sans bon sens.

— Un peu de fatigue et beaucoup de chagrin. T'inquiète pas pour moi, je vais passer à travers…

Damase reporta son attention sur les terres qui longeaient la route.

Au printemps, les champs offraient encore une image de désolation, de par les mélanges de terres jaunes et grises qui devenaient noires dans la savane. Sur plus de quatre milles, le cortège longea la rivière Scibouët. Certains habitants s'amusaient à comparer son parcours sinueux à un serpent. Ce cours d'eau était tributaire de plusieurs petits ruisseaux baptisés du nom des propriétaires des terres sur lesquelles ils s'égaillaient. Tranquille à la belle saison, la rivière devenait une source de soucis pour les riverains dont les routes et les terres étaient vite inondées, lors du dégel printanier. Avant de se jeter dans la Yamaska, elle se gonflait tellement que certains commerçants et voyageurs devaient parfois faire de longs détours par Upton pour se rendre au village. Pourtant, aux beaux jours de l'été, on allait fréquemment s'y baigner, pêcher ou encore pique-niquer en famille sur ses berges.

Le cortège s'immobilisa devant l'église et les porteurs désignés s'empressèrent d'aller attacher leurs chevaux avant de revenir vers le corbillard. S'assurant de la bonne tenue du cercueil sur leurs épaules, ils entrèrent dans la nef et se dirigèrent vers un podium, entouré de quatre cierges pour y déposer leur lourd fardeau. Les parents et amis qui suivaient en silence se répartirent dans les bancs. Une forte odeur d'encens envahissait déjà les lieux. De lourdes draperies violettes étaient suspendues aux murs et aux fenêtres.

Quand le prêtre arriva, les fidèles se levèrent d'un seul mouvement. Après avoir fait la génuflexion en passant devant l'autel, le prêtre se tourna face à l'assemblée et s'avança vers le catafalque, escorté de deux servants de messe qui tenaient les instruments de l'office : un encensoir duquel s'échappait une fumée grise et odorante ainsi qu'un vase d'argent rempli d'eau bénite qui recevait un goupillon.

— Mes chers amis, nous sommes ici pour célébrer le passage de Cléomène Beauregard au pays des morts et de l'éternité. En ce jour de grande tristesse, c'est vers Dieu que nos prières s'élèvent...

Damase n'écoutait plus. Son esprit vagabondait auprès de Flore qui attendait assurément de ses nouvelles. Damase ignorait quand exactement il pourrait retourner à Old Orchard, même s'il comptait bien mener les choses rondement afin d'aller rejoindre sa fiancée le plus tôt possible. Toutefois, il devrait d'abord attendre jusqu'à l'automne pour faire la corvée des foins, comme c'était le cas dans toutes les campagnes de la région aux mois de septembre et d'octobre.

— *Gloria in excelsis Deo...*

Les voix des choristes, accompagnées par l'orgue, s'élevaient sous la voûte.

Léontine demeurait droite, immobile dans sa peine. Damase la trouva fière et digne. Il ressentit alors une bouffée d'affection pour celle qui avait été complice de sa désertion. Il passa un bras sous le sien, pour la soutenir. Léontine leva vers lui son regard gris, mouillé de larmes. Damase lui sourit, puis se concentra sur les paroles du prêtre qui commentait en chaire l'épisode de l'Évangile de saint Jean relatant la résurrection de Lazare.

Damase se surprit à penser que toutes ces belles paroles nourrissaient l'espoir qu'au jour du Jugement dernier, chacun pourrait répondre à l'appel du Christ et vaincre la mort à jamais. « Des foutaises... Cléomène ne reviendra pas », ruminait-il, plein d'amertume.

Le temps s'écoulait lentement, rythmé par les clochettes du *Sanctus*, puis par l'*Agnus Dei* chanté par la chorale, sans oublier les bénédictions, les invocations aux saints, à la Vierge et aux anges psalmodiées par l'ecclésiastique. La cérémonie se termina sur un air d'orgue qui escorta le cortège jusqu'à la sortie de l'église. Les porteurs remirent le cercueil dans le corbillard et tous s'acheminèrent vers le cimetière, sis à deux arpents derrière l'église paroissiale. La file de gens s'étirait sur le sentier qu'une herbe naissante avait envahi. Le curé attendit que tout le monde soit immobilisé au plus près de la fosse, devant la tombe en pierre blanche sur lequel étaient déjà inscrits les nom, prénom et date de naissance de Cléomène. La date de sa mort attendrait l'œuvre future du graveur, ce qui scellerait ainsi, dans la mémoire des vivants, les jours du passage de Cléo en ce monde. Le curé Arcouette aspergea d'abord le cercueil, retenu au-dessus de la fosse par deux câbles que tenaient Adrien, Kilda, Tancrède et le fossoyeur. Puis il le bénit. On procéda ensuite à la mise en terre. Le célébrant récita encore quelques prières et, après une dernière bénédiction à laquelle toute l'assemblée répondit par un signe de croix, les fidèles se dispersèrent.

Damase et Léontine restèrent seuls devant la tombe de Cléomène, soudés l'un à l'autre dans la peine, laissant couler les larmes qu'ils avaient retenues tout au long de la cérémonie.

— Damase ?...

Une voix de femme sortit le jeune homme de sa torpeur, comme s'il avait été frappé d'un coup de fouet. Il chercha celle qui l'appelait, certain d'être la proie d'un rêve.

— Edwina ?

— Bonjour.

Damase ferma les yeux et les rouvrit, l'esprit confus et le corps frissonnant.

— C'est qui ? demanda Léontine, brisant la magie du moment.

— Je suis Edwina Soucy, se présenta-t-elle. Je voulais vous offrir mes condoléances pour la mort de votre frère.

— La fille d'Adélard ? fit la vieille dame, à la fois surprise et perplexe de rencontrer cette jeune personne dans les parages.

— Oui.

Voulant éviter un interrogatoire qui la mettrait dans une mauvaise position, Edwina reporta son attention vers Damase qui s'essuyait les yeux du revers de la main.

— Mes sympathies à toi aussi.

— Mer... merci, bredouilla-t-il.

Stupéfait, Damase ne savait plus que dire. Il restait là, bouche bée devant celle qu'il avait à peine reconnue dans sa robe de cotonnade fleurie, cintrée à la taille par un ruban rose pâle. Ses cheveux, que lui-même avait coupés à la hache près d'un an auparavant, étaient rassemblés en un chignon sur la nuque et surmontés d'un élégant chapeau. Ses mains gantées trituraient nerveusement un petit sac de toile de la même couleur que la ceinture de sa robe et ses pieds menus étaient chaussés de souliers fins et pointus.

— Bonjour, mes sympathies les plus sincères, intervint un homme qui arrivait à ses côtés.

Le nouveau venu retira son chapeau et tendit la main à Léontine d'abord, à Damase ensuite.

— C'est François, murmura Edwina, gênée.

— François Mongeau, compléta ce dernier. Le fils du docteur Mongeau.

— Edmond Mongeau, le mari de Gertrude Janson ? La sœur de Magella ? demanda Léontine. C'est notre cousine par alliance, expliqua-t-elle en se tournant vers Damase qui ne perdait pas un mot du discours de sa tante. Elle avait marié Zéphirin Beauregard, mon oncle, en premières noces.

— C'est bien ce que ma mère a tenté de m'expliquer quand elle m'a parlé du lien de parenté avec votre frère, ajouta François.

— Elle est pas là, Gertrude ? demanda Léontine en s'étirant le cou pour voir au-dessus de l'épaule de François.

— Elle a dû partir tout de suite après la cérémonie. Une affreuse migraine… Elle est repartie à la maison avec Julien Théberge.

— Ils s'aimaient bien, ces deux-là, quand ils étaient jeunes, se rappela Léontine, un éclair de malice au fond de ses yeux gris.

François ne releva pas l'allusion aux anciennes amours de sa mère.

— Comment va ton père ? enchaîna Léontine.

— Bien, merci. Mais il vieillit, lui aussi…

— J'imagine que tu vas prendre sa place comme docteur dans peu de temps ?

— Oui. Je termine mon internat chez les Sœurs de la Providence à la fin octobre. J'ai prévu m'installer à Saint-Hyacinthe le mois suivant.

Ce disant, il prit la main d'Edwina et la plaça sur son bras.

— Ensuite, je pense me marier.

Cet aveu aussi spontané qu'inattendu amena le rouge aux joues d'Edwina. Mal à l'aise, elle baissa la tête.

De son côté, le sang de Damase ne fit qu'un tour. Ses poings se crispèrent et un frisson parcourut son échine.

— Félicitations, mon grand. Alors, salue bien tes parents de ma part et merci d'être venu aux funérailles de Cléomène.

— Je vais leur transmettre vos salutations, conclut le jeune docteur en reposant son couvre-chef sur ses cheveux roux.

Il serra le bras d'Edwina.

— On y va ?

— Oui. Bonjour, madame Léontine.

Prenant son temps, Edwina plongea ses prunelles dans celles de Damase.

— Bonjour, Damase.

— Bonjour! répéta ce dernier, les dents serrées.

Bras dessus, bras dessous, le couple quitta les abords de la fosse dans laquelle le fossoyeur s'affairait à jeter des pelletées de terre.

— On s'en va, nous aussi, déclara Léontine à son tour.

Léontine avança à pas lents vers la voiture.

— Elle est plutôt jolie, la petite Soucy, remarqua-t-elle sans lever les yeux du sol.

— Oui.

— Je l'avais jamais vue avant aujourd'hui.

— Moi, ça fait une éternité.

Léontine émit un petit rire.

— Bizarre… Parce qu'elle semble bien te connaître!

Damase tourna une mine offensée vers sa tante qui riait sous cape.

— Qu'est-ce que t'insinues?

— Rien. Je me comprends!

Damase ne releva pas la remarque, encore perturbé à la vue d'Edwina qui marchait à quelques enjambées devant eux, au bras de son prétendant. Il la trouvait belle. Très belle. Les fantasmes de ses nuits au fond du bois dans le camp de bûcherons lui revinrent en mémoire. Même dans ses rêves, il n'avait pu imaginer qu'elle deviendrait une aussi jolie femme… Cette gracieuse demoiselle n'était en rien comparable à la jeune fille apeurée qui s'était enfuie avec ses hardes.

Une pointe de jalousie aussi perfide qu'insidieuse se fraya un chemin dans sa poitrine. Il en oubliait sa peine.

Damase porta une main à son front moite et défit le nœud de sa cravate. Le feu qui courait dans ses veines en était maintenant un de colère mêlée d'aigreur. Lui qui croyait avoir vaincu les démons du passé après avoir rencontré Flore Auger affrontait, ce matin, son ancien ennemi : le désir inassouvi de posséder cette fille.

— Tu marches trop vite ! se plaignit Léontine.

— Attends-moi ici. Je vais chercher la voiture.

Il accéléra le pas en direction de son attelage, détacha la jument et se hissa sur le siège.

— Hue, ma belle ! cria-t-il en faisant claquer les lanières de cuir sur le dos du cheval qui obéit promptement.

La Ford T de François Mongeau le dépassa à droite, soulevant un nuage de poussière qui brouilla le regard de Damase et effraya la jument. Furieux, celui-ci serra les dents et s'arrêta à la hauteur de Léontine.

— A-t-on idée d'aller aussi vite en voiture ! s'offusqua la vieille dame.

— Ces fils de riches là ! Y sont bons qu'à déranger les autres.

Damase descendit de son siège pour venir aider sa tante à monter dans la voiture. Il remonta dans la charrette et l'attelage quitta le cimetière au petit trot.

Tout au long du chemin, Léontine et Damase ne dirent mot, chacun étant plongé dans ses pensées. Pour Léontine, l'avenir qui se profilait à l'horizon lui paraissait flou, voire sombre. Elle s'imagina de nouveau aller finir ses jours au couvent, mais rien n'était moins sûr que d'y être invitée ou même acceptée. Damase, de son côté, était obnubilé par le souvenir d'Edwina au bras de François.

— Tu le connais, toi, ce Mongeau ? osa-t-il demander au bout d'un moment.

— Lui, non. Son père, oui par exemple, c'est l'un des meilleurs médecins de Saint-Hyacinthe.

— Ah !

Damase se tut et sa mine renfrognée en disait long sur l'idée qu'il se faisait du jeune blanc-bec, probablement richissime, sur lequel Edwina avait jeté son dévolu. « Elle a trouvé un bon parti ! » dut-il admettre avec rancœur. Il rongeait son frein pendant que Léontine l'observait sans mot dire. Elle vit ses sourcils froncés et ses doigts qui s'agitaient autour des lanières de cuir.

— Qu'est-ce que t'as, Damase ?

— Rien. Pourquoi tu me demandes ça ?

— Depuis que t'as vu cette fille, on dirait que t'es en colère.

— Je suis pas en colère !

— Alors pourquoi cette mine basse ?

— On vient d'enterrer oncle Cléo, c'est pas assez pour avoir la mine basse ?

— Peut-être... Sauf que ton air, lui, a rien à voir avec Cléomène.

Damase ne répliqua pas et reporta son attention sur le chemin de terre qui s'étirait devant la voiture.

— Il y a eu quelque chose entre cette fille et toi? demanda encore Léontine.

Damase ne savait pas quoi répondre. Pouvait-il mettre sa tante au courant de ce qui s'était passé dans la cabane du 2e Rang?

— Rien. En fait, je l'ai croisée il y a pas si longtemps...

— Où ça?

— À la gare.

— Quand t'es parti?

— Oui.

Léontine hésita avant d'ajouter:

— C'est drôle qu'elle soit venue au cimetière sans prier sur la tombe de son père, constata-t-elle.

— Elle l'a peut-être fait avant de venir nous rejoindre.

Léontine pinça les lèvres.

— Si tu veux mon avis, elle doit même pas être allée à son enterrement.

— On sait rien sur elle, tante Léontine...

— J'ai entendu des rumeurs, mon gars!

Damase préféra se taire et n'argumenta plus.

— Je vais réparer les toits et remettre un peu d'ordre dans l'étable. Il faut aussi que j'évalue tout ce qu'on doit faire, évoqua-t-il pour changer de sujet.

— Il est à peine midi, rétorqua Léontine, ce que confirmait l'angélus qu'on entendait dans le lointain. Après un bon repas, tu pourras aller faire des travaux. Ça doit pas être si long. Une chose à la fois. T'as le temps.

— Ben non, justement, j'ai pas beaucoup de temps.

— Qu'est-ce que tu veux dire ?

— Tante Léontine... Je suis fiancé et je vais me marier avec une fille des États.

Damase inspira profondément avant de continuer.

— Je vais retourner aux États aussitôt que tout sera en ordre ici.

Léontine joignit les mains sur son ventre où se logeait un malaise. Elle grimaça un peu et ferma les yeux. Soudain, elle avait peine à respirer. Même si elle s'attendait à cette révélation, le fait de l'entendre la blessa. Tout était clair dans la tête de Damase. Il ne garderait pas la ferme où il avait passé son enfance. Sa vie était ailleurs. Aux États Unis. La guerre, l'exil surtout, avait fait dévier le cours de sa destinée.

— Tu dois voir le notaire avant de prendre cette décision, laissa-t-elle tomber.

— J'irai aussitôt que je pourrai. T'inquiète pas, tante Léontine.

Damase se rappela la promesse faite à Cléomène. Il avait juré sans calculer l'immense sacrifice que celui-ci lui imposait. Mais peut-être devait-il prendre le temps de réfléchir avant de prendre une décision finale. Ils n'échangèrent plus aucune parole jusqu'à leur arrivée dans la cour de la maison.

— Je vais préparer le dîner, soupira Léontine en mettant pied à terre.
— Je vais dételer la jument, marmonna Damase.
Ils se séparèrent, la gorge nouée.

Chapitre 8

La blessure d'Edwina

Après avoir quitté le cimetière, Edwina et François roulèrent vers Saint-Hyacinthe. Le trajet fut court, le conducteur de la voiture poussant son engin au maximum de ses capacités.

Edwina, les yeux écarquillés de stupeur et de joie, une main posée sur son chapeau que le vent, qui s'engouffrait dans l'habitacle, soulevait, riait à gorge déployée, enivrée par la vitesse, et surtout exaltée par cette nouvelle expérience.

— C'est fantastique, pas vrai ? cria François.

Edwina acquiesça.

François la trouvait belle avec ses joues rouges, ses yeux brillants, ses lèvres entrouvertes aux couleurs des boutons de rose. Jamais encore il n'avait été si heureux. Auprès de cette fille, il se sentait bien.

Edwina n'était pas compliquée. Un rien la ravissait et, malgré une certaine naïveté, il la savait désireuse d'apprendre, curieuse et attentionnée. « Elle est simple et bonne », songea-t-il. Rien de comparable avec Judith Portman qu'il avait fréquentée au cours des deux dernières années et qui lui avait préféré un riche banquier. « Pour elle, je n'étais qu'un petit docteur de village... »

François reporta son attention sur la route et relâcha la pression sur l'accélérateur. La voiture ralentit.

— Ouf! soupira Edwina en replaçant des mèches de cheveux échappées de son chignon.

— Tu as eu peur?

— Non, non...

— C'est la première fois que tu fais un voyage en voiture?

— Comme celle-là? Oui. J'en ai déjà fait un en train, une fois...

Ce souvenir fit ressurgir devant ses yeux le visage triste et décontenancé de Damase. Edwina eut un pincement au cœur et son sourire disparut.

— J'ai dit quelque chose qu'y fallait pas? voulut savoir François, inquiet.

— Non, pas du tout!

— Pourquoi cet air triste tout à coup?

Devait-elle s'ouvrir à lui? Elle préféra se taire.

— Ça faisait peine à voir, ce jeune homme qui pleurait.

— Ce Damase, tu le connais depuis longtemps? demanda François, curieux.

— Quand j'étais enfant, je l'ai vu certains dimanches à la messe et une fois aux champs, pendant les foins.

Edwina ferma les yeux et repensa à son séjour semé d'embûches en forêt, en compagnie de Damase. Elle s'était même blottie contre lui. Elle détourna la tête pour ne pas que François voie son trouble.

— Ça va ? réitéra ce dernier.

Edwina se composa un visage de circonstance.

— J'ai aussi de la peine pour la vieille dame.

— La cousine de ma mère ?

— Oui. C'est pas drôle de perdre un parent et de se retrouver toute seule.

— Elle n'est pas seule. Elle a son fils.

— Damase est son neveu.

La voiture arrivait en bordure du chemin de fer du Grand Tronc qui traversait la ville de Saint-Hyacinthe d'est en ouest et apportait la prospérité aux industries et aux commerces avoisinants. À l'arrêt après le pont, l'automobile s'immobilisa pour laisser passer des piétons. François salua d'un mouvement de tête une femme marchant dans le groupe.

— Tu la connais ?

— C'est madame Groleau, une patiente de mon père.

L'automobile reprit sa route sur le pont de la Société menant tout droit à la rue des Cascades, centre névralgique de la ville, au milieu de laquelle se dressait le marché Centre, une énorme bâtisse de briques rouges surélevée d'un chapiteau en pointe et bordée, d'un côté, par un balcon de grandes dimensions. C'était à cet endroit que les élus municipaux et provinciaux multipliaient les discours. Depuis sa construction en 1855, le « marché », comme le nommaient les citoyens, grouillait de monde. Les cultivateurs qui y possédaient un « banc » venaient quotidiennement vendre le fruit de leurs récoltes, fournissant ainsi aux citadins des produits locaux de première qualité.

En face du bâtiment, François, distrait, évita de justesse l'attelage de Gérald Lupien qui se dirigeait vers une fontaine de granit avec une base en pierre, où s'abreuvaient les chevaux d'un côté et les humains de l'autre.

— Hé ! cria le cocher à l'adresse du conducteur qui freina juste à temps pour éviter la collision.

L'arrêt brusque projeta Edwina vers l'avant et son front heurta la structure de métal du pare-brise. Sous l'impact, la pauvre fille en perdit son chapeau tandis qu'une myriade d'étoiles valsaient devant ses yeux.

Étrangers à son malaise, Gérald et François se disputaillaient.

— Vous pourriez faire attention ! criait presque Gérald en descendant de sa voiture pour aller calmer sa jument affolée.

— Je suis navré, je croyais que vous continueriez votre chemin au lieu de stopper ainsi.

— J'avais déjà dirigé ma carriole vers la fontaine quand vous…

Le regard de Gérald se posa soudain sur la femme assise près du conducteur. Vif comme l'éclair en dépit de sa claudication, il délaissa Coucoune, passa devant l'automobile et courut vers la passagère.

— Mademoiselle...

Il vit tout de suite le filet de sang qui marbrait sa tempe droite. Des mèches de cheveux s'agglutinaient sur sa joue.

— Elle est blessée! s'écria-t-il.

— Quoi?

Gérald tendit la main et toucha le visage au teint blême de la jeune femme qui s'évanouit.

— Edwina! s'inquiéta François.

Laissant tourner le moteur, ce dernier sortit de l'habitacle en vitesse, contourna la voiture, ouvrit la portière et la reçut, pâle et chancelante entre ses bras.

— De l'eau fraîche! ordonna-t-il à Gérald qui obtempéra aussi vite qu'il put.

Il fouilla dans la poche de son manteau, en sortit un mouchoir de coton blanc qu'il trempa dans l'eau de la fontaine et revint vers Edwina.

— Voilà! dit Gérald en lui tendant le tissu imbibé d'eau.

François nettoya d'abord le front de la belle à la recherche de la plaie. Il la découvrit presque à la racine des cheveux.

— Ce n'est pas grave, Dieu merci! souffla-t-il, rassuré.

— Comment vous le savez?

— Je suis médecin.

— Ah!...

François continua d'éponger le visage d'Edwina qui reprit enfin connaissance.

— François… Je…

— Chut, tout va bien !

—J'ai… j'ai mal à la tête, geignit-elle d'une voix faible.

Edwina voulut porter une main à son front, mais le jeune médecin retint son geste.

— Une petite blessure, rien de sérieux.

— Votre tête a heurté le pare-brise, expliqua Gérald.

Edwina porta son attention sur l'homme qui se tenait derrière François. Elle fut surprise par la bonté de ce regard franc et honnête. Le visage était élégant, même si la tension marquait ses traits. De son côté, la beauté juvénile d'Edwina fit grand effet sur Gérald. Jamais encore quelqu'un n'avait posé pareil regard sur lui ; jamais non plus il n'avait ressenti ce mélange de frissons et de malaises qui s'apparentait à un état de grâce.

— Tenez-moi ça, s'il vous plaît, demanda le docteur en ramassant le chapeau d'Edwina et en le tendant à Gérald.

Celui-ci s'en empara à deux mains et le posa contre son cœur qui battait maintenant la chamade. Un doux parfum s'en échappait ; des effluves de lavande et de romarin dont la chevelure de la demoiselle, aux boucles couleur de miel, était imprégnée.

— Ce n'est qu'une éraflure, diagnostiqua François, bien que tu aies quand même subi un choc. Ce qui explique ton évanouissement et ton mal de tête.

Sans plus attendre, il aida son amie à s'adosser confortablement et referma la portière.

— Je vais l'emmener chez moi où elle pourra se reposer, annonça-t-il à Gérald, qui tenait toujours le chapeau d'Edwina.

Près d'eux, Coucoune s'ébroua, sensible à l'arrivée des badauds qui encerclaient la voiture.

— Tout doux, ma belle, la calma Gérald.

— Mon chapeau…

La voix flûtée d'Edwina n'était qu'un murmure.

Gérald reporta son attention vers celle qui avait déjà fait chavirer son cœur et lui tendit machinalement son petit couvre-chef.

— Merci…

— Y a pas de quoi, mademoiselle.

— Désolé pour tout ! s'excusa François, en actionnant déjà l'embrayage.

Y a pas de quoi, répéta Gérald, subjugué par les prunelles brunes qui le fixaient toujours.

L'automobile quitta les lieux dans une telle pétarade que Coucoune, énervée, hennit de mécontentement.

— Doux, doux, ma belle, dit son maître en la flattant.

Coucoune se désaltéra à l'abreuvoir, amenant son maître à jeter un regard sur la dédicace gravée en anglais, à la mémoire de la mère du donateur de la fontaine : *To my beloved mother, Caroline Jones, died in 1874.* Gérald remonta ensuite dans la carriole et reprit son chemin. En contrebas, au bout de la rue, près des cascades qui avaient donné son nom à l'artère principale de la ville, il vit la voiture qui tournait à droite pour emprunter la côte de la rue Bourdages. Il sut qu'elle se dirigeait vers la rue Girouard, où la majorité des notables possédaient des demeures cossues. Un sentiment d'envie envers ces bien nantis l'étreignit tandis qu'une petite voix lui susurrait à l'oreille : *Cette fille n'est pas pour toi…*

Quelques minutes plus tard, lorsque François gara la voiture devant la maison de deux étages en pierres taillées où demeuraient ses parents, Edwina avait encore mal à la tête. Le corsage de sa robe était taché de sang et la jeune femme se sentait mal à l'aise de se présenter ainsi devant le père et la mère de son compagnon.

— J'aimerais mieux rentrer, dit-elle soudain, freinant l'élan de François qui posait déjà sa main gantée de cuir sur la poignée de la portière.

— Voyons, Edwina ! s'offusqua-t-il. Maman nous attend.

Edwina baissa le menton et refoula ses pleurs. Elle regrettait maintenant d'avoir consenti à accompagner François aux funérailles. La rencontre de Damase avait accentué le malaise qui la tenaillait depuis que la voiture avait longé les champs près de Sainte-Hélène.

— Tout va bien aller…

— Je… Je sais que c'est bête, mais je…, commença-t-elle, confuse, en portant deux doigts tremblants à son front meurtri.

— Papa est là, il va pouvoir panser ta blessure encore mieux que moi.

— T'es un excellent médecin.

— Allons-y! Maman doit nous surveiller par la fenêtre et se demander ce que nous attendons pour entrer!

Edwina prit une grande inspiration, replaça des mèches de cheveux sous son chapeau, attrapa son petit sac à main et fit signe à son compagnon qu'il pouvait ouvrir la portière. Quand elle posa le pied par terre, un vertige la surprit et elle ferma les yeux.

François s'empressa de lui entourer la taille d'un bras ferme.

— Ça va aller.

Dans la maison familiale, à moitié dissimulée derrière des rideaux de dentelle grège, Gertrude Mongeau fixait le couple enlacé avec un pincement au cœur.

— Comme ça, vous vivez à Montréal? interrogea le père de François, bien installé dans un fauteuil en cuir marron, dont le dossier capitonné était entouré de bois d'ébène.

— Oui, répondit timidement Edwina, les doigts crispés sur sa tasse de faïence remplie de thé chaud.

Il était trois heures de l'après-midi. Son hôte aux cheveux noirs arborait de superbes favoris juste assez longs et offrait une image très digne dans son costume de flanelle grise.

Après s'être laissé guider jusqu'au cabinet du docteur, où le praticien s'était empressé de nettoyer la blessure et d'y étendre un baume apaisant, Edwina avait été emmenée à la salle de lessive. Là, sous les conseils avisés de Gertrude, elle avait réussi à faire disparaître presque entièrement la tache sur sa robe. « Vous la laisserez tremper dans du vinaigre et de l'eau chaude, pendant toute la journée demain. Vous verrez, ça fait des miracles », avait recommandé la femme avant d'entraîner Edwina à la salle à manger. Un léger repas, composé de soupe aux légumes, de pain et de cretons, avait été servi par la cuisinière. « Vu les horaires de papa durant la journée, maman préfère un repas rapide et pas compliqué », avait expliqué François. La mère avait fixé son rejeton avec affection avant de préciser qu'en effet, le souper était plus élaboré. « Mais nous insistons pour prendre le thé en milieu d'après-midi ! », avait-elle ajouté. Voilà pourquoi ils recevaient leurs hôtes dans le petit salon. On y servait du thé, à l'anglaise, avec un peu de sucre et une larme de lait, habituellement accompagné de scones et de biscuits au beurre.

— Vous vivez chez vos parents ?
— Non.

— Je ne vous ai pas dit qu'Edwina est née à Sainte-Hélène ? intervint François.

La surprise se peignit sur le visage des deux parents.

— Vraiment ! Et quel est donc votre nom de famille ? s'enquit Gertrude.

— Heu...

— Soucy ! répondit François à sa place.

Le rouge monta aux joues d'Edwina. Que François ne lui laisse pas le temps de répondre la choqua. De plus, bien que ce ne soit pas un secret, elle aurait préféré ne pas s'étendre sur ses origines. Et si le docteur Mongeau connaissait son père ? Peut-être savait-il quel genre d'homme il était ?

— Soucy... Soucy..., répéta Gertrude en posant un index à l'ongle manucuré sur sa lèvre supérieure. Ce nom me dit quelque chose...

— J'ai entendu parler d'un dénommé Soucy, il y a quelques mois, renchérit son mari. Mon collègue, Charles-Édouard Lemaître, médecin à Sainte-Hélène, s'est rendu à son chevet.

— Il était mourant ? demanda François que cette conversation intéressait.

La prodigieuse mémoire de son père de même que sa rigueur professionnelle le fascinaient depuis sa plus tendre enfance.

Unique fils de la famille, François avait une sœur, Nicole, de quatre ans son aînée. Elle avait épousé un avocat et s'occupait d'œuvres caritatives qui lui donnaient l'impression d'être utile à quelque chose. Son mariage avec Isidore Cartier, héritier d'une grosse fortune, l'avait placée, certes, dans un rang social bien au-dessus du sien, mais François savait sa sœur à sa place dans la grande ville de Québec. Nicole venait une fois l'an visiter sa famille à Saint-Hyacinthe, soit le 2 janvier de chaque année. C'était d'ailleurs un peu l'absence de celle-ci qui avait poussé François à demeurer près de ses parents pour leur apporter affection et soutien. Cependant, à l'approche de sa vingt-troisième année, il devait penser à se marier, d'autant plus que, dans quelques mois à peine, il quitterait Montréal et viendrait seconder son père dans sa pratique. Depuis la fin de la guerre, les blessés et les immigrants venaient grossir le nombre des patients du principal docteur de la ville.

— Oui, oui, Soucy. Je me souviens, maintenant ! s'exclama Gertrude.

— Il n'est pas coroner de métier, ce Lemaître ? demanda François à son père.

— Tout juste. Coroner et médecin. C'est lui qui a constaté le décès…

— Le décès ? coupa Edwina, devenue blême.

— Le décès ? répéta François.

— Oui… et dans une fâcheuse position, renchérit sa mère. Il paraît qu'on a retrouvé le vieil homme couché sur un lit à l'étage de sa maison de campagne et que…

Elle leva les yeux au ciel avant de les poser sur la jeune invitée.

— Voilà que je fais encore du commérage sans même vous avoir demandé si vous êtes parente avec cet homme!

À ces mots, le cœur d'Edwina ne fit qu'un tour, ses mains se mirent à trembler et elle échappa sa tasse de thé. Le liquide ambré se répandit sur la moquette de laine grise, formant une tache plus sombre que les fleurs de lilas qui s'y étalaient en grappes ordonnées.

L'attention des membres de la famille alla au tapis d'abord, puis à leur invitée, qui avait porté une main à sa bouche et l'autre sur son cœur.

— Edwina? murmura François en s'agenouillant devant elle.

Au regard rempli d'effroi qu'elle posa sur lui, il comprit tout.

— C'était ton père?

Edwina hocha lentement la tête. Des larmes lui montèrent aux yeux, qu'elle refoula d'un battement de cils.

— Tu ne savais pas qu'il était... mort?

Edwina fit signe que non.

— Dieu du ciel! gémit Gertrude en déposant sa tasse et sa soucoupe sur la table basse devant elle. Ma pauvre enfant!

Elle fut aussitôt à ses côtés.

— Venez avec moi à la cuisine, Edwina! Vous êtes sous le choc!

— Je vais l'aider, dit François, mais sa mère retint son élan d'un geste de la main.
— Reste ! Je m'en occupe !

Le ton n'admettait aucune réplique.

François obtempéra et Edwina suivit son hôtesse à pas lents. Dans son cœur et dans sa tête, un immense bonheur se déployait.

Chapitre 9

La certitude

Edwina s'affairait à la buanderie, penchée au-dessus de la planche à repasser, le fer chaud dans sa main droite. Elle s'appliquait à effacer un pli récalcitrant sur une chemise de coton. Des gouttes de sueur auréolaient son front. Sous son chignon, une douleur vrilla sa tête. Elle la bougea pour faire disparaître le malaise sans toutefois y parvenir. Quatre jours s'étaient écoulés depuis l'accident et Edwina souffrait toujours de vertiges. Elle n'avait pas osé en parler à sœur Hortense ni à son amie Adèle, et encore moins à François qu'elle n'avait croisé qu'une seule fois depuis leur retour à Montréal.

La jeune femme pivota sur ses talons, déposa le fer sur le brûleur près des autres. Elle s'empara d'un autre fer, plus petit et plus pointu, pour repasser entre les boutons. Quand elle se retourna, un étourdissement la saisit. Le fer chaud s'échappa de sa main pour s'échouer sur le plancher dans un bruit mat.

— Edwina ! s'écria une de ses compagnes de travail près d'elle.

La pauvre fille s'affala de tout son long sur le plancher, le visage à quelques pouces de la semelle de fonte du fer.

L'incident provoqua tout un branle-bas dans la buanderie. Les femmes délaissèrent leur besogne et coururent au secours d'Edwina.

— Qu'est-ce qu'elle a ?
— Elle a eu un malaise !
— Elle est tombée tout d'un coup !
— J'espère qu'elle est pas en famille !

Ce dernier commentaire eut l'effet d'une douche froide. Le silence tomba comme une chape de plomb dans la pièce où flottaient des effluves de lessive.

Elles connaissaient toutes une misérable que l'amour avait aveuglée au point d'en perdre son honneur. Combien en avaient-elles vu arriver, en larmes, le ventre rond et serré dans leur manteau ou leur robe ? Après leur séjour ici, la plupart repartaient la tête basse, la larme à l'œil. Ces filles, riches ou pauvres, qui avaient péché par amour, payaient chèrement les quelques minutes de plaisir que l'abandon aux joies de la chair leur avait procurées. Ne restaient ensuite que les blessures au cœur et les remords.

— Elle ouvre les yeux ! s'écria une femme.

Trois consœurs aidèrent Edwina à se remettre sur pied tandis que les autres retournaient à leur ouvrage.

— Ça va ? l'interrogea la contremaîtresse d'un air soupçonneux.

— Oui… oui… J'ai si mal à la tête…, bredouilla Edwina.

Elle y porta la main, révélant à ses camarades l'ecchymose bleutée qu'elle avait jusque-là tenté de cacher sous une mèche de cheveux.

— Oh ! Mais tu es blessée ! constata la contremaîtresse. Tu t'es fait ça ici ?

— Non… J'ai eu un accident de voiture.

— Il faut voir le docteur !

— J'en ai déjà vu un…

— Je t'emmène !

L'autorité dans la voix ne permit pas à Edwina de se dérober.

— Appuie-toi sur moi, ordonna-t-elle encore.

Cette dernière leva la tête vers ses ouailles, dont certaines tardaient à reprendre leur travail.

— Elle a une blessure à la tête, spécifia-t-elle. Alors, que je n'entende pas de ragots, vous m'avez bien comprise ? Sinon, vous connaissez la mère supérieure…

Un murmure d'approbation se répandit dans la salle. Toutes savaient que la mère supérieure veillait scrupuleusement à ce que ses employées aient une conduite exemplaire, sous peine de renvoi. Personne ne voulait que cela arrive. Surtout pas à la discrète Edwina. Celle-ci était d'ailleurs fort appréciée pour sa gentillesse et son dévouement. Combien de fois n'avait-elle pas aidé une camarade de travail afin qu'elle puisse terminer sa journée à l'heure prévue et prendre le tramway à temps ? Plusieurs l'avaient vue aussi, après une longue journée à repasser, aller prêter main-forte aux préposées au pliage des draps, allant même jusqu'à leur offrir de les porter elle-même à la lingerie. Ses collègues imaginaient mal que cette jeune femme, toujours à sa place, puisse succomber aux avances d'un amant véreux. Ce n'était pas son genre. Surtout qu'à son arrivée, comme elle demeurait avec les novices, on aurait juré qu'elle se destinait à la vie religieuse.

Alors qu'Edwina quittait la buanderie à pas lents, l'endroit résonnait à nouveau du battement des machines à laver, des soupirs de vapeur des pressoirs et des cliquetis des fers sur les planches à repasser.

Seule dans sa chambre, Edwina regardait par l'unique fenêtre le flot des passants qui déambulaient rue Rachel. Cela faisait trois jours déjà que François lui avait prescrit du repos, après avoir diagnostiqué un léger traumatisme crânien.

Force lui était d'admettre que les raideurs à son cou avaient diminué depuis qu'elle s'était absentée du travail. Elle passait de longues heures étendue sur son lit, dormant ou somnolant, et prenait ses repas en compagnie de sa logeuse, une femme d'une quarantaine d'années qui l'assommait de commérages et de faits divers tirés des journaux qui s'empilaient sur la table du salon.

— Si c'est pas pitié ! s'emporta celle-ci en fermant d'un geste brusque le journal *Le Devoir*, qu'elle lisait assidûment chaque semaine.

— Quoi donc ? demanda Edwina, sachant que sa logeuse se ferait un plaisir de la mettre au courant des plus récentes nouvelles de la grande métropole.

— Tu sais que dix mille ouvriers ont déclenché une grève le 24 avril dernier ?

— Les employés de la Canada Sugar ?

— Pas seulement eux, mais aussi les camionneurs, les déchargeurs de fret, les chapeliers ; ils demandent la reconnaissance syndicale et de meilleures conditions de travail. Eh ben…

— Ben quoi ?

— Y doivent rentrer au travail, les pauvres !

Elle soupira et tira une bouffée de sa cigarette, plaisir dont elle ne se passait plus. Madame Bélec les roulait elle-même à l'aide d'une machine conçue à cet effet.

L'air se remplit de l'odeur douceâtre de la fumée.

— Les grèves, ça se termine toujours par un échec, remarqua Edwina en balayant de la main la fumée grise.

— Pas toujours. C'est certain que le petit monde est encore sous le joug des riches. Tiens, prends les ouvriers des chantiers de la Vickers, y paraît qu'ils vont aussi faire la grève pour appuyer les grévistes de Winnipeg qui ont cessé le travail le mois passé.

— Ça va faire comme toutes les autres grèves, vous verrez, commenta Edwina qui ne croyait pas à la justice sur cette terre.

Que pouvait-on espérer, puisque les compagnies étaient la propriété des richissimes familles, des trusts ou des banques ?

— C'est pas le temps de perdre sa job, ajouta-t-elle. Y a tellement de chômeurs en ville…

Edwina se leva pour se remplir un verre à même le robinet d'eau courante, commodité qui n'existait pas encore dans les campagnes. Elle avala le liquide frais avant de s'adresser de nouveau à sa logeuse.

— Avez-vous essayé l'autobus depuis que la Montreal Tramways Company a inauguré sa ligne en janvier dernier ?

— Pas encore. Et toi ?

— J'aime mieux marcher. De toute façon, où voulez-vous que j'aille à part à la buanderie, répondit tristement Edwina.

— C'est vrai que t'es pas ben sorteuse, remarqua madame Bélec.

— Je saurais pas où aller.

— Y a les p'tites vues ! Même les enfants ont le droit de fréquenter les salles de cinéma depuis le 15 mars. Ou encore le hockey…

— Vous savez bien que j'ai pas assez d'argent pour ça ! Et puis, vous vous rappelez pas que la finale de la Coupe Stanley a été annulée parce que Joe Hall des Canadiens est mort de la grippe espagnole ?

— C'est vrai ! On a même dit que les autres équipes avaient préféré annuler parce que l'épidémie pouvait se propager.

LA CERTITUDE

La vieille dame soupira.

— Dans mon temps, y avait plein d'endroits où aller s'amuser, danser et boire un p'tit coup. Au moins, depuis le référendum du 10 avril dernier, la vente de la bière et de la boisson est plus prohibée. Ça, c'est une bonne affaire !

— Pas tant que ça ! rétorqua Edwina, à qui cette nouvelle rappelait l'ivrognerie de son père, qui avait brisé sa vie.

— C'est vrai qu'avec les chômeurs qui sauront plus quoi faire, les tavernes vont se remplir. Sans compter tous ces soldats qui reviennent de l'autre bord et qui vont devoir se refaire une vie normale après avoir connu le pire…

— Ça devait être terrible là-bas…

— En tout cas, c'est sûr qu'on va en entendre, des affaires, sur cette maudite guerre, laissa tomber la logeuse en écrasant son mégot de cigarette dans le cendrier de verre ambré.

— Peut-être pas non plus… Certains voudront jamais raconter qu'ils ont tué un ou plusieurs hommes. Ils vont garder ces souvenirs enfouis dans leurs mémoires et les emporter avec eux dans la tombe.

Edwina se remémora le soir de sa fuite, alors qu'elle était cachée dans le fossé, près de la voie ferrée. Elle se rappela son serment à Cléomène Beauregard, qui portait sur son dos la dépouille de l'homme qu'il venait d'assassiner.

— T'as ben l'air songeuse, tout d'un coup, nota madame Bélec.

— Hein ?

— Tu t'ennuies !

— Peut-être…

— Que dirais-tu d'une petite partie de whist ou de paquet voleur ?

— Non, merci. Je vais plutôt retourner me reposer.

— Comme tu voudras !

De retour dans sa chambre, Edwina, sachant qu'elle ne pourrait travailler toute sa vie à la buanderie, pensa à François. N'avait-il pas laissé sous-entendre qu'il la fiancerait ? À presque vingt ans, elle devait trouver un mari, si elle ne voulait pas coiffer sainte Catherine. Elle avait déjà dépassé l'âge d'enfanter une première fois. La coutume voulait qu'une fille se dépêche d'épouser un homme qui la protégerait, la chérirait et lui ferait plusieurs enfants. De plus, le père de la mariée se voyait enfin soulagé d'une bouche à nourrir.

Le père…

Edwina se surprit à prendre conscience qu'elle avait presque oublié l'être abject qu'avait été le sien. Puis, elle avait appris sa mort. Aujourd'hui, cette nouvelle la laissait de marbre. Elle éveillait tout au plus un questionnement sur un possible héritage.

La ferme est peut-être à toi maintenant…, insinua dans sa tête une petite voix qu'elle connaissait bien.

— À moi…, chuchota-t-elle dans la solitude de la pièce.

L'idée que cet héritage puisse l'obliger à retourner vivre à Sainte-Hélène la fit frémir. D'un seul coup, son enfance lui revint en mémoire. Edwina pressa ses deux mains sur sa poitrine où résonnaient les battements de son cœur affolé. Un sentiment de haine la submergea, véritable raz-de-marée qui la fit se plier en deux. Elle s'allongea sur le lit, à plat ventre, enfouit sa tête au creux de l'oreiller et pleura longtemps. Puis, elle essuya son visage, se releva et marcha vers la fenêtre.

Dehors, le ciel se marbrait d'un crépuscule mordoré.

— Pourrais-je un jour me donner à un homme, soupira-t-elle. L'aimer charnellement ?

Tu dois retourner à Sainte-Hélène..., lui souffla la petite voix.

Edwina inspira profondément. Elle se sentit alors sereine. Son esprit vola vers une cabane perdue au fond des bois. Le visage de Damasc éloigna les mauvais souvenirs.

Chapitre 10

L'amnistie

Deux jours déjà s'étaient écoulés depuis l'inhumation de Cléomène. Damase prenait les bouchées doubles, travaillant de l'aube à la nuit tombée, réparant ici un toit, là une charrue, vérifiant les harnais, aiguisant les faux et les faucilles. La tâche était immense et il ne pouvait pas compter sur Ti-Pierre qui se terrait aussitôt qu'il le voyait. « Y va falloir le placer chez quelqu'un d'autre », avait-il conseillé à Léontine, en rentrant à la maison le premier soir, fourbu et affamé. Celle-ci avait acquiescé de la tête tout en continuant de tourner la louche dans la soupe aux légumes.

Une nuit de grande fatigue, Damase avait sombré dans un sommeil agité de rêves où tourbillonnaient les visages de Flore et d'Edwina. Il se réveilla en sueur, au beau milieu de la nuit, son sexe dressé demandant délivrance. Il se soulagea rapidement et tenta de se rendormir, en vain. Il se leva, marcha vers la fenêtre qu'il ouvrit sans faire de bruit. La brise qui pénétra dans la pièce lui fit du bien. Il s'alluma une cigarette.

Fumer le réconfortait et apaisait ses angoisses quand il se sentait trop seul.

Son regard se perdit dans la nuit profonde et il tenta d'imaginer sa vie sur cette ferme.

— J'ai trop à perdre en demeurant ici, marmotta-t-il.

Son avenir, il le concevait davantage en homme d'affaires qu'en cultivateur.

Damase ferma les yeux, invoquant comme une prière muette le souvenir de Flore Auger avec qui il voulait faire sa vie.

— Ma belle Flore…, chuchota-t-il encore.

Ce fut cependant l'image d'Edwina au bras du docteur qui se glissa dans ses pensées.

Un immense désir de la toucher et de la sentir contre lui le fit tressaillir. Une seconde fois, son sexe se gonfla dans son pantalon de cotonnade. Son attirance pour Edwina était-elle purement charnelle ? Pourquoi était-il aussi troublé à la simple évocation de cette fille ? Il se surprit à la comparer à Flore, à qui il trouva des avantages que la fugueuse, rencontrée par hasard pendant sa désertion, ne possédait pas. Flore saurait lui apporter un amour stable, une position sociale avantageuse, un projet de vie, une maison dans le Maine.

— Edwina ne sera jamais autre chose qu'une pauvre fille…

Damase referma la fenêtre et retourna se coucher. Il ferma les yeux et se laissa aller entre les bras de Morphée.

L'AMNISTIE

～

Il était neuf heures quand le curé gara sa voiture devant la maison des Huot. Après avoir fixé la bride de son cheval au poteau près de la galerie, il grimpa en vitesse les quatre marches et frappa à la porte. Léontine lui ouvrit.

— Monsieur le curé! Que nous vaut l'honneur?
— Est-ce que Damase est ici?
— Il est dans le hangar.
— Merci! fit le prêtre en redescendant l'escalier en vitesse.
— Vous voulez pas une tasse de thé?
— Merci encore, ma bonne Léontine, mais je n'ai pas le temps.
— Qu'est-ce qui presse tant, à matin? s'inquiéta-t-elle.

Le curé ne répondit pas, impatient de se rendre auprès de Damase.

Quand ce dernier le vit apparaître sur le seuil du hangar, il crut que quelque chose était arrivé à Léontine.

— Monsieur le curé?
— J'ai à te parler.
— À quel sujet?
— Ton amnistie. Oui, oui, Cléomène s'est confié, protégé par le secret de la confession, expliqua-t-il devant l'air soucieux de Damase. Il ne faudrait pas attendre plus longtemps pour aller payer ton amende. J'ai entendu dire que les autorités fédérales poursuivaient

encore les insoumis. On a vu des policiers à Waterloo pas plus tard qu'hier. Et s'ils te prennent ici avant que tu sois amnistié, ils vont t'emmener en prison ou dans un camp de travaux forcés.

Damase frémit à cette éventualité.

— Et si je paye mon amende ?

— Ils ne sont pas censés arrêter quelqu'un qui est amnistié.

— Vous avez pas l'air sûr.

— Je ne suis sûr que d'une chose, plus on attend, pire ça pourrait être. Allez, je t'emmène.

Comprenant l'urgence, Damase délaissa ses instruments, s'essuya les mains sur son pantalon de denim bleu et suivit le prêtre qui s'éloignait à grands pas.

— On va prendre ma carriole. Elle est déjà attelée.

— D'accord, je reviendrai à pied.

— Gérald Lupien est au village, on le croisera peut-être. C'est un bon garçon ! Bien serviable aussi. Il a ton âge, non ?

— J'aimerais mieux qu'il sache pas que je suis un déserteur.

— Je comprends, le réconforta le curé en montant dans sa carriole.

Du perron, Damase lança d'une voix forte à Léontine, affairée près du comptoir :

— Je m'en vais à Saint-Hyacinthe avec monsieur le curé !

— Tu seras de retour pour le dîner ?

— Je sais pas. M'attends pas.

Damase alla détacher le cheval. Il remit la bride entre les mains du curé qui attendait.

— As-tu de l'argent pour l'amende ?

— J'ai dix piastres dans ma poche.

— Ce sera suffisant !

Le curé fit faire demi-tour à son attelage afin d'emprunter l'allée qui menait à la route.

— Tu dois aller voir le notaire Girard, aussi.

— À Saint-Hyacinthe ?

— Oui. Je lui ai demandé de te recevoir cet après-midi, puisqu'on sera là. J'espère que ça ne te fâche pas que je me mêle un peu de tes affaires ?

— Pantoute ! J'ai tellement de travail que j'ai pas le temps de réfléchir à autre chose qu'aux réparations et aux semailles prochaines. Les terres sont même pas prêtes, en plus !

— As-tu pensé à engager un homme ?

Pas encore.

— J'en connais plusieurs qui diraient pas mieux que d'avoir un petit gagne-pain supplémentaire.

— À vrai dire…, commença Damase en baissant la tête.

Le curé sentit que le jeune homme avait un aveu à lui faire.

— Tu peux me faire confiance, Damase.

Celui-ci balaya les terres avoisinantes du regard avant de divulguer ses intentions à l'homme d'Église.

— Je veux pas rester à Sainte-Hélène, laissa-t-il tomber.

Le curé Arcouette ne broncha pas. Il s'en doutait. Combien de jeunes, comme lui, désiraient mettre cette vie de travail à la ferme derrière eux ? La plupart des vétérans et des insoumis cherchaient ailleurs un avenir plus prometteur que celui qui leur était offert ici. Le prêtre se souvint du fils de Blaise Thomas, parti lui aussi aux États-Unis, où il s'était marié. Il travaillait dans la construction navale au port de Portland. Il y avait aussi le petit Gendron, qui habitait maintenant Bristol, dans le Connecticut, et qui ne donnait plus de nouvelles à sa famille depuis plus de deux ans.

— Tu n'es pas le seul, tu sais, soupira le curé. Mais n'oublie pas que toi, tu es désormais chef de famille et que tu possèdes une grande ferme.

— Pas si grande que ça !

Le curé se tut. Il avait ouï dire qu'avant sa mort, Cléomène était allé chez le notaire Girard. « Une grosse affaire… », lui avait dit ce dernier, sans pour autant lui donner de détails supplémentaires.

— Va voir le notaire. Tu sauras ce que t'a laissé ta mère en héritage. Ensuite tu pourras prendre ta décision.

L'attelage avait dépassé les limites de Sainte-Hélène et roulait depuis près de dix minutes en direction de Saint-Hyacinthe. Le maire, Télesphore-Damien Bouchard, TD pour ses amis, bien connu pour sa position anticléricale et sa verve, ne laissait personne indifférent. Pourtant, ses concitoyens appréciaient son esprit d'entreprise et sa volonté de mettre en œuvre un système d'éducation accessible à tous, ce qui soulevait beaucoup d'opposition de la part des élites. Fils de cordonnier, ce petit gars du « marché à foins », comme on surnommait le quartier pauvre de cette ville ouvrière, s'était taillé une place grâce à des études de droit à l'université. Devenu propriétaire du journal *Le Clairon*, il exploitait depuis plusieurs années une agence de vente d'automobiles, en plus de diriger et de présider maintes organisations ou entreprises. Sous sa gouverne, Saint-Hyacinthe voyait pousser des manufactures et se développer un quartier industriel des plus enviables. La ville évoluait au rythme des sirènes qui marquaient le début et la fin de la journée des travailleurs des usines.

Une vingtaine de minutes s'écoulèrent encore, puis la voiture tourna à droite et longea la rue Dessaulles sur quelques dizaines de pieds. Damase remarqua l'architecture des maisons victoriennes aux briques rouges et aux multiples fenêtres garnies de boiseries dentelées. Plusieurs bâtiments plus modernes, conçus par l'architecte René Richer, un grand ami de TD Bouchard, donnaient à Saint-Hyacinthe une allure avant-gardiste. Le maire avait de grands projets. Damase ne put s'empêcher de comparer la modeste habitation dont il héritait à ces maisons cossues de la bourgeoisie, souvent anglophone, de cette ville. Il les compara aussi à celles de la Nouvelle-Angleterre qu'il lui tardait de retrouver.

— On y est! annonça le prêtre en tirant sur les rênes du cheval qui ralentit son allure. Je vais me garer là-bas.

Il désigna du menton un espace où s'alignaient des voitures vides. Damase descendit prestement de la carriole et attendit, les mains au fond des poches, le nez levé vers une massive construction militaire de type britannique. Le mur d'enceinte de ce palais de justice avait été le théâtre de la première pendaison dans la ville. On racontait que cette exécution avait eu lieu en 1867, le jour même de l'entrée en vigueur de la Confédération canadienne.

— On y va? lui demanda le curé en arrivant à sa hauteur.

— Vous êtes sûr qu'y vont me donner l'amnistie?

— Certain!

Sans plus attendre, les deux hommes se dirigèrent vers l'édifice de pierres grises. Quand ils y pénétrèrent, une forte odeur de colle et de poussière les surprit. Ils cheminèrent dans un corridor sombre avant de s'arrêter devant un comptoir derrière lequel était assis un homme en uniforme.

— C'est pour une amnistie, déclara le prêtre.

L'agent lorgna du côté de Damase qui soutint bravement son regard.

— Au fond du couloir, à gauche, indiqua-t-il enfin.

— Merci!

Les compagnons marchèrent vers leur destination sans rencontrer âme qui vive.

— C'est tranquille, ici, remarqua Damase.

— C'est vendredi. Il n'y a pas d'audience en justice, expliqua le curé.

Ils bifurquèrent sur la gauche et débouchèrent dans un petit local éclairé par une fenêtre où il y avait une chaise et un bureau sur lequel une pile de documents s'amoncelaient. Le regard du greffier en poste alla du prêtre à Damase, puis de Damase au prêtre.

— C'est pour l'amnistie..., commença le curé.

— J'imagine ! Assoyez-vous ! ordonna l'homme de loi sur un ton sec.

Pendant que le curé Arcouette s'installait sur l'unique chaise disponible, Damase resta debout à ses côtés, observant le fonctionnaire du coin de l'œil : très grand, un visage longiligne, une bouche fine, un nez un soupçon trop long par rapport à ses pommettes et deux yeux sombres, presque aussi noirs que l'obsidienne, haut perchés sur son visage. Relevant la tête, il lui sourit soudain, dévoilant des dents jaunies par l'abus de tabac et de thé.

— Ce ne sera pas long...

Le greffier chercha dans la pile de dossiers, en retira un qu'il ouvrit devant lui, en sortit une feuille, prit sa plume et leva le front vers les hommes qui attendaient patiemment.

— Votre nom ?

— Heu... Da... Damase.

— Damase qui ?

— Huot.

— Date de naissance ?

— 12 août 1897.

— Nom du père ?

— Conrad.
— Nom de fille de la mère ?
— Beauregard.
— Déserteur ?
— Oui.
— Depuis quand ?
— Le 10 septembre 1918.

Le greffier releva la tête et fixa le jeune homme.

— La guerre s'est terminée à peine deux mois après, constata-t-il.

— Je sais…

— Vous avez eu de la chance.

— Que voulez-vous dire ?

— Que ceux qui ont déserté au début de l'entrée en vigueur de la conscription ont été plus longtemps pourchassés.

— Peut-être ben, reste que la punition était la même pour tous.

— Vous avez raison, reconnut l'homme de loi avant de reporter son attention sur le document à compléter. C'est dix dollars, plus une signature ici, annonça-t-il encore en tendant la plume à Damase.

Celui-ci s'empressa de sortir deux billets de cinq dollars de sa poche, les déposa sur le coin du bureau, s'empara de la plume et signa au bas du document à l'endroit désigné. Il était content d'avoir échangé son argent américain en devises canadiennes avant de revenir au pays.

— Voilà qui est fait ! conclut le greffier.

— C'est tout ? demanda Damase.
— Oui. Vous êtes amnistié.
— Merci !
— Merci, monsieur, répéta le curé en se levant.

Les deux visiteurs prirent congé et sortirent de l'édifice. Dehors, le soleil faisait éclater les verts tendres des feuillus qui garnissaient les allées du parc Dessaulles. Non loin, au coin des rues Girouard et Laframboise, ils aperçurent l'édifice à bureaux de la Grand Union Company, dont une partie avait été aménagée en salle de spectacle qui portait le nom d'Autoscope. De la fenêtre du premier étage, l'immense pavillon d'un phonographe diffusait de la musique dans la rue, portant loin les annonces des prochaines représentations des « vues fixes ». Damase avait entendu Clara parler de ces séances où l'on projetait sur un écran, au moyen d'une lanterne magique, des images en couleurs, peintes sur des lamelles de verre.

Au bout de la rue Rosalie, un omnibus, sorte de char à bancs avec un toit, des petites fenêtres sur les côtés et un marchepied sous la porte arrière, fit son apparition. Le cocher poussait ses chevaux au galop dans un nuage de poussière, fouettant sa monture à tour de bras en vociférant des encouragements de sa voix éraillée.

— C'est Tit-Ange Jarret, annonça le curé en haussant les épaules. Il ne veut pas que ses passagers manquent le train, continua-t-il en désignant de la tête la gare sise derrière le palais de justice.

— C'est pas une raison pour aller vite de même ! s'offusqua Damase.

— C'est devenu une vraie calamité ! renchérit le prêtre. Surtout depuis que les cochers se sont mis en tête que c'était la meilleure manière de sauver leur honneur et d'attirer la clientèle.

— Une sorte de concours, quoi ?

— Ça ne m'étonnerait pas qu'il y ait des paris en jeu, si tu veux mon avis.

Le curé pinça les lèvres d'un air désapprobateur. Il se dirigea vers sa voiture et ajouta sans se retourner :

— Je vais te mener au bureau de maître Girard. Il doit t'attendre.

Damase ne dit mot, anxieux à l'idée de connaître les dernières volontés de sa mère.

« Aurait-elle laissé des dettes ? », songea-t-il un instant. Si tel était le cas, il ne voyait d'autre solution que de vendre la ferme.

La carriole du curé passa devant la cathédrale et l'édifice de la douane, continua sur la rue Girouard, vers l'ouest, avant de s'arrêter en face d'une maison à deux étages en briques rouges, où avait vécu une des premières femmes journalistes et écrivaines de la province de Québec, Henriette Dessaulles, la fille du seigneur du même nom.

— Je vais te laisser ici. J'ai une ou deux visites à faire avant de retourner à Sainte-Hélène, lui apprit le curé. Tu pourras m'attendre au marché, si tu veux. C'est deux minutes à pied.

L'AMNISTIE

— Oui, je sais. C'est parfait !
— Bonne chance !
Damase prit une profonde inspiration avant de gravir les marches de la maison du notaire. Il actionna la sonnette qui résonna à l'intérieur de l'immeuble silencieux et attendit.

Chapitre 11

L'héritage

— Bonjour, je m'appelle Damase Huot, se présenta-t-il. Je viens voir le notaire Girard.

— Entrez ! le convia une dame. Il est dans son bureau.

Damase la suivit le long d'un couloir aux murs lambrissés de bois vernis sur lesquels étaient accrochés des portraits. Sur sa gauche, une porte s'ouvrait sur une immense salle à manger où trônait une table en bois d'acajou. Six chaises recouvertes d'un tissu bleu pâle l'entouraient. Au centre de la table, un vase d'albâtre rempli de fleurs des champs illuminait la pièce. Tout près, une horloge grand-père sonna la demie de onze heures. Son hôtesse le conduisit dans une petite salle attenante au cabinet du notaire et l'invita à prendre place sur une des chaises alignées contre le mur avant de prendre congé.

Aussitôt assis, Damase se mit à échafauder des plans, tous plus farfelus les uns que les autres, quand la porte s'ouvrit brusquement.

— Monsieur Huot ?
— Oui.
— Antoine Girard, dit l'homme aux lèvres charnues, dont la mâchoire était recouverte d'une barbe couleur de bois flotté. Entrez, je vous en prie.

Damase pénétra dans le bureau à la suite du notaire.
— Assoyez-vous.

Damase s'installa dans un fauteuil face au bureau, un imposant meuble de chêne clair qui accueillait des piles de correspondance et de documents, une horloge de bateau en cuivre ainsi qu'une vitrine miniature en châtaignier où était rangée une collection de pipes.

Le notaire prit place dans un fauteuil à son tour, ouvrit la chemise de carton vert placé devant lui et en tira un premier feuillet estampillé.

— Tout d'abord, voici le testament de votre mère, Clara Beauregard-Huot, dont je m'empresse de vous faire la lecture.

Par la présente, moi, Clara Huot, veuve de feu Conrad Huot, je lègue à mon unique fils Damase, en totalité, la ferme de deux hectares par dix portant le numéro de cadastre 48, sis en la paroisse de Sainte-Hélène-de-Bagot, reçue en héritage de mon mari. Celui-ci pourra en prendre possession à sa majorité accomplie.

Fait et signé en ce 18e jour de novembre 1906.
Clara Huot

Le notaire le posa à côté du document et s'empara d'un autre feuillet.

— Et maintenant, le testament de votre oncle Cléomène, enchaîna le notaire.

Comment Cléomène pouvait-il lui léguer quelque chose ? N'était-ce pas plutôt Léontine son héritière légale ?

— Vous êtes sûr que j'ai quelque chose à voir avec ce testament ?

— Tout à fait !

Le notaire se racla la gorge, toussota en posant deux doigts sur sa bouche et entreprit la lecture.

Par la présente, moi, Cléomène Beauregard, je lègue à mon neveu Damase Huot, en totalité, la ferme achetée à feu Adélard Soucy, de trois hectares par dix portant le numéro de cadastre 49, sis en la paroisse de Sainte-Hélène-de-Bagot et achetée le 17 novembre 1918. Je lui lègue aussi un montant de deux cents dollars déposés à son nom à la Banque nationale du Canada. Il pourra en prendre possession à l'unique condition de prendre soin de sa tante Léontine et de veiller à ce qu'elle ait une belle vieillesse et des funérailles dignes de la femme charitable qu'elle a toujours été.

Ceci est ma dernière volonté.

Fait et signé en ce 20ᵉ jour du mois de novembre 1918.

Cléomène Beauregard

Effondré, Damase ne savait plus quoi penser. La lecture de ce dernier testament le laissait sans voix.

Par ce legs, Cléomène se faisait insistant jusque dans la tombe...

— Avec ces deux héritages, vous avez maintenant l'une des plus grandes propriétés de Sainte-Hélène, lui signifia le notaire en refermant le dossier.

— Je...

— Votre oncle a fait l'acquisition de la terre d'Adélard Soucy quelques semaines après la mort de ce dernier.

— À qui l'a-t-il payée ? Le vieux Soucy avait plus personne depuis la disparition de sa fille Edwina !

Le notaire leva un sourcil, intrigué.

— Vous connaissiez sa fille ?

— Un peu...

— On ne sait pas ce qu'elle est devenue.

Damase hésita. Devait-il mentionner qu'il l'avait vue aux funérailles de Cléomène ?

« Edwina ne voudrait pas revenir vivre dans cette maison où elle a été si malheureuse, se persuada-t-il. Mais s'attendait-elle à recevoir la ferme en héritage ? »

Le notaire toussota une seconde fois. Au coin de ses yeux, des pattes d'oie accentuèrent son air perplexe.

— À la mort de monsieur Soucy, sa terre et ses bâtiments ont été saisis pour liquider sa dette auprès de l'institution financière, qui a remis la ferme en vente aussitôt les papiers remplis. Votre oncle a été le premier à faire une offre d'achat. La banque a tout de suite approuvé la transaction, surtout que la terre de monsieur Soucy jouxtait la vôtre.

— A-t-elle été habitée depuis que mon oncle l'a achetée ?

— Non.

— Elle doit être à l'abandon sans bon sens ! s'inquiéta le jeune homme qui voyait du coup sa tâche doubler et même tripler.

— Un gaillard comme vous saura la remettre en état le temps de le dire, l'encouragea le notaire.

Il fouilla sur son bureau à la recherche d'un document qu'il posa devant Damase.

— Je vous demanderais une signature ici, lui indiqua-t-il en pointant du doigt le bas de la feuille.

Damase s'avança sur le bout de sa chaise, prit la plume que lui tendait l'homme de loi et parapha le document.

— C'est pour officialiser la liquidation de la succession, expliqua-t-il avant de reprendre la plume et la feuille dûment signée.

Il souffla sur l'encre, mit le document par-dessus les autres dans la chemise de carton et en sortit un nouveau sous une pile de lettres reposant sur le coin droit de son bureau.

— Aussi, j'ai consulté les comptes et redevances seigneuriales pour constater que votre oncle n'avait pas payé son dû. Adélard Soucy non plus, d'ailleurs.

— Les redevances seigneuriales ?

— Peut-être n'êtes-vous pas au courant. Depuis 1854, la loi donne à chaque censitaire la possibilité de racheter la rente à laquelle il est assujetti. Si le montant de celle-ci n'est pas acquitté en totalité, l'habitant est soumis à un paiement annuel et permanent en faveur de son ex-seigneur. C'est ce qu'on appelle la rente constituée, expliqua lentement le notaire.

— On est en 1919 ! se récria Damase, ahuri. Jamais je croirai qu'on est encore des esclaves !

— Allons ! Allons ! tenta de le calmer le notaire. Pas des esclaves, seulement des censitaires qui doivent payer une sorte de loyer pour des terres qui appartiennent à un propriétaire foncier, ce qui donne le droit, moyennant certaines rentes et obligations, de les cultiver et de les faire fructifier à leur avantage. C'est un procédé équitable et juste…

— … juste ? l'interrompit Damase que la colère embrasait. Vous trouvez ça juste, vous, qu'on s'échine à cœur de jour pour travailler sur une terre qui nous appartient pas ? Pis qu'est-ce qu'on a en retour ? Des rentes à payer. Pis à qui, hein ? À qui appartiennent vraiment les deux terres que je viens de recevoir en héritage ?

Damase s'emportait. Il avait le souffle court, la gorge sèche et ses mains trituraient sa casquette.

— Depuis la mort de monseigneur David Shaw Ramsay, le 23 février 1906, la seigneurie a été achetée par G. H. Forsyth, un écuyer.

— Avec un nom comme ça, c'est sûrement pas un Canadien français !

— Bien entendu !

— Y possède combien de terres comme la mienne ?

— Une quinzaine à partir de la concession 90 jusqu'au *township* d'Upton. On a d'ailleurs surnommé cette partie du comté le "Quarré Forsyth", expliqua le notaire sur un ton neutre.

Damase baissa le front. « Une bande de colonisés… », maugréa-t-il tout bas. Il compara le régime qui sévissait ici à celui de la libre entreprise de leurs voisins du Sud, auquel il avait goûté le temps d'un court exil.

— Combien, la rente ? demanda-t-il enfin.

— Seize piastres pour les deux fermes, payables dans les dix jours à compter d'aujourd'hui.

— C'est tout ?

— Non. En tant que censitaire vous devez veiller à cultiver vos terres, à entretenir les chemins devant vos propriétés et à clôturer vos terrains. Sans oublier les trois jours de corvée, affectés aux tâches publiques, ce qui correspond à un impôt.

— Quelles sortes de tâches ?

— Elles sont de toutes sortes, dépendamment du besoin immédiat. Ça peut aller de la construction de bâtiments publics, comme une église, un presbytère, des chemins, des ponts ou des écoles, à toutes autres choses dont profitent les habitants.

Damase se leva, amer. Il se sentait piégé par son serment à Cléomène ainsi que par le legs de ce dernier, et par le système archaïque auquel était encore assujettie la région. Son désir de se débarrasser au plus vite d'un héritage qui lui pesait de plus en plus s'en trouva renforcé. Sa décision était prise. Il se donnait un an pour vendre ses terres. Une année, pas plus, pour retourner dans le Maine. Flore l'attendrait-elle tout ce temps ?

— Vous voilà propriétaire des plus belles terres du coin, vous avez de la chance ! commenta le notaire en tendant la main à Damase.

— Oui…

L'homme de loi le précéda jusqu'à la porte de son cabinet qu'il ouvrit d'un large geste.

— Bonne journée, monsieur Huot !

— Bonne journée à vous.

— Si vous avez besoin de moi, vous savez où je reste, conclut le notaire.

— Vous allez me revoir bientôt, promit Damase en franchissant le seuil.

Sur ces mots, Damase s'éloigna. Il se sentait pris au piège. « Comment vais-je faire, maintenant ? Je peux plus quitter le pays ! Et puis, il y a la volonté de Cléomène… », se répétait-il.

L'héritier descendit les marches et se retrouva sur le trottoir. Il se dirigea vers le marché Centre où le curé lui avait donné rendez-vous.

Chapitre 12

Le déchirement

C'était bientôt l'heure de nourrir les animaux. Malgré sa fatigue et son manque d'entrain, Damase ne pouvait se soustraire à cette tâche. Les trois vaches devaient aussi être traites. D'ailleurs leurs meuglements parvenaient jusqu'à sa chambre dont la fenêtre était demeurée ouverte. Damase sortit à regret de son lit, s'habilla en vitesse et quitta sa chambre. Dans la cuisine, Léontine, assise à table, la tête entre ses mains, se redressa à son arrivée.

— T'es déjà levée ! s'étonna-t-il.

— Oui, répondit sa tante dont le visage semblait encore plus marqué par ses rides profondes.

Damase l'observa en silence. La pauvre n'était plus que l'ombre d'elle-même depuis que son jumeau avait été mis en terre.

— As-tu déjeuné ? enchaîna-t-il en voyant la table sans couvert.

— J'ai pas faim.

La femme, qui avait refoulé ses larmes trop longtemps, éclata en sanglots. Damase fut aussitôt auprès d'elle et s'agenouilla à ses côtés.

— Tante Léontine..., souffla-t-il en l'encerclant de ses bras.

— C'est plus pareil maintenant qu'il est parti, articula-t-elle faiblement en s'épongeant les yeux.

— C'est vrai...

Après avoir tapoté affectueusement le bras de sa tante, Damase se releva.

— Je vais te préparer un bon thé, proposa-t-il en se dirigeant vers le poêle.

— Laisse, je vais le faire.

— Non, t'en as assez fait depuis que je suis parti aux États. Avec oncle Cléo qui était malade et la mort de maman, je me demande encore comment t'as pu y arriver toute seule.

— Je suis allée au plus important, tu le vois bien. Il manquait un homme pour les gros travaux. Voilà pourquoi tu te retrouves avec des bâtiments à remettre en état.

— C'est pas grave. Ça prendra le temps qu'y faudra, je vais tout arranger. Comme avant !

— Avant..., soupira Léontine. Ce sera plus jamais comme avant...

Puis elle osa poser la question qui lui brûlait les lèvres.

— Et du temps, en auras-tu assez ?

— Je pense que oui, répondit son neveu en allant chercher la boîte de thé dans l'armoire. Pourquoi tu me demandes ça ?

— Tu veux retourner aux États très bientôt et…

Léontine ne termina pas sa phrase, la peine lui nouait la gorge.

En homme de parole, Damase ne pouvait se soustraire à ses engagements. Et il avait maintenant deux serments à respecter. Il eut un point au cœur à l'idée que la pauvre femme puisse être placée en pension pour le reste de ses jours. Il devait respecter les dernières volontés de son oncle. Surtout après tout le dévouement et l'abnégation dont Léontine avait fait preuve envers lui et sa mère. Il avait le devoir de se dévouer à son tour.

Il revint s'asseoir auprès de sa tante.

— Je prendrai soin de toi tant que tu vivras. Je te le jure.

Léontine prit le visage de Damase entre ses mains tremblantes.

— Merci, mon gars, tu me fais aujourd'hui le plus beau des cadeaux !

Puis elle posa un baiser tendre sur le front de celui qui, désormais, portait sa destinée.

— Je vais te préparer à déjeuner, enchaîna Léontine en souriant enfin.

— Je mangerai à mon retour de l'étable.

Léontine se dirigea vers la glacière dont elle retira deux œufs, une chopine de lait et des morceaux de lard bien ficelés dans un papier ciré.

— Je vais te cuire une omelette, baveuse comme tu les aimes, lui offrit-elle. Ce sera prêt dans quelques minutes.

Avant d'ouvrir la porte de la maison, Damase aperçut la casquette de Cléomène accrochée à un clou. Une bouffée d'amour l'envahit. Il s'en empara et la posa sur sa tête.

— Elle te va bien, entendit-il derrière lui.

Léontine jetait les coquilles vides dans le feu.

— Il serait content de savoir que tu la portes.

— Et je suis fier de le faire.

Sans ajouter un mot, Damase sortit de la maison.

Le soleil était levé. Des nuages blancs dessinaient des formes indistinctes dans le ciel. Le vent coulait en plainte sourde entre les érables. Des peupliers bordaient le chemin de terre le long duquel Damase remarqua les clôtures de perches bien droites. Il leva le nez vers l'ouest. Le début de juin s'annonçait venteux. « J'espère avoir le temps de faire les semailles, si jamais les pluies surviennent tôt en été… », songea-t-il en s'engageant sur le chemin menant à la grange. Ses pensées le ramenèrent à Flore. Il ne lui avait pas encore parlé ni écrit. Elle ne lui avait pas envoyé de lettre non plus. Un vide se créait entre celle qu'il avait choisi d'aimer et l'homme de devoir qu'il était devenu. Il devait lui donner des nouvelles le plus tôt possible…

Après avoir trait les vaches, le jeune fermier s'affaira à nourrir le cochon puis à ramasser les œufs, tout en rageant contre Ti-Pierre qui restait caché dans un coin du poulailler. Damase l'avait appelé à plusieurs reprises, en vain. Visiblement, il n'avait obéi qu'à Cléomène.

— Pauvre fou ! lança-t-il à la cantonade, sachant très bien que ces paroles n'atteindraient pas l'enfant.

« Y comprend rien de toute façon ! » se dit-il ensuite, comme pour se disculper d'avoir énoncé tout haut ce qu'il pensait tout bas. Tenant un panier d'osier rempli d'œufs dans une main et un seau de lait chaud dans l'autre, Damase quitta le poulailler sans un autre regard vers l'endroit où se réfugiait l'enfant. Il avait franchi plusieurs enjambées en direction de la maison quand le bruit d'un attelage sur la route le fit se retourner.

— Damase !

Il reconnut la voix au timbre haut perché de Gérald Lupien. Ce dernier arrêta sa voiture dans un nuage de poussière avant de sauter à terre.

— J'ai à te parler.

— T'es donc ben de bonne heure, toi ! Qu'est-ce qui presse tant ? Y a pas quelqu'un de mort ?

— Non, y s'agit pas de ça.

— Qu'est-ce qui se passe ?

— On pourrait aller chez toi pour discuter ?

Le ton mystérieux de Gérald le mettait mal à l'aise. Damase aurait bien aimé se soustraire à cet entretien.

Non qu'il n'appréciait pas Gérald, simplement il avait déjà bien assez de préoccupations en tête. Mais il accepta.

Les deux hommes marchèrent côte à côte, Damase ajustant son pas sur celui, claudiquant, de son compagnon.

— Ça te fait ben de l'ouvrage, hein ? s'enquit Gérald.

— Et ça fait juste commencer. Il va me falloir engager pour réparer les bâtiments. Pour les semailles, je vais pouvoir m'arranger, par exemple pour les moissons, ça va être difficile. J'ai personne ! Ma tante est trop vieille et j'ai pas de frère, de sœur, de neveu ou de cousin…

— Justement, c'est de ça que je voulais te parler ! l'interrompit Gérald.

Damase s'arrêta en bas des marches.

— J'ai su que t'avais hérité de la ferme de Soucy, avoua Gérald.

— Qui te l'a dit ?

— Le curé Arcouette.

— Ah !

— Y m'a confié qu'il était inquiet pour toi.

— Inquiet ?

— Y sait tout le travail que ça va te demander et j'ai pensé venir te proposer de te louer ta deuxième ferme.

Damase écarquilla les yeux de surprise.

— Y t'a tout dit !

— Y m'a juste suggéré de venir te voir pour vérifier si t'avais besoin d'aide.

—Bon…, laissa tomber Damase en grimpant les marches.

Gérald demeura coi en bas du perron, gêné et l'air soucieux.

—Tu fais comme bon te semble. Moi, tout ce que je voulais à matin, c'était te faire cette proposition avant que tu prennes la décision de la vendre.

Damase scruta l'homme qui avait perdu une jambe en défendant sa patrie. Il le savait travaillant, ingénieux, honnête surtout. Une fois qu'il aurait une femme à son bras, Gérald ne tarderait pas à se marier et à fonder une famille.

—J'en ai assez de vivre en pension chez madame Dubé, expliqua Gérald. Elle est ben gentille, c'est juste que je suis pas à l'aise des fois. Pour ce qui est de l'ouvrage, je dois attendre pendant des heures l'arrivée des trains; j'aurais du temps pour travailler aux champs entre les arrivées et les départs. Plus tard, je ferais installer le téléphone à la ferme. Comme ça, si on a besoin de moi au village, je pourrais m'y rendre rapidement.

—Je vois que ton plan est déjà pas mal tracé, constata Damase, un sourire moqueur au coin des lèvres.

—J'en rêve depuis tellement d'années! soupira son vis-à-vis.

—Je dis pas non, mais pas oui non plus. J'ai des choses à vérifier avant d'exploiter cette ferme-là. Je veux voir, entre autres, si le vieux avait pas un testament…

— C'était une reprise de finance. La banque a vérifié avant de vendre.

Gérald avait raison. Comment Cléomène aurait-il pu acheter la propriété autrement ?

— Je vais y penser, répéta Damase.

— Merci, dit Gérald, comprenant par ces mots qu'on l'invitait à s'en aller.

Le boiteux marchait vers sa voiture quand Damase le rappela.

— Tu connais quelqu'un qui a le téléphone dans le coin ?

— Y me semble que le père Larivière vient tout juste de s'en faire installer un.

— C'était un ami de mon oncle.

— Dans ce cas y saura bien t'accueillir et y te chargera pas cher. À ce qu'on raconte, ton oncle était un homme très apprécié.

— C'était un *gentleman*.

— Y doit te manquer.

— Plus que je l'aurais pensé.

Attendri par le visage triste de Damase, envers qui il éprouvait une réelle sympathie depuis ce jour où il l'avait rencontré sur le quai de la gare, Gérald choisit ce moment pour s'éclipser. Les deux hommes se séparèrent, l'un disparaissant dans la maison, l'autre remontant dans sa carriole qu'il mit en branle d'une secousse franche des lanières de cuir sur le dos de Coucoune.

Le lendemain, Damase se rendit au village tout de suite après avoir fait le train, bien décidé à aviser Flore de sa décision. Gaston Larivière l'accueillit avec des souhaits de sympathies, des excuses aussi de ne pas avoir pu assister aux obsèques. Depuis la mort de sa femme, il habitait seul une petite maison en bois debout, blanchie à la chaux et entourée de bosquets de pivoines qu'il chérissait en souvenir de sa défunte. Il avait vendu des parcelles de sa terre, assurant ainsi ses vieux jours. Il lui avait montré comment utiliser le téléphone et s'était retiré sur la galerie afin de laisser le jeune homme parler à sa fiancée en toute intimité.

— Bonjour ? Flore ?

— Damase ! Ça va ?

— Pas vraiment, non...

Damase inspira profondément pour se donner du courage.

— Oncle Cléomème est mort la semaine dernière et tante Léontine peut pas travailler sur la ferme toute seule. J'en ai reçu deux en héritage et j'ai juré à oncle Cléo de m'occuper de tout. Je vais donc rester ici à Sainte-Hélène, annonça-t-il, tout de go, à une Flore interloquée.

— Pour combien de temps ?

— Je sais pas encore... quelques mois.

— Et notre mariage ?

— C'est de ça que je veux te parler surtout...

Damase avala avec peine et inspira un bon coup pour se donner du courage.

— On doit retarder le mariage.

— Jusqu'à quand ?

— Je peux rien te promettre et dans ces circonstances, je te libère de ta promesse. T'es libre, si tu veux. M'attends pas. Je…

Un sanglot lui noua la gorge en même temps qu'il entendait ceux, non retenus, de sa bien-aimée.

— Je ne veux pas, hoqueta-t-elle.

— J'ai pas le choix, tenta-t-il de la raisonner. J'ai juré à Cléo de garder la terre, de veiller sur sa sœur. J'ai donné ma parole !

— Et moi, je veux faire partie de ta vie ! Je vais aller te rejoindre et on…

— Tu t'imagines en femme de cultivateur à travailler aux champs et au poulailler, toi qui as tout ce que tu peux désirer ? Ici, y a pas d'eau chaude, pas de baignoire, pas d'électricité, pas de voiture, pas de téléphone et pas de servante comme chez toi ! Tu vas t'ennuyer à mourir !

— Mais, je…

— Écoute…, la coupa Damase. Je te donnerai des nouvelles dès que je le pourrai !

Il raccrocha d'un geste brusque, son front appuyé contre la boîte noire de l'appareil. La perspective de ne plus revoir le visage de celle qui lui avait tendu une main secourable aux jours incertains de l'exil le bouleversa. Damase se ressaisit au son des pas qui glissaient sur le plancher derrière lui. Il se racla la gorge, recula d'un pas, ajusta sa casquette pour se donner une contenance et fit face à son hôte silencieux.

— Merci, monsieur Larivière, articula-t-il d'une voix enrouée par l'émotion.

— Ça va, mon gars! l'encouragea le vieillard, touché à son tour. Ça va s'arranger, tu vas voir. Tout finit toujours par s'arranger!

— C'est ce qu'on dit…, acquiesça Damase sans conviction.

Le jeune homme prit congé et marcha à grands pas vers la route, sur laquelle il s'engagea sans tarder. Dans le ciel, une masse de nuages sombres masqua le soleil.

Sur le chemin, l'envie folle de tout quitter et de s'exiler à nouveau l'aiguillonna et le fit revenir en pensée aux premiers jours de sa désertion, alors qu'il se sentait prisonnier dans la cabane à sucre du 2e Rang. Ces images ravivèrent en lui un si grand besoin de retrouver sa liberté qu'il en gémit. Damase arrêta ses pas et se tint là, jambes écartées et poings sur la tête, au beau milieu de la route déserte.

— Cléo! Maman! Aidez-moi!

Une douce brise frôla ses joues en feu tandis qu'un écureuil gris traversait le chemin à toute vitesse devant lui. Damase n'y vit aucun présage, aucune réponse non plus. Il savait qu'il ne pouvait se soustraire à ses serments. Il devait oublier les États-Unis, et surtout

Flore Auger à qui il ne pouvait assurer un avenir meilleur que celui qu'elle avait déjà devant elle.

Au loin, un nuage de poussière accompagné de bruits de sabots sur le sol durci annonçait un attelage qui se dirigeait vers le village. C'était Gérald Lupien, encore une fois, qui croisait sa route.

— Pis, t'as téléphoné ? se renseigna-t-il en stoppant son attelage.

— C'est réglé, oui.

Au ton de la voix, Gérald comprit que Damase ne lui racontait pas tout.

— Monte ! Je te reconduis chez toi !

— Pas nécessaire, je vais marcher.

— Allez !

Fatigué, Damase obtempéra et le conducteur fit faire demi-tour à Coucoune.

Damase garda les mâchoires crispées tout le long du trajet. Respectant sa peine, son compagnon resta silencieux.

— T'oublies pas ma proposition ! lui rappela Gérald quand Damase descendit.

— J'oublie pas...

— Ça nous avantagerait tous les deux, je crois bien, insista encore le conducteur avant de repartir vers le village.

Damase le salua en portant l'index sur le bout de sa casquette et s'engagea dans l'allée qui menait à la galerie de bois de la maison.

Chapitre 13

La visite au curé

Pendant la semaine qui suivit, Damase concentra ses efforts sur l'étable et le hangar, qu'il remit en état. Il travailla sans relâche du matin au soir, s'occupant à la fois des animaux, des champs dont il laboura la moitié seulement, et du potager qu'il nettoya des mauvaises herbes qui l'avaient envahi. Tout ce labeur lui donna au moins la satisfaction du devoir accompli et lui fit oublier quelque peu Flore et son envie de retourner vivre de l'autre côté de la frontière.

Depuis l'arrivée de Damase, Ti-Pierre restait enfermé toute la journée dans le poulailler et attendait que le soleil soit couché pour rentrer à la maison. Avant d'aller au lit, Léontine laissait sur la table une assiette remplie de nourriture qu'elle retrouvait vide le lendemain matin.

— Ç'a pas d'allure de vivre caché comme ça! s'offusqua soudain la vieille dame en s'apercevant encore une fois que le garçon n'avait pas osé revenir du poulailler. Y va falloir faire quelque chose.

— C'est pas de ma faute s'il a peur de moi ! se rebiffa Damase sur un ton sec en prenant place dans la chaise berçante. Et puis, c'est une bouche à nourrir de plus. Pour le travail qu'y fait…

— Finalement, le curé pourrait peut-être le placer quelque part où il serait mieux qu'ici.

Damase opina du chef.

— C'est ce que je crois aussi. Ce sera mieux pour tout le monde. Je dois aller au village ce matin chez Fafard, le ferblantier. Je vais en profiter pour m'arrêter au presbytère. J'espère que le curé sera là…

— Sa servante y sera sans doute. Du même coup, pourrais-tu passer chez Evelyn Sawyer, elle m'avait promis de me prêter les *Annales de la bonne sainte Anne* la dernière fois que je l'ai vue. J'étais abonnée à cette revue l'an dernier, mais j'ai renoncé à l'acheter depuis la mort de ta mère.

— Pourquoi ?

— Il a fallu se serrer la ceinture et puis j'avais plus le temps de lire, de toute façon.

— Je comprends, commenta Damase en portant son attention sur la pipe qu'il bourrait machinalement avec le tabac tiré des maigres réserves de Cléomène.

Le jeune homme prenait son temps, gardant les yeux fixés sur le fourreau de la pipe de maïs, un héritage de son père. Bien qu'il ne fumât pas souvent, Damase prenait un réel plaisir à pétuner, assis sur les marches du perron, les soirs où le crépuscule repoussait les nuits à l'approche de l'été. Il nota que les répits, qu'il s'accordait avec parcimonie depuis son arrivée, devenaient plus fréquents, signe que son travail assidu portait ses fruits.

Damase se leva, alla au comptoir chercher la boîte d'allumettes de bois sur le bord de la fenêtre surplombant l'évier. Il alluma sa pipe et aspira l'air par le tuyau. Une fumée s'éleva du fourreau en même temps qu'une odeur douceâtre envahissait la cuisine.

Damase sortit et se dirigea vers l'étable. Ce faisant, il passa près du poulailler d'où surgit Ti-Pierre. Damase se précipita vers lui. Affolé, l'enfant voulut s'enfuir, mais le fermier fut plus rapide et attrapa le garçon par le col de sa chemise. Il le retint fermement de sa poigne solide. L'enfant se débattit des pieds et des mains, frappa Damase aux tibias. Malheureusement pour le garçon, Damase ne broncha pas.

— Arrête de te démener comme ça ! Je veux juste t'emmener au village !

L'enfant se calma à cette annonce et abaissa la tête dans une attitude de soumission.

— Bien, t'aimerais ça aller faire une promenade en charrette ?

— Hein ?

— Viens m'aider à atteler le cheval.

Ti-Pierre suivit Damase qui le tenait maintenant par la main.

— Attends-moi, je vais chercher la jument, expliqua-t-il en détachant chaque syllabe pour bien se faire comprendre.

Pipe au bec, le fermier s'affairait dans l'étable, se retournant à plusieurs reprises pour garder un œil sur Ti-Pierre.

— Tout doux, ma belle, répétait-il en flattant le flanc du cheval.

Comprenant qu'elle bénéficierait d'une sortie au grand air, la bête s'excitait.

— Va me chercher le mors et les rênes, ordonna Damase.

— Hein ?

— Les rênes ! s'énerva Damase en les désignant de son doigt tendu.

— Oh !

Ti-Pierre marcha vers le mur de l'étable, prit les rênes et le mors, et revint vers Damase comme si, pour la première fois depuis leur rencontre, une forme de communication s'établissait entre eux.

— On dirait que tu comprends seulement quand tu le veux bien.

— Hein ?

Les prunelles aux iris couleur d'un ciel d'été fixèrent Damase d'un regard vide et absent.

— Rien, rien…, conclut-il, en conduisant la jument vers la sortie de l'étable.

Ti-Pierre sur les talons, Damase alla au hangar pour atteler le cheval à la voiture et y monta en un rien de temps.

— Viens ! dit-il en tendant la main au garçon qui l'attendait, docile.

LA VISITE AU CURÉ

— Hein ?

— Allez, vite ! On s'en va au village.

Ti-Pierre obéit. Il prit la main secourable de Damase, grimpa dans la charrette et s'installa sur le banc. Un sourire éclaira son visage alors qu'il redressait les épaules, comme déchargées d'un fardeau trop lourd.

— M'man ? laissa-t-il tomber sans quitter la route des yeux sur laquelle s'engageait l'attelage.

« Pauvre Ti-Pierre ! Y se souvient pas que sa mère est morte », s'affligea Damase, le cœur soudain rempli de compassion pour cet enfant abandonné. Il pensa le garder sur la ferme, mais la voix de la raison fut plus forte que la vague d'empathie qui l'avait surpris.

Quinze minutes plus tard, quand l'attelage stoppa devant le presbytère, le curé Arcouette en sortait, sa mallette à la main.

— Monsieur le curé ! le héla Damase. Je dois vous parler.

— Ça ne peut pas attendre ?

— Non ! Pas vraiment !

— C'est au sujet de Ti-Pierre ?

— Oui, mais pas juste ça.

Le prêtre ne put réprimer un geste d'exaspération.

— Je suis pressé !

— Ça sera pas long, insista Damase qui avait mis pied à terre et attachait les rênes autour d'un arbre.

— D'accord, d'accord ! s'impatienta le curé en lui signifiant, d'un moulinet de bras, de se dépêcher.

Damase fit descendre Ti-Pierre de la charrette. Le tenant fermement par le poignet, il se rendit à la hauteur du curé et débita aussitôt ses demandes.

— D'abord, Ti-Pierre peut pas rester chez moi. C'est pas la place pour ce pauvre garçon. Y reste caché dans le poulailler jour et nuit. Faut le placer ailleurs. Pensez-vous qu'y a de la place encore à Saint-Jean-de-Dieu ? Je suis prêt à payer pour sa pension.

— Mmm… Je savais bien qu'un jour ou l'autre, on en viendrait là. Je vais prévenir madame Vertefeuille de s'en occuper en attendant de lui trouver un nouveau foyer.

Le curé tendit la main à Ti-Pierre.

— Merci ! dit Damase.

— Et l'autre demande, c'est quoi ?

Damase hésita.

— C'est au sujet de mon héritage.

Le curé fronça les sourcils, perplexe.

— Y a-t-il quelque chose qui t'incommode ?

— C'est à propos de la fille d'Adélard Soucy. Vous saviez qu'elle était encore vivante ? Vous l'avez pas remarquée aux funérailles d'oncle Cléomène ?

— Elle était là ? répliqua le curé, feignant la surprise.

— Avec François Mongeau ! précisa Damase.

— Tu sais, je vois tellement de monde ces temps-ci, se défendit le curé. Je ne me rappelle pas de tout un chacun qui assiste à une cérémonie.

— Ben moi, je vous dis qu'elle y était, et je voudrais qu'elle soit mise au courant de ce qui se passe.

— Il n'y a pas eu de complot contre elle !

— Je voudrais que les affaires soient claires. Pourriez-vous essayer de la contacter ?

— Bon ! Je vais téléphoner à madame Mongeau et lui demander où je peux la joindre. Je vais voir à ça aussitôt que j'aurai célébré mes sacrements. Maintenant, si tu veux bien, je dois y aller !

Damase n'ajouta plus rien, mais salua l'enfant qui le dévisagea, le regard absent.

Le prêtre entraîna Ti-Pierre à l'intérieur du presbytère où il le laissa aux bons soins de sa servante. Il ressortit presque aussitôt et se précipita vers sa jument qui, à l'image de son maître, piaffait d'impatience près de l'église.

Chapitre 14

La surprise

Léontine venait de terminer sa lessive et marchait vers la corde à linge tendue entre deux perches quand elle vit une inconnue s'approcher.

— Bonjour !

Léontine cligna des yeux, la silhouette de la nouvelle venue étant éclaboussée de soleil.

— Bonjour… Mademoiselle ?

— Damase est-il ici ?

Le ton empressé de Flore ne laissait aucun doute sur la tension qui l'habitait et surtout sur l'urgence de la situation.

— Il est à l'étable, juste là, désigna Léontine de son bras tendu.

Sans un mot de plus, Flore s'éloigna à pas pressés vers le bâtiment avec sa valise qu'elle n'avait même pas déposée.

Léontine la regarda s'éloigner, appréciant au passage ses vêtements bien coupés, ses bas de soie, ses souliers fins dont les talons s'enfonçaient dans la terre du sentier que la rosée avait imbibée. Elle nota aussi sa démarche élégante, sa taille fine, ceinte de cuir fauve. Elle avait fière allure avec son petit chapeau, ses gants et son sac à main qui pendait sous son coude replié. « Une belle fille comme ça, c'est sûr que Damase a été enjôlé tout de suite ! », pensa-t-elle. Son regard accompagna la visiteuse jusqu'à ce que celle-ci disparaisse derrière la porte de l'étable. Puis, elle adressa au ciel une prière silencieuse.

— Mon Dieu, faites qu'elle m'enlève pas Damase !

Léontine étendit les vêtements sur la corde, ses lèvres balbutiant des *Ave Maria*, davantage pour se réconforter que pour faire acte de piété.

Au loin, les cloches de l'église sonnèrent. Il était onze heures.

Dans l'étable, en équilibre sur une échelle, Damase s'affairait à réparer une partie du plafond qui laissait entrer la pluie. Il était d'ailleurs allé chez le ferblantier Joseph-Hormidas Fafard, qui lui avait vendu quelques carrés de fer-blanc qui lui serviraient à boucher les trous dans la toiture. Du moins pour l'instant… Les maigres économies qui lui restaient, ajoutées au petit montant d'argent légué par Cléomène, ne suffiraient pas à passer l'hiver si les récoltes s'avéraient désastreuses.

— Damase ?

Il sursauta. Quand il se retourna, il faillit tomber.
— Flore ?
— Oui… c'est moi !

La voix était chevrotante. Debout au centre de l'étable, la belle se tenait droite, le menton levé vers son fiancé. Son départ l'avait tourmentée à tel point qu'elle avait vogué de nuit blanche en nuit blanche. Ne sachant plus à quel saint se vouer et incapable de renoncer à celui qu'elle aimait, elle avait décidé de venir le rejoindre dans sa campagne.

— Qu'est-ce que tu fais ici ? demanda Damase en s'élançant vers elle, ému.

Il remarqua son teint blême, ses yeux mouillés et cernés, la main gantée qui serrait fort la poignée de la valise de cuir.

— Je… Je suis…, cafouilla-t-elle, confuse et tourmentée.

Elle craignait de perdre le sang-froid qu'elle s'était juré de conserver, tout le long du voyage en train entre Portland et la gare de Sainte-Hélène.

— Je suis venue t'aider.
— M'aider ?
— Je sais que je suis une fille de la ville, une enfant gâtée et que bien des gens me croient incapable de travailler dur, enchaîna-t-elle, véhémente, mais sache que j'ai du cœur à l'ouvrage, que mes deux bras sont à ton service et…

Elle fit une pause, submergée cette fois par la crainte de se voir rejetée.

— … mon cœur aussi.

Le silence se transforma en un moment d'éternité dans l'étable que les vaches avaient désertée, préférant les pâturages de plus en plus verdoyants. Damase restait muet, cherchant la bonne attitude à adopter, les mots convenables à prononcer en la circonstance. S'il acceptait que Flore séjourne à la ferme, que dirait Léontine ? Et le curé ? Les conventions n'exigeaient-elles pas qu'un couple ne cohabite qu'une fois uni par les liens d'un mariage consacré par l'Église ? Il n'allait quand même pas se marier précipitamment, sans les préparatifs d'usage. Le souci de ne pas pouvoir subvenir à ses besoins le tourmentait aussi. Par contre, s'il refusait sa proposition, il ne reverrait probablement plus Flore Auger. Il ne pouvait pas non plus se résoudre à prendre une décision inconsidérée.

— Flore… je…

Damase se racla la gorge pour gagner du temps.

— Je sais pas…

— Si tu préfères que je parte…, le coupa Flore.

Sous ses allures soumises, elle était toutefois plus déterminée que jamais à le faire fléchir.

— Non, s'empressa de répondre Damase. Je veux pas que tu t'en ailles. Seulement tu peux pas rester ici, avec moi, sur la ferme. Que diront les gens ?

— Je peux aller vivre en pension au village ou à l'hôtel…

— Tu y penses pas ! C'est pas une place pour une fille comme toi.

— Comment faire, alors ?

— Pour ce soir, c'est correct, la calma Damase. On va en parler à Léontine. Elle nous aidera à trouver une solution. Tes parents sont-ils au courant que t'es ici ?

Flore acquiesça. Damase tendit la main vers la valise qu'elle lui abandonna d'un geste las.

— T'as fait bon voyage en train ?

— Oui, mais j'avais hâte d'arriver.

— Qui t'a amenée jusqu'ici ?

— Gérald Lampion...

— Lupien, rectifia Damase en la précédant vers la porte de l'étable. J'ai pas vu sa calèche.

— Je lui ai demandé de me laisser descendre un peu avant. Je voulais te faire une surprise.

— Ah ça, pour une surprise, c'en est toute une !

— T'es fâché ?

— Non, non, la rassura Damase en s'arrêtant pour la serrer dans ses bras. Pas fâché du tout ! Je suis tellement content de te revoir ! Si tu savais combien tu m'as manqué...

— Tant mieux ! J'avais si peur..., soupira la jeune femme en retrouvant son sourire.

Le couple marcha vers Léontine qui ramassait son panier vide. Au premier regard, elle perçut l'air sombre de Damase qui tranchait sur celui, enjoué, de sa compagne. Elle comprit que son neveu se sentait dans une impasse.

— Tante Léontine, je te présente Flore, ma fiancée.

— J'avais bien compris... Rebonjour, mademoiselle.

— Flore va rester ici jusqu'à demain.
— Je ne veux pas vous donner plus de travail ! protesta la jeune femme. S'il n'y a pas de place…
— Tu pourras prendre la chambre de ma mère, précisa Damase.

Léontine se raidit à l'idée de la proximité des tourtereaux. La chambre de son neveu était juste l'étage au-dessus…

— As-tu faim ? demanda le jeune homme.
— Oui, très faim !
— Moi aussi !
— Je vais préparer un goûter, offrit Léontine en marchant déjà en direction de la maison.
— Permettez-moi de vous aider.
— C'est pas de refus, laissa tomber la vieille dame sans se retourner.

Tous trois passèrent à côté du potager que Damase avait nettoyé de ses mauvaises herbes et que remplissaient déjà les verdures des laitues, des haricots, des plants de tomates, des légumes racines et des concombres. Arrivée sur le perron, Flore se retourna et embrassa du regard la ferme, les bâtiments et les champs tout autour.

— Que c'est beau ! souffla-t-elle, ébahie.

Puis ils entrèrent tous les trois.

Chapitre 15

La rumeur

— Attention !

Gérald, aidé de trois hommes, maintenait avec peine un gramophone en bois d'acajou.

— Poussez ! lança-t-il encore à ses aides.

L'instrument glissa sur le plancher de la charrette où Gérald avait pris soin d'étendre une catalogne.

— C'est tout un cadeau de noces, ça ! apprécia Lucien en enlevant sa casquette et en s'essuyant le front d'un seul mouvement.

Petit et râblé, il semblait avoir été taillé dans un bloc de granit.

— Pis ça vient des États, continua un autre en pointant du doigt le papier collé sur une des planches où était inscrite l'adresse de provenance.

— Portland. C'est pas des farces ! s'exclama Lucien, en poussant un long sifflement admiratif.

— Y sait se placer les pieds, le Damase, renchérit Ovila, le troisième camarade, qui enlevait la poussière sur son pantalon de serge gris.

— Que vous êtes mémères ! les gronda Gérald, qui avait enfin reçu les confidences de Damase. Mémères pis jaloux !

— Si y avait été à la guerre, aussi, le petit Huot, au lieu de se pousser aux États, il l'aurait jamais rencontrée, sa future ! rappela Ovila.

Gérald se pencha en avant, son ton grave trahissant une colère contenue.

— Y a eu sa dispense ! Le curé me l'a dit ! rectifia-t-il, prenant la défense de celui qu'il considérait désormais comme son meilleur ami. Et je lui ai pardonné.

— T'es sûr de ça ? rétorqua Lucien. En tout cas, depuis que la guerre est finie, j'en vois pas mal, des gars, qui reviennent par chez nous, pis qui se gênent pas pour montrer qu'ils ont les poches pleines d'argent !

— T'as des noms ? s'indigna Gérald.

— Je peux t'en donner comme ça, des noms ! enchaîna Ovila en avançant ses deux mains, paumes ouvertes devant lui. Mais vu que je suis pas un médisant, j'aime mieux me fermer la trappe.

Il se tut un instant, épousseta cette fois la manche de sa chemise où s'accrochaient quelques échardes de bois.

— Un jour viendra où les déserteurs paieront pour nous avoir lâchés.

— On peut pas tous les traiter de lâches, s'objecta encore Gérald.

— Va parler de ça au père Blondin qui a perdu deux fils à la guerre ! Demande-lui ce qu'y pense de ça, lui ! Pis à la veuve de Nazaire Cordeau ! Elle va te montrer toutes les lettres de son mari qui racontaient la misère dans les tranchées humides. Y en a même une au sujet d'une journée où des Canadiens blessés s'appuyaient aux bras d'Allemands, blessés eux aussi, pis qui se traînaient ensemble aussi loin que possible des tirs de canon. Alors que quelques heures plus tôt, ces gars-là voulaient se tuer.

— C'est désolant, des histoires de même, commenta Lucien.

— Pis tous ces gars dont on connaîtra jamais les noms, qui sont morts et enterrés à Courcelette, Vimy, Passchendale. Leurs familles peuvent même pas aller pleurer sur leurs tombes ! Sans compter ceux qui sont revenus gazés de la bataille d'Ypres et qui évitent d'être placés à l'asile de fous, à condition de rester ben tranquilles et de ravaler leurs cris pis leurs cauchemars, insista Ovila qui postillonnait tellement il s'enflammait. Hein ? Pis y faudrait pas traiter de lâches ceux qui sont restés les pieds au chaud et au sec ? Qui ont pas traîné dans la boue ? Qui ont pas côtoyé la vermine et la mort au quotidien ? Moi, si j'avais pu, je serais allé me battre.

Sa diatribe laissa ses compagnons sans voix, chacun mesurant le courage de ceux qui, par sens du devoir, avaient mis leur vie en jeu.

Reprenant son calme, Ovila lorgna la jambe de bois de Gérald.

— Pis toi, t'en as sûrement à raconter, des atrocités ? De nous quatre, t'es le seul qui est allé au front !

— C'est du passé ! Je veux pas revenir là-dessus !

— Toi, Ovila, pourquoi t'as pas été conscrit, déjà ? l'interrogea Lucien.

— J'étais trop jeune.

— Ah bon ! J'étais pourtant certain que t'avais le même âge que ma sœur Florence. T'aurais pas faussé tes papiers, par hasard ?

— Et toi, pourquoi tu y es pas allé à cette guerre ?

— J'ai les pieds plats !

— Dis donc plutôt que t'avais un oncle bien placé au gouvernement...

— Bon ! Bon ! s'interposa Gérald, voulant tuer dans l'œuf la querelle qu'il voyait poindre entre ses engagés. Voilà votre dû !

Surmontant son agacement, il déposa dix cents au creux de chaque paume tendue.

— Allez, j'ai des colis à livrer, moi ! s'impatienta-t-il avant de s'emparer d'une valise qu'il déposa près du gramophone.

— C'est qu'elle a tout un trousseau, la future mariée ! déclara Ovila en fixant la charrette remplie à craquer.

Gérald ne releva pas le propos, monta dans la voiture et reprit sa route.

Les trois hommes regardèrent s'éloigner l'attelage en silence quand Hector, qui n'avait pas prononcé un mot, laissa tomber :

— Y paraîtrait que Damase Huot avait été repéré et qu'il a échappé à la RCMP de justesse.

Les deux compagnons se tournèrent vers lui, ahuris.

— Qu'est-ce que tu racontes là, Hector Barrette ! intervint Ovila, curieux.

— Je suis allé voir ma vieille tante Colette à Upton, y a environ deux semaines. Elle m'a dit qu'elle avait un cousin qui serait disparu depuis l'an passé. Je suis son seul héritier, y paraît.

— Qu'est-ce ça vient faire dans l'histoire de Damase Huot ?

— Le cousin traquait les déserteurs. Un policier est venu voir ma tante pour savoir où il était.

— Je vois toujours pas le rapport avec Damase Huot.

— Sa disparition coïncide avec le départ de Huot pour les États. Y a un mois, le père Beaudoin a trouvé une canne sur sa terre. C'est lui-même qui l'a dit aux policiers venus l'interroger. Il l'a vendue depuis, mais…

— … il pense que ce serait celle de ce gars-là ?

— Oui, parce que les initiales BB étaient gravées sur le pommeau de cuivre.

— Ça nous dit pas son nom, ça !

— Y s'appelait Benoît Brown.

Un silence plomba le groupe d'hommes, chacun se questionnant sur les causes de la disparition de ce fameux Benoît Brown et sur ce qui pouvait bien expliquer la présence de sa canne sur la terre d'un habitant du coin.

— Bon, salut tout le monde, je retourne chez moi ! conclut Lucien qui n'aimait pas la tournure que prenait la conversation.

— Salut ! répondit Ovila en quittant à son tour les lieux d'un pas pressé.

Demeuré seul, Hector Barrette porta une main à sa poche, en retira les quelques pièces de monnaie gagnées à la sueur de son front et releva le menton vers l'enseigne de l'hôtel Intercontinental, sis à quelques pieds de la gare. Il accueillait les voyageurs de passage comme ceux qui aimaient bien prendre un verre et jouer aux cartes.

Hector Barrette était de ceux-là.

Il abandonna le quai de la gare, bien décidé à aller prendre du bon temps auprès de ses camarades coutumiers du bar de l'hôtel. Chemin faisant, il se remémora les paroles de sa tante : « On le surnommait la Belette parce qu'il mettait son nez dans les affaires de tout le monde. Pas étonnant qu'il ait été autant détesté ! Il en a fait attraper, des déserteurs ! C'était le meilleur délateur du comté, à ce qu'on m'a raconté ! Et puis, il avait beaucoup d'argent… »

— Beaucoup d'argent…, se répéta Hector en franchissant le seuil de l'hôtel d'où sortaient des hommes qui escortaient un ivrogne ventripotent.

Chapitre 16

Les noces

Dans la nef avaient pris place, du côté droit du marié, Léontine et Gérald. Celui-ci avait accepté avec joie d'être le témoin de Damase.

Trois semaines s'étaient écoulées depuis l'arrivée impromptue de Flore à la ferme. Trois semaines durant lesquelles Flore, rayonnante de bonheur, avait tout mis en œuvre pour préparer le mariage. Malgré quelques hésitations, et appuyé en cela par sa tante, Damase avait accepté d'en avancer la date. C'était la meilleure solution à l'éloignement qu'ils ne supportaient plus ni l'un ni l'autre. Auprès de cette femme enjouée, il redécouvrait les plaisirs de la vie à la campagne. Flore remplissait la maison de joies simples et ses soirées naguère esseulées s'illuminaient maintenant de la présence de sa compagne. Il avait fait fi des convenances en acceptant qu'elle demeure dans la même maison que lui. C'était plus pratique.

La date avait été rapidement choisie et les bans publiés, sous la gouverne de celle qui organisait déjà le quotidien de la famille, grâce aux conseils et à l'aide de Léontine qui, elle, voyait d'un bon œil la présence d'une paire de bras supplémentaires en ces jours où la nature ne tarissait pas d'abondance.

Du côté gauche, bien droit dans son costume de fine flanelle grise à rayures blanches, le cou cintré par son col de chemise et les poignets bien empesés, Maurice Auger, seul représentant de la famille de Flore, affichait un visage fermé. Sa femme Ilda n'avait pas pu faire le voyage en train, sa santé se détériorant de jour en jour. Quant à sa fille Cécile, elle n'avait pas eu la permission de venir assister au mariage de sa sœur en raison de la retraite fermée qu'elle venait à peine de commencer au couvent.

Maurice désapprouvait ce mariage hâtif. Pourquoi surtout un tel entêtement de la part de Flore ? Il connaissait sa fille et son tempérament d'enfant gâtée. Cette fois, il trouvait son comportement irréfléchi et intempestif. « Qu'a-t-elle tant à vouloir précipiter les choses ? » Cette question, il se l'était posée à plusieurs reprises. La réponse, bien qu'il ne voulût pas l'admettre, semblait on ne peut plus claire : Flore devait être enceinte... Se pourrait-il que ce soit arrivé si vite ? Maurice, ne sachant pas quoi penser, avait préféré se taire et agir en bon père de famille, ce qu'il avait d'ailleurs toujours fait. Et puis Damase, désormais propriétaire de deux fermes, était en bonne position pour donner à sa fille une vie aisée. Une vie de cultivateur, certes, mais le jeune Huot avait de l'ambition et Flore arrivait avec une dot respectable.

La cérémonie était concélébrée par le vicaire Albert Janson, venu prêter main-forte au curé Arcouette, accablé depuis quelques jours par une toux persistante.

—Oui, je le veux, résonna la voix de Flore.

—Et vous, Damase Huot, voulez-vous prendre Flore Auger comme légitime épouse ?

—Oui, je le veux ! clama ce dernier à son tour.

—Je vous déclare donc mari et femme.

Les deux mariés conclurent la cérémonie d'un long baiser avant de se tourner vers leurs parents et amis. Main dans la main, Damase et Flore, unis pas les liens sacrés du mariage, marchèrent à pas mesurés dans l'allée centrale jusqu'à la sortie de l'église.

Dehors, le soleil radieux avait laissé place à un ciel nuageux. Soufflées par des vents contraires, les masses vaporeuses valsaient dans le firmament, esquissant tantôt des formes compactes et sombres, tantôt des filaments grisâtres dont un rideau de bruine s'échappait par endroits. Un vent folichon releva le bas de la robe achetée par son père à Portland et que Flore portait à la hauteur du mollet, comme le voulait la mode. Celle-ci posa sa main sur son chapeau blanc en forme de coupe renversée et sur lequel s'accrochait une fine dentelle dont le motif reprenait celui des gants. Une guipure s'étirait jusque sur le bout de son nez, dessinant une sorte de quadrillé évanescent devant son regard où se lisait un immense bonheur.

De son côté, Damase avait fière allure dans son costume gris-bleu à boutonnage croisé, de style anglais, qu'il avait commandé chez un tailleur de Saint-Hyacinthe. Son deux-pièces s'harmonisait à son chapeau de feutre aux rebords à moitié relevés, à ses souliers neufs en cuir et à ses gants de serge gris perle, sur lesquels des lignes noires s'allongeaient de la base des phalanges jusqu'à la naissance des poignets. Par peur de ne pas paraître à la hauteur devant sa belle-famille, il avait puisé dans ses économies pour se procurer une tenue élégante.

Pour sa part, Léontine avait troqué son éternel vêtement de laine noire, cintré à la taille, pour une robe de gabardine grise et plus légère, assortie d'un collet de dentelle lilas qui rehaussait son teint mat et sa chevelure grisonnante. Elle était coiffée d'un chapeau à larges bords orné de plumes, une antiquité qui dormait dans le coffre qu'elle avait emporté lors de son départ de Sainte-Cunégonde.

La tante suivit des yeux les jeunes mariés qui passaient près du banc où elle était demeurée assise. Elle nota le sourire de Flore, son regard lumineux qui contrastait étrangement avec celui, plus sombre et tourmenté, de son neveu. Quelque chose clochait. Elle le sentait, sans pouvoir se l'expliquer. N'était-il pas amoureux de cette Américaine ? Elle, en revanche, semblait follement éprise de lui ! Pourquoi cette morosité en ce jour de noces ?

Depuis l'arrivée de Flore, l'ambiance à la maison était plus légère. Le bavardage de la jeune femme meublait les longs silences qui étaient leur lot quotidien, à Damase et à elle, depuis la mort de son frère. Léontine prenait plaisir à écouter Flore raconter la vie aux États et surtout les anecdotes sur son enfance à la mer. À chaque fois que Flore évoquait celle-ci avec ses vagues et son murmure, le visage de Damase se décontractait. Il paraissait plus heureux.

Léontine se souvint alors de l'attitude de Damase après la rencontre avec la jeune Soucy. Que s'était-il vraiment passé entre ces deux-là ? Puis, elle se rappela des bribes de conversation entre Cléomène et Damase, lorsque ce dernier se terrait dans la cabane du 2e Rang : « Elle tentera probablement de te séduire pour que tu l'aides. Alors, je te le répète : fais attention ! »

— Vous venez, madame Léontine ? s'enquit Gérald Lupien en lui tendant la main.

Surprise, elle tourna la tête vers ce garçon, dont tout le monde au village disait grand bien.

— Merci, mon jeune ! répondit-elle en attrapant le bras tendu.

Léontine sortit du banc avec lenteur et marcha dans l'allée centrale au bras de Gérald. Ils avancèrent d'un même pas claudicant.

— Quand est-ce que ce sera ton tour de passer devant le curé au bras d'une jeune fille ? osa demander Léontine.

— Je crois pas que ça sera de sitôt !

— Pourquoi donc ? C'est pas les belles filles qui manquent !

— Des belles filles, peut-être, mais des filles capables d'aimer un éclopé comme moi, ça, il en pleut pas !

— Arrête tes bêtises ! T'es un bon gars, travaillant, jovial, honnête ! Tout le village le répète ! Et ça, ce sont des qualités qu'une femme sait reconnaître et apprécier. En tout cas, moi, si j'avais vingt ans, je tarderais pas à te mettre le grappin dessus !

Gérald rit de bon cœur, imité par Léontine ; cet aveu lui avait mis le rouge aux joues.

— Excuse-moi de radoter des affaires de même ! À mon âge, en plus !

— Vous me flattez, seulement j'aime mieux pas me raconter d'histoires.

— Ah, l'amour ! C'est vrai que si on comptait juste là-dessus pour faire sa vie, on vivrait pas gras.

Encore une fois, Léontine fit sourire Gérald. Celui-ci se pencha vers elle, ralentissant encore plus leur cadence, et lui souffla sur le ton de la confidence :

— Si vous aviez vingt ans, dame Léontine, je vous demanderais en mariage sur-le-champ.

Celle-ci rougit cette fois jusqu'aux oreilles tant le compliment lui alla droit au cœur. Elle serra davantage le bras de son cavalier et ils passèrent ainsi le seuil de la grande porte pour se retrouver sur le parvis de l'église, où s'assemblaient les mariés et leurs invités. Tous prirent place en deux rangées bien droites, sous les ordres criés par le photographe Brodeur, venu de Saint-Hyacinthe pour l'occasion.

Une fois les photos capturées par l'appareil Kodak, le groupe déserta les abords de l'église. Les mariés s'installèrent, comme à l'aller, dans la nouvelle calèche garnie de cuir marron acquise par Gérald auprès d'un commerçant d'Acton Vale. Léontine et Maurice Auger prirent place, quant à eux, dans l'autre calèche de Gérald, conduite pour la circonstance par Herménégilde Dufault, un résident de Sainte-Hélène, à qui il confiait de plus en plus souvent des courses à faire dans le village, se réservant les voyages entre les municipalités de Saint-Simon, Saint-Liboire et Saint-Hugues. Gérald avait ainsi augmenté le rendement de son entreprise et s'enorgueillissait d'avoir un employé occasionnel à son service. Ses affaires allaient rondement, quoiqu'il espérait toujours que Damase accepte sa proposition de lui louer la terre adjacente à la sienne.

Le cortège des mariés emprunta le chemin menant vers le 2e Rang. Trois chiens l'accompagnèrent de leur jappement joyeux. Sous le soleil revenu, les voitures parcoururent les quelques milles séparant l'église de la terre des Huot. Les invités, au nombre de douze, mirent pied à terre devant la maison dont la galerie avait été récemment repeinte. Damase avait aussi consacré plusieurs heures à réparer les marches. De plus, il avait ajouté une rampe après avoir remarqué que sa tante se déplaçait de plus en plus difficilement. Il n'en parlait pas, comme il ne relevait pas non plus ses oublis de plus en plus fréquents. Combien de fois était-il revenu des champs, affamé et assoiffé, pour s'apercevoir que le repas n'était pas prêt ou encore que le feu dans le poêle s'était éteint, faute d'avoir été alimenté. Peu habituée à surveiller le feu, Flore ne prenait pas souvent le relais, préférant suivre son mari à l'étable ou encore profiter des belles journées pour travailler au potager ou redécorer la maison. Léontine passait davantage de temps assise dans la berceuse où Cléomène avait l'habitude de se reposer. Elle s'y endormait, le menton appuyé sur sa poitrine généreuse, la tête légèrement inclinée sur le côté, son chapelet entrelacé entre ses doigts noueux.

— Vive les mariés ! cria Gérald en mettant pied à terre.

— Vive les mariés ! répéta Maurice Auger, imité par le chauffeur de la seconde voiture.

Damase tendit la main à Flore qui pressait son bouquet de marguerites sur son cœur. Elle regarda son époux et s'empara de sa main tendue. Le couple gravit les marches et, rendu sur le perron, Damase se retourna à demi, invitant les convives à les suivre. Il ouvrit la porte de la demeure qui, il l'espérait, résonnerait bientôt des cris des enfants que Flore ne tarderait pas à lui donner. Le bonheur se profilait à l'horizon, tandis qu'une vague d'amour le submergea. Damase prit la main gantée de son épouse, la porta à ses lèvres et déclara :

— Je t'aime.

Le visage de Flore s'empourpra de joie et elle se blottit contre la poitrine de celui à qui elle vouerait désormais sa vie.

La maison vibrait au son des rires et des conversations. Le repas de noces, composé de pâtés, de cretons, de poulet rôti, de patates et de bons légumes, s'était terminé par un gâteau de noces à deux étages confectionné par le boulanger de Saint-Hugues, cadeau de Gérald à son ami Damase. Les vins de pissenlit et de cerises sauvages ainsi que la bière artisanale prélevée à même la réserve de Cléomène désaltéraient les convives que la chaleur de juillet accablait de plus en plus. Damase invita Gérald à le suivre sur la galerie.

— Viens fumer une cigarette avec moi !

— On peut rien refuser à un marié le jour de ses noces ! s'amusa Gérald.

Les compagnons s'assirent au bord de la galerie, les jambes pendantes dans le vide, comme l'auraient fait deux jeunes enfants.

— Tu dois être heureux sans bon sens ! s'exclama Gérald, sa jambe de bois claquant contre les planches.

— Oui, répondit Damase.

Gérald émit un sifflement et scruta le visage de son ami.

— Ben, dis donc ! Ça te fait pas trop d'effet, le mariage. T'es pas excité par la nuit de noces ?

Il fit une pause.

— À moins que vous ayez déjà...

— Hé! Pars pas de commérages, toi! s'offusqua Damase avant de découvrir la mine coquine de son camarade.

— J'aime ça t'étriver et tu le sais! plaisanta son ami, content de l'effet produit.

— Je me fais toujours prendre!

— T'es trop naïf, le relança Gérald, qui retenait un rire moqueur tout en portant la cigarette à sa bouche.

Le silence s'installa entre les deux hommes, rompu par les rires des femmes à l'intérieur.

— Ton beau-père, y a pas l'air content, observa-t-il en fixant les champs qui s'étendaient derrière la grange. En tout cas, y est pas très souriant.

— C'est un homme sérieux.

— Sérieux et malheureux, on dirait.

— Pourquoi il serait malheureux?

— Comprends-le, y perd sa fille au moment où sa femme est de plus en plus malade. En plus, son commerce va pas bien.

— C'est lui qui t'a raconté ça?

— Y m'en a glissé un mot quand je suis allé le chercher à la gare.

Damase aspira la fumée de sa cigarette. Cette révélation le surprenait. Bien que Flore n'ait rien mentionné à ce sujet, il se doutait que Maurice n'approuverait pas le mariage précipité de sa fille. Il savait aussi qu'en cette année d'après-guerre, plusieurs entreprises et commerces, au Québec comme au Canada, tiraient difficilement leur épingle du jeu. Il avait cru la situation différente aux États-Unis, où une multitude de chômeurs d'ici allaient encore chercher du travail.

— L'économie de tous les pays est malmenée depuis la fin de la guerre. On a besoin de moins de main-d'œuvre, ça crée du chômage, et qui dit chômage, dit moins d'argent pour acheter des objets de luxe comme des beaux meubles, expliqua Gérald en écrasant son mégot de cigarette avant de le lancer au loin.

Damase l'imita en silence.

La perspective d'un avenir comme successeur à la tête de l'entreprise de Maurice Auger se voyait compromise. Si le commerce et l'atelier fermaient, que deviendraient les employés ? Et Bernard ?

— Parlant d'achats…, amorça Gérald, ce qui sortit Damase de sa réflexion, j'ai une proposition à te faire.

— Pour la ferme de Soucy ?

— Je voudrais plutôt te l'acheter. Je te paierai d'abord par versements, disons quatre par année, jusqu'à ce que je puisse te donner le montant restant. Qu'en dis-tu ?

Damase, que le travail sur sa ferme avait accaparé et qui ne voyait pas d'autres possibilités, décida d'accepter la proposition.

— T'es sûr ? insista Gérald qui n'en revenait pas, tellement cela avait été facile de le convaincre, cette fois-ci.

— Je pourrai jamais m'occuper de deux fermes et te la louer me libérerait l'esprit qu'à moitié. On va signer des papiers chez le notaire quand tu veux.
— Tu m'as même pas dit combien tu me la vends.
— Je vais calculer ça et je t'en reparle.
— Pas trop cher, quand même !
— Je vais te faire un prix d'ami. T'inquiète pas.
— Merci !

La porte de la maison s'ouvrit et Flore surgit sur la galerie, deux verres de bière à la main.

— Vous devez avoir soif !
— C'est sûr ! apprécia Damase en prenant un verre rempli du liquide ambré à la surface duquel flottait un collet de mousse.

Les deux hommes trinquèrent à leur entente et burent à grandes goulées le liquide frais.

Chapitre 17

La résolution d'Edwina

Edwina n'avait pas de chance. Une mauvaise grippe la retenait au lit et elle avait perdu trois journées de salaire, la mère supérieure préférant qu'elle reste loin des autres travailleuses. Les épidémies demeuraient l'un des fléaux les plus dangereux, surtout dans le milieu hospitalier. Obligée de demeurer chez elle, la jeune femme rongeait son frein, tentant de chasser l'ennui en mettant, à quelques rares occasions, le nez dehors.

C'était la fin de juillet. Les citadins en profitaient pour flâner et les parcs grouillaient d'une foule de jeunes gens que le beau temps et la chaleur revigoraient. Edwina aurait aimé pouvoir se mêler à cette exubérance. Elle se morfondait dans sa solitude et, n'eût été cette mauvaise grippe, elle aurait pris le temps de se rendre en tramway rue Sainte-Catherine, et de se promener devant les vitrines du magasin Eaton. Situé dans un immense édifice, ce commerce avait, comme les magasins Selfridges de Londres, révolutionné les habitudes des consommateurs par la publicité et des emballages attrayants. Eaton avait même développé un système d'achats par catalogue afin de rejoindre les régions rurales, où les colis étaient expédiés par train et sans frais.

Une ère nouvelle s'ouvrait aussi pour les femmes qui pouvaient espérer travailler comme commis dans ce magasin à rayons ou comme « dactylos » dans les bureaux des compagnies. On les formait sur place et les salaires, bien qu'inférieurs à ceux des hommes, étaient très satisfaisants.

La jeune femme doutait fort que pareil emploi puisse lui être offert. De toute façon, elle n'aurait pas osé poser sa candidature, de peur de froisser la mère supérieure. De plus, elle savait bien que sa place à la buanderie était probablement dans la mire d'une pauvre fille qui n'attendait qu'une place laissée vacante, par une nouvelle mariée par exemple, pour assurer sa pitance.

— Une nouvelle mariée..., souffla Edwina, le nez collé à la vitre de l'unique fenêtre de sa chambrette.

Ce mot éveilla en elle une profonde tristesse. Depuis bientôt trois semaines, elle n'avait reçu aucune nouvelle de François. Elle ne l'avait plus croisé depuis leur retour des funérailles. Le visage au teint pâle parsemé de taches de rousseur, les yeux noisette, les lèvres minces surmontées d'une fine moustache se dessinèrent derrière ses paupières.

— Pourquoi tu viens pas me voir ? soupira-t-elle à l'intention du mirage qui s'estompa pour dessiner un autre visage aux traits plus définis et encadré de cheveux bruns où brillaient des prunelles illuminées de désir.

— Damase..., souffla Edwina en rouvrant les yeux.

Une envie de le revoir, aussi subite qu'imprévue, la surprit. Edwina était aussi curieuse de savoir ce que la mort de son père pourrait avoir comme conséquence sur son avenir. La terre lui avait-elle été léguée ? Si oui, pourquoi ne l'avait-on pas contactée ?

Edwina baissa le front, reconnaissant qu'elle ne pouvait en vouloir à quiconque, puisqu'elle avait fui sans laisser de traces.

C'est de ta faute si personne t'a avisée, la nargua la petite voix.

Fouettée à l'idée qu'elle était peut-être héritière de bonnes terres de culture, Edwina prit une décision.

— Je vais aller à Sainte-Hélène pour en avoir le cœur net.

Elle marcha vers la commode, sous laquelle elle avait rangé une petite valise de carton, gansée de courroies de cuir noir. Elle la coucha sur le lit, puis alla ouvrir un tiroir d'où elle retira une paire de bas, des sous-vêtements et une camisole de coton qu'elle colla contre son ventre avant de refermer le tiroir d'un coup de hanche. Elle ouvrit le tiroir du dessus, fouilla de sa main libre parmi les vestes bien pliées, en souleva une noire, la reposa, en prit une beige qu'elle déposa finalement dans la valise ouverte avec quelques autres vêtements choisis.

Elle ouvrit ensuite la porte de l'armoire, tâta les trois chemises qui y pendaient et opta pour celle en coton beige, rehaussée d'un col marine et de boutons de la même couleur, qu'elle avait trouvée à bon prix dans la pile de vêtements donnés par les bourgeoises du Golden Square Mile. Ce quartier sur la montagne surplombait celui des pauvres où s'entassaient les familles, souvent trop nombreuses, des ouvriers irlandais et francophones. L'arrivée en masse de nouveaux immigrants, fuyant l'Europe d'après-guerre, en avait d'ailleurs grossi les rangs. Edwina la retira du cintre, la plia et la plaça avec soin dans la valise, puis retourna prendre deux jupes, l'une noire et l'autre marine.

Edwina noua les courroies de sa valise fermée, prit une bourse de paille tressée sur la table de chevet ainsi que sa paire de gants, et attrapa le chapeau accroché à un clou. Elle le garda à la main et sortit sans se retourner.

La nuit des nouveaux mariés avait été courte. La joie d'être enfin seuls n'avait fait que décupler le désir qui s'était manifesté dès qu'ils avaient refermé la porte de la chambre. Flore et Damase s'étaient aussitôt apprivoisés, et les caresses ardentes n'avaient pas tardé à sceller l'union de ceux qui, de prime abord, avaient été des amis. Après avoir joui, Damase avait pris soin de satisfaire sa femme qui l'avait chevauché. La nouvelle épouse n'avait affiché ni gêne ni maladresse ou réticence, au plus grand plaisir de Damase. Ils s'étaient ensuite endormis pelotonnés l'un contre l'autre dans la moiteur des draps.

Quand le chant du coq marqua la naissance du jour, Damase admirait déjà le profil de celle qui partagerait désormais son quotidien. Il était fier. Depuis le jour de sa désertion, la vie lui avait réservé son lot de peines et de désenchantements. La présence de Flore à ses côtés ravivait son espoir d'une vie heureuse. Une seconde fois, le coq s'égosilla. Damase se libéra doucement des couvertures, ne voulant pas réveiller Flore. Il attrapa ses vêtements de travail, toujours prêts sur le dossier de la chaise, les enfila sans hâte et sortit de la pièce sur la pointe des pieds.

Une odeur de pain grillé emplissait la cuisine.

— T'es déjà là ? s'étonna-t-il en voyant Léontine affairée au fourneau où elle déposait un plat contenant un rôti de bœuf.

— J'ai pas de temps à perdre si on reçoit ton beau-père à dîner. Tu me connais ! J'aime bien que tout soit prêt ! rappela-t-elle en refermant la porte du four. Surtout qu'il a préféré dormir à l'hôtel du village !

— Tu pourrais attendre Flore. Elle va t'aider.

— C'est pas que je veux pas de son aide, mais le lendemain des noces, une femme a besoin de se reposer.

Elle termina sa phrase par un clin d'œil de connivence vers son neveu qui détourna les yeux.

— Y a des toasts. Je vais aussi cuire trois œufs, dit-elle en s'emparant d'un poêlon en fonte et en le plaçant sur le rond avant de la cuisinière.

Damase alla actionner la pompe de l'évier. L'eau remplit la bassine en granit blanc. Il y plongea les mains, se pencha et s'aspergea le visage à trois reprises. La fraîcheur de l'eau lui fit du bien. Il s'essuya avec la serviette de lin que sa mère avait elle-même tissée dans ses jeunes années, alors qu'elle préparait son trousseau. Il en huma longtemps l'odeur de lessive, les yeux fermés. « Comme j'aimerais que tu sois encore là. Tu aimerais Flore, c'est certain… », songea-t-il.

— Tes œufs sont prêts ! annonça Léontine derrière son dos.

Damase se composa un air joyeux avant de se retourner vers sa deuxième mère.

— Ça sent bon ! la complimenta-t-il en prenant place à la table.

Le neveu et la tante n'échangèrent plus un mot pendant le déjeuner. Puis, Léontine quitta la cuisine pour se rendre au petit coin que Damase avait décidé d'aménager près de la maison, facilitant ainsi l'accès aux installations sanitaires. Damase avait trouvé excellente la proposition de Flore et n'avait pas hésité une seconde à concrétiser le projet. Il avait d'abord creusé un trou dans la terre sur le côté de la maison, près de la cuisine d'été, puis il avait construit une galerie, érigé trois murs et posé un toit légèrement en pente sur le dessus. Il avait ensuite percé un trou dans le plancher et installé une structure de bois par-dessus, faisant coïncider les deux orifices. Une porte, fermée par un loquet, garantissait l'intimité de son occupant. On y accédait par la longue galerie et il n'était plus nécessaire de marcher dans la terre ou la neige jusque derrière la maison. La proximité de ce nouveau « tambour » facilitait la vie à tout le monde et Léontine avait applaudi à cette innovation. « À l'automne, je percerai une porte pour qu'on puisse y aller directement de la maison, lui avait promis Damase. Ça sera mieux pour toi... »

Lorsque Damase se leva de table, le soleil brillait de tous ses feux.

— Oublie pas de rapporter quatre œufs, lui demanda sa tante quand il posa la casquette de Cléomène sur sa tête. J'en ai besoin pour mon gâteau !

Le jeune marié quitta la maison en fredonnant. Le chant des oiseaux qui virevoltaient dans le ciel bleu lui semblait un contrepoint à son humeur joyeuse.

Chapitre 18

La décision

— Vous allez vendre ? demanda Flore.

La question resta en suspens dans la cuisine où les époux ainsi que Léontine et Maurice Auger étaient rassemblés.

— Je n'ai plus le choix, répondit son père.

Cette nouvelle mettait sa fille dans tous ses états.

— Et maman, que pense-t-elle de cette décision ?

— Ilda va de plus en plus mal et je lui ai juré de rester auprès d'elle. Gérer les employés, le magasin, les clients… c'est trop pour un homme seul.

Ce disant, il prit une gorgée de thé, replaça la tasse dans la soucoupe et s'essuya les lèvres.

Damase gardait le front baissé, persuadé de sa responsabilité dans le changement de cap de son beau-père. Il s'en voulait de l'avoir laissé tomber pour revenir au pays. N'avait-il pas été son bienfaiteur ? Damase avait honte aussi de lui avoir volé sa fille.

— Et puis, autant que vous le sachiez, continua le commerçant, les affaires ne sont plus ce qu'elles étaient depuis que les grands magasins ont ouvert leurs portes. Je ne peux pas rivaliser avec le prix des meubles qu'ils font confectionner dans leurs propres ateliers.

— Eaton, Simpson, Dupuis et les autres grands magasins ont des catalogues qui se rendent jusqu'ici, enchaîna Flore. Ils font même la livraison à partir de Montréal !

— Je ne peux rien contre cette nouvelle forme de capitalisme. Les gros mangent les petits. Ça fait partie de la *game* !

Maurice Auger vida sa tasse de thé d'un trait, comme si cela l'aidait à avaler une pilule trop amère. Damase crut voir perler une larme au coin de son œil.

Il admirait en secret cet homme qui, parti de rien, avait réussi à se faire une place aux États sans tambour ni trompette. Et voilà qu'il se faisait happer par la tourmente économique d'après-guerre. Cela n'augurait rien de bon. À Montréal, les usines de munitions et de textiles, qui avaient roulé à plein régime durant le conflit mondial, avaient pour la plupart fermé leurs portes, mettant à la rue des familles d'ouvriers qui venaient s'ajouter aux chômeurs et aux indigents, de plus en plus nombreux. La paix se payait à gros prix et à renfort d'abnégation pour un peuple encore soumis à la volonté des magnats de l'industrie comme Ogilvy, Holt, Goodwin et tous ces grands chefs d'entreprise de langue anglaise. Ceux et celles qui avaient quitté la campagne et les villages pour aller travailler dans les manufactures y revenaient souvent appauvris et désenchantés. Damase comprit que son héritage le plaçait désormais dans la classe des mieux nantis. Bien sûr, le labeur serait son lot puisqu'il lui faudrait entretenir et faire produire sa terre, mais il était jeune et se sentait maintenant prêt à travailler dur pour conserver sa propriété.

— Vous êtes chanceux de posséder cette terre, affirma Maurice, faisant écho aux pensées de son gendre. La terre, c'est ce qui est le plus fiable !

— Vous, qu'allez-vous faire, papa ? s'inquiéta Flore.

— Je vais prendre soin de ta mère d'abord. Ensuite, je verrai…

— Et que va-t-il arriver aux employés ?

— Ils devront se trouver une autre job.

Damase se rappela le jeune Bernard.

— Pourriez-vous dire à Bernard que j'aurais du travail pour lui ?

— Je ne sais pas s'il veut revenir au Québec ! commenta son beau-père.

— Pense-t-il se marier ?

Maurice, un sourire en coin, lorgna sa fille qui étouffa un petit rire.

— Je ne crois pas qu'il se mariera un jour, affirma Flore.

— Pourtant, j'ai cru comprendre qu'il avait eu une peine d'amour…

— C'est ce qu'il raconte, le coupa-t-elle.

— Bernard se destinait à la prêtrise, expliqua Maurice. Du moins, c'est ce qu'il m'a confié quand je l'ai engagé.

— Prêtre ? Bernard ? se surprit Damase qui n'avait jamais vu son camarade prier ou lui parler de Dieu.

— Ou moine, je ne sais pas trop… En tout cas, on ne l'a jamais vu fréquenter une demoiselle.

L'horloge grand-père sonna trois heures.

— Il est temps que j'y aille. Le train passe dans une heure et je ne veux pas le rater.

Il se leva, imité par Damase et Flore, replaça son veston et mit la main au fond de sa poche. Il en sortit une boîte noire entourée d'un ruban de soie dorée et la tendit à son gendre.

— Le cadeau d'Ilda.

— Pour moi ?

— Elle tenait à ce que tu saches qu'elle a beaucoup d'affection pour toi.

Damase prit la boîte, en défit la boucle dorée et l'ouvrit. À l'intérieur, un globe de verre protégeait une magnifique montre de poche en or rose, de marque Admiral et au diamètre aussi large qu'un jaune d'œuf. Au dos de celle-ci était gravé un paysage de type oriental. Damase la soupesa, bouche bée d'admiration.

— C'est beaucoup trop beau pour moi !

— Tut, tut, tut ! corrigea son beau-père. Rien n'est jamais trop beau ! Il faut savoir profiter de ce que la vie nous apporte et remercier le ciel de ses bienfaits.

Maurice Auger tendit les bras vers sa fille, invitant celle-ci à venir s'y réfugier une dernière fois.

— Tu vas me manquer, chuchota-t-il à son oreille en la serrant très fort.

— Vous aussi, balbutia Flore en fondant en larmes.
— Pas de larmes ! C'est le début d'une belle vie pour vous deux. Alors pas de pleurs.
— De toute façon, on va se revoir en octobre, intervint Damase pour chasser le chagrin de Flore.
— Vous viendrez à Old Orchard, c'est promis ? les pressa Maurice.
— Promis ! jurèrent Damase et Flore en chœur.
— En attendant, j'espère que vous allez nous faire un petit-fils…
— … ou une petite-fille, le corrigea Flore.
— Ou pourquoi pas les deux ! s'amusa son père.
— Des jumeaux ? Que Dieu vous entende pas ! Avec tout le travail que j'ai à faire sur mes terres ! se défendit Damase.

Le rire des trois comparses s'égrena dans la cuisine, chassant ainsi leurs pensées moroses. Maurice tendit la main à Damase.

— Prends bien soin de ma petite Flore !
— Vous avez ma parole !

Une franche poignée de main scella cette promesse.

— Dites mes salutations à Léontine, ajouta-t-il avant de sortir. Dommage qu'elle soit occupée au poulailler. Je ne peux, hélas, plus attendre !

Le départ de son père affectait Flore plus qu'elle ne l'aurait imaginé. Elle avait cru pouvoir passer plus de temps en sa compagnie et l'avait supplié de rester avec eux à la ferme, mais Maurice avait préféré ne pas s'immiscer dans l'intimité du jeune couple et avait loué une chambre à l'hôtel. Il en avait profité aussi pour aller rendre visite à quelques cousins demeurant encore à Saint-Hugues. Bien qu'il n'eût pas cherché à renouer avec son passé, Maurice était content de les avoir revus. Du moins ceux qui vivaient encore. Ces derniers lui avaient parlé des deuils, des naissances, des saisons, et de tous ces détails qui rythmaient la vie des gens du coin. Dès son retour à sa chambre d'hôtel, il avait comparé sa richesse à la leur et avait constaté que les biens matériels et l'argent n'étaient rien à côté du bonheur d'être ensemble, en famille.

Maurice s'était alors senti seul comme il ne l'avait jamais été auparavant. Était-ce le départ de Flore? De son «rayon de soleil», comme il l'avait surnommée? De sa fille religieuse, dont les lettres se faisaient de plus en plus rares? Ou le constat de la faillite qui le menaçait? De la mort imminente d'Ilda? Ces pensées l'avaient accablé au point qu'il en avait ressenti un malaise. Une sorte de serrement à la poitrine. «De l'anxiété...», s'était-il donné comme explication.

— Moi non plus, je n'ai plus vingt ans, avait-il laissé tomber.

Dans la campagne, le blé, l'avoine et le maïs dressaient leurs tiges naissantes vers le ciel.

Les récoltes s'annonçaient bonnes. Le potager, grâce aux soins attentionnés de Flore et de Léontine, regorgeait de laitues frisées, de radis, de haricots jaunes et verts et de pois. Les plants de concombres, de tomates et d'aubergines côtoyaient des fraisiers sous les feuilles desquels se cachaient encore quelques fruits mûrs. Tout près, une corde tendue entre deux piquets attendait les vêtements qui sécheraient rapidement au gré de la brise. Tout cela rappelait à Maurice ses origines modestes et quelques souvenirs heureux.

Le bruit d'une calèche sur la route les avertit que Gérald était à l'heure, comme à son habitude.

— Voilà mon chauffeur !

Gérald entra dans la cour et dirigea son attelage vers Maurice qui mettait son chapeau sur sa tête.

— Au revoir, le salua Flore en déposant deux baisers sonores sur les joues de son père.

— Au revoir, ma fille !

— Merci encore d'être venu ! lança à son tour Damase.

— Voyons, j'aurais pas manqué le mariage de Flore pour tout l'or du monde !

Damase mit la valise de son beau-père derrière le siège du cocher qui restait assis, rênes en main. Sans ajouter un mot, Maurice monta dans la voiture et prit place aux côtés de Gérald.

— Prenez bien soin de vous ! leur recommanda-t-il.

Sur l'ordre de son maître, Coucoune se mit au trot.

Chapitre 19

Des rencontres cruciales

Le train entra en gare plus tôt qu'à l'habitude. Edwina en descendit sans attendre, nerveuse à l'idée de remettre les pieds à Sainte-Hélène. Seule, cette fois… Elle regrettait un peu sa décision hâtive de venir chercher réponse à ses questions. Toutefois, il était maintenant trop tard pour reculer. Elle se préparait donc à rencontrer le curé Arcouette.

— Il faut que j'en aie le cœur net! se persuada-t-elle en marchant d'un pas vif vers la rue principale.

— Mademoiselle?

Une voix familière la fit se retourner.

— Avez-vous besoin d'une voiture?

Gérald se tenait devant elle, déjà ivre de bonheur. À sa descente du train, il l'avait tout de suite reconnue.

— Je peux vous conduire quelque part? réitéra-t-il en s'approchant de son pas claudicant.

— Oh! Je…, bafouilla Edwina, prise au dépourvu.

— Vous me reconnaissez? continua Gérald. L'accident, devant le marché…

— Oui, oui bien sûr !
— Vous allez mieux ? Votre tête ?
— Oui, merci !
— Quelqu'un vient vous chercher ?
— Non.
— Je peux donc vous aider...
— Je viens voir monsieur le curé. Croyez-vous qu'il est au presbytère ?
— Il est parti chez Ludger Petit. Un enfant malade...
— Pas la grippe espagnole toujours ? demanda Edwina que le seul mot effrayait.

N'avait-elle pas craint, ces derniers jours, de l'avoir elle-même attrapée ?

— Non, plutôt un empoisonnement. Depuis qu'y fait chaud, les aliments se conservent moins bien.
— Ludger Petit, c'est pas lui qui a une famille de douze enfants ?

Edwina se rappelait que sa mère, un soir, s'était comparée à cette femme entourée de plusieurs rejetons.

— En plein ça ! Sa fille de seize ans, Lucina, qui étudiait à l'École normale, a été la dernière victime de cette grippe mortelle. Ses parents étaient allés la voir le 28 du mois de janvier, la veille de sa mort. Quel drame, quand même ! Ça doit être abominable de perdre un enfant !
— Pauvre fille...
— Pauvres parents, surtout ! Imaginez-vous donc que la livraison du cercueil, qui devait se faire par

chemin de fer, a été empêchée par les préposés aux bagages qui ont refusé de porter la dépouille, vu que le cercueil était pas protégé par une fausse tombe.

— Ils avaient le droit de refuser ?

— Ça m'a tout l'air que oui.

— Le corps de Lucina est resté là-bas ?

— Non, malgré le froid et la distance, son frère Antonio et son oncle Eusèbe se sont rendus en ville, en *runner* tiré par des chevaux. Le curé a permis de déposer le corps dans le charnier du cimetière. Le lendemain, une cérémonie funèbre a eu lieu sans la présence du cadavre afin d'éviter toute forme de contagion. Le fossoyeur a ensuite mis la défunte en terre sans que personne d'autre soit autorisé à la voir.

— C'est pas drôle des histoires de même !

— Ça fait pitié, oui !

Gérald fit une pause.

— Vous connaissez cette famille ! Vous êtes donc déjà venue ici ?

Edwina ne répondit pas et détourna la tête pour se soustraire à cette conversation.

Gérald en profita pour détailler la jeune femme de pied en cap. Il la trouvait encore plus jolie que dans ses souvenirs. Ses cheveux épais sur ses épaules, ses fines jambes et ses pieds menus attiraient son regard.

Mal à l'aise, Edwina toussota.

— Bon, je dois y aller. Bien le bonjour, monsieur, le salua-t-elle avant de passer son chemin.

— Je peux vous conduire où vous voulez, répéta Gérald qui ne voulait pas que la belle s'esquive une nouvelle fois.

— J'ai pas d'argent.

— Je vous le fais pour rien.

— Pourquoi ? Y a pas des gens qui vous demandent ?

Gérald jeta un coup d'œil rapide par-dessus son épaule.

— Le quai est désert ! Alors, c'est oui ?

Edwina se laissa charmer par le regard franc et le sourire du cocher. Elle se prit à rêver qu'elle pourrait aimer et être aimée d'un homme comme lui.

— C'est oui.

Surpris et heureux à la fois, Gérald aida Edwina à monter et prit place à son tour sur le banc. Quand le parfum de sa passagère effleura ses narines, il ferma les yeux.

En baissant les siens, Edwina remarqua la jambe de bois que le bas du pantalon dévoilait. Elle réprima un frisson en imaginant ce qu'il avait pu subir.

— Allons d'abord au presbytère, annonça-t-elle en détournant le regard. Ensuite, je verrai…

En route, la passagère et son cocher gardèrent le silence, que seul le bruit des sabots de Coucoune ponctuait. Le long de la voie ferrée, dans les champs, les tiges d'avoine ondulaient au gré du vent.

— Votre fiancé a pas pu venir avec vous ? se hasarda Gérald en ne quittant pas la route des yeux.

— J'ai pas de fiancé.

—J'avais pourtant cru que le docteur et vous...
— Nous travaillons simplement à la même infirmerie.
— Vous êtes infirmière ?
— Buandière, laissa-t-elle tomber sur un ton sec.
— Pardonnez-moi si je vous importune avec mes questions, s'excusa Gérald, gêné. J'ai la mauvaise habitude de m'intéresser aux gens. Je voulais pas vous fâcher.
— Je suis pas fâchée, l'excusa Edwina.
— Une vraie commère, je sais...
— Pantoute ! le coupa-t-elle dans un sourire. Moi, j'appellerais plutôt ça un bon conteur.
— Vous êtes fine...
Ils entendirent sonner l'angélus.
— Ça vous dirait que je vous invite à manger ? demanda soudain Gérald en entendant les cloches.
— C'est pas de refus, mais je voudrais voir le curé avant.
— Je suis certain qu'il est pas au presbytère. Regardez ! Sa carriole est pas là, constata-t-il en s'étirant le cou.
Il reporta son attention sur la demoiselle.
— Pis, y faut bien manger !
Edwina savait que Gérald Lupien avait raison, d'autant plus que son ventre criait famine.
— J'ai tellement peu d'argent...
— Je vous invite !
— Bon, d'accord, accepta enfin Edwina.

Misant sur la chance, elle n'avait emporté que quelques pièces, un montant tout juste suffisant pour acheter son billet de train aller-retour. Elle avait oublié les repas qu'elle devrait inévitablement payer, habituée qu'elle était de manger au réfectoire avec les religieuses.

La voiture bifurqua sur la droite et reprit le chemin de la gare avant de s'immobiliser devant l'hôtel Intercontinental où se pressaient déjà des voyageurs affamés.

Elle jeta un œil à sa petite valise et se sentit ridicule. Pas de doute, elle devrait rentrer à Montréal dès ce soir.

Les deux compagnons s'étaient rassasiés d'un bon bol de soupe aux légumes et de deux *hot dogs*, ce nouveau mets rapporté par ceux qui étaient allés vivre, le temps d'une guerre, aux États-Unis. Ils avaient bavardé de tout et de rien, du beau temps, des récoltes à venir, de la « grande ville » où Gérald n'avait mis les pieds qu'une fois à son retour de l'« autre bord », comme on surnommait le continent européen. Il reconnaissait ne pas avoir aimé le gris des immeubles de pierres, la saleté des rues, l'activité humaine incessante. « Je suis un gars des grands espaces. J'aime la campagne », lui avait-il avoué.

Il avait parlé de son père, perdu au fin fond des bois, attiré par la vie sauvage des terres à coloniser, et qui avait abandonné femme et enfants à la misère et à l'attente. Tous sont morts. « Je ferai jamais ça à ma famille, si jamais le bon Dieu me donne la chance d'en fonder une », avait-il conclu.

Edwina avait remarqué le regard tendre qu'il avait eu en évoquant ces souvenirs. Elle trouvait séduisante sa façon de fermer les yeux à demi quand il souriait. Touchée, elle s'était figuré qu'une femme serait probablement choyée de vivre avec cet homme.

— On va chez le curé ? demanda Gérald en sortant de l'hôtel.

— Ne vous dérangez pas, je vais y aller à pied, c'est pas loin.

L'arrivée en gare de la locomotive les força à se taire un moment.

— Y doit y avoir des clients pour vous, remarqua Edwina en voyant maintenant descendre des passagers.

— Ouais…, hésita Gérald en jetant un coup d'œil par-dessus son épaule.

Il aurait tant aimé rester encore un peu avec cette fille qui lui chavirait le cœur. Jamais encore Gérald ne s'était senti aussi bien en présence d'une femme.

— Est-ce qu'on vous attend quelque part après ? Sinon, on pourrait se revoir vers quatre heures, osa-t-il. On irait se promener un peu en voiture. Je vous ferais visiter la campagne. Et on pourrait pique-niquer au Trou de la Bissonais. Vous connaissez ?

— Non….

— C'est un endroit particulier, idyllique selon certains. Y paraît que c'est le plus beau du comté.

Emportée par son enthousiasme, Edwina sourit et accepta, au grand bonheur de Gérald.

— Ah, je suis ben content !

— Moi aussi, avoua Edwina. Ça me fera un vrai petit congé de la ville.

— Je vais apporter de quoi manger.

— Pas trop, quand même, je voudrais pas abuser de vos bontés, répondit Edwina en reprenant son sérieux.

— Abusez tant que vous voulez, mademoiselle ! plaisanta son vis-à-vis.

Amusée, Edwina se mit à rire de bon cœur.

— Vous pouvez m'appeler Gérald.

— C'est pas convenable ! On vient juste de se rencontrer.

— On s'est déjà rencontrés à Saint-Hyacinthe. Vous vous souvenez pour vrai ?

— Oui, ben sûr.

Sur le quai derrière eux, la foule se faisait de plus en plus bruyante.

— Faut que j'y aille, se résolut Gérald. On se retrouve au presbytère ?

— Oui…

— À tantôt !

— À tantôt, répéta Edwina.

Ils se séparèrent, empruntant des chemins opposés, Gérald retournant à sa calèche et Edwina marchant à pas légers vers le presbytère.

— Ma pauvre fille, répéta le curé.

Edwina demeurait droite sur sa chaise, les yeux secs, mais le cœur lourd.

— J'avais pourtant cru que quelqu'un t'avait annoncé la nouvelle ! réitéra le vieux curé.

Edwina inspira profondément et tourna la tête vers la fenêtre tendue de dentelle blanche.

— As-tu parlé à Damase Huot ?

— Non. Je viens d'arriver de Montréal. Pourquoi ?

— Faudrait peut-être que tu le voies !

— Pour lui dire quoi ? Que je veux ravoir la terre ?

— Vous pourriez vous entendre…

— … sur quoi ? le coupa la jeune femme. La terre a été vendue, il en a hérité. C'est tout ! J'ai rien à voir là-dedans.

Le curé croisa les mains sur son bureau avant de poser la question qui lui brûlait les lèvres.

— Pourquoi t'es-tu enfuie sans laisser d'adresse ? Ton père te croyait peut-être morte ?

Edwina reporta son attention sur le visage, amaigri et blême, de son interlocuteur.

— Vous comprendriez pas, monsieur le curé.

Le curé Arcouette baissa les yeux devant les prunelles froides. Au contraire, il imaginait aisément l'enfer que la jeune fille avait vécu en partageant le quotidien d'un père ivrogne et violent. Bien avant sa mort, Adélard Soucy avait sa réputation, et elle était loin d'être enviable.

Edwina se leva, décidée à mettre un terme à cette rencontre.

— Va donc voir le petit Huot chez lui, la pressa encore le curé en se levant à son tour.

Il contourna le bureau de chêne sur lequel régnait un grand désordre.

— Je veux pas le déranger ! Et puis que diront les commères si elles me voient aller chez lui ? Une fille et un gars, seuls dans une maison ?

— Il n'est plus seul, corrigea le curé. Il s'est marié samedi dernier.

La nouvelle eut sur Edwina l'effet d'une gifle. Son cœur se serra. Elle se ressaisit aussitôt, toussota pour se donner une contenance et prendre le temps de se composer une expression neutre.

— Je suis contente pour lui.

— Sa femme, Flore, est très gentille.

— Ah !

Edwina marcha vers la porte. Le curé l'avait précédée. En homme du monde, il l'ouvrit et attendit, la main sur la poignée de laiton.

— Va voir Damase ! insista-t-il pour la dernière fois.

— Merci, monsieur le curé.

Edwina sortit en hâte, laissant le vieux clerc de l'Église peiné de n'avoir pu soulager la peine que dissimulait sous son air frondeur la fille du vieux Soucy. Il regrettait de n'être pas intervenu dans la vie de celle qu'il savait marquée du plus cruel des sceaux, celui de la honte…

Il se rappelait d'autres rumeurs rapportées par son confrère, Ferdinand Massé, curé de Sainte-Philomène de Fortierville, un petit village situé sur la rive sud du fleuve, à quelques milles au sud-ouest de Québec, à propos d'une belle-mère trop dure envers la fille de son mari, Aurore Gagnon. Quand le curé Massé, devant l'horrible tête de l'enfant, lui avait demandé si elle s'était amusée à couper elle-même ses cheveux, la petite lui avait répété, avec un regard fou et un tremblement incontrôlable: « C'est ma belle-mère! C'est ma belle-mère! »

— Ces pauvres enfants! soupira le curé en se retirant dans son bureau.

Coucoune trottait allègrement, soulevant derrière le carrosse des petits cailloux qui rebondissaient en cascades sur le chemin de terre. La rencontre avec le curé ayant été écourtée, Edwina était retournée à la gare et Gérald avait décidé de prendre quelques heures de congé avant l'arrivée du prochain train. Ils étaient allés pique-niquer ensemble, un simple goûter d'après-midi au cours duquel ils s'étaient littéralement gavés de biscuits, dont Gérald faisait provision lorsqu'il se rendait à l'usine de la Providence, un quartier de Saint-Hyacinthe. Ensuite, Edwina lui avait demandé de la conduire à la ferme des Huot, prétextant vouloir saluer son ancien voisin.

Après avoir quitté les rives méandreuses de la rivière Scibouët, l'équipage allait bon train sur la route menant à la demeure de Damase. La jeune femme ne quittait pas des yeux les champs qui bordaient le chemin. Les paroles du curé trottaient dans sa tête et le babillage de Gérald, assis à ses côtés, accentuait son malaise. Soudain, elle eut envie de faire demi-tour, de retourner à l'anonymat de la grande ville, à son travail à la buanderie. Son air sombre n'échappa pas à Gérald.

— Vous…, commença le conducteur, gêné. Vous seriez pas la fille d'Adélard Soucy ?…

— Oui, répondit-elle sans le regarder.

— Ça doit être dur d'apprendre que son père est mort.

— Mmm…, acquiesça la jeune femme sans desserrer les lèvres.

— Et surtout de savoir que la ferme qui vous revenait en héritage a été vendue.

— Je serais pas revenue vivre ici, de toute façon, dit-elle.

— Si j'avais su que cette ferme vous appartenait en héritage, j'aurais pas fait le projet de l'acheter et…

— Vous allez donc l'acheter… Vous pouviez pas savoir. Et puis, on se connaissait pas avant aujourd'hui. Pas vraiment en tout cas.

Edwina sentit le regard que le conducteur posait sur sa nuque où le vent taquin faisait valser des mèches de cheveux que les rayons de soleil mordoraient. Subjugué, Gérald imaginait glisser ses doigts sur la peau de nacre, humer le parfum de rose de sa chevelure, toucher sa bouche. Lorsque Edwina releva la tête, elle planta ses prunelles dans les siennes. Un courant électrisa l'homme de la tête aux pieds. Cette fille au regard triste et à la moue boudeuse éveillait en lui du désir et de la tendresse. Les notes du chant d'amour d'un carouge à épaulettes, cet oiseau qui niche dès juillet près des zones cultivées, trouèrent le silence et s'égrenèrent en échos derrière la voiture qui continuait sa course.

— C'est une belle journée pour visiter la campagne, hein ? lança-t-il, d'une voix plus aiguë qu'il ne l'aurait voulu.

— Oui, il fait une bien belle température.

L'été de 1919 avait débuté en grande pompe, annonçant des canicules à venir. Du moins, *L'Almanach du peuple* en prédisait. Publié vers la fin de l'année, cet imprimé, le plus populaire après les écrits religieux, comportait quatre parties : un calendrier, des éphémérides, une section sur les événements canadiens les plus importants de l'année précédente et un annuaire des institutions provinciales et fédérales. On y retrouvait aussi toutes sortes de renseignements sur la médecine, la politique ou la météo. Gérald, lui, préférait les textes littéraires qui illustraient les traditions rurales et se portaient à la défense de la langue française et de l'identité nationale.

— Y paraît que cette année, on prédit un record de récoltes de céréales, avoine, orge, seigle et blé ! avança-t-il, se référant à ses lectures.

— C'est probablement grâce aux nuits chaudes et au temps sec, répondit Edwina.

Elle se tut puis hasarda :

— Maintenant que vous savez qui je suis, dites-moi qui vous êtes !

— Bien peu de choses...

— Racontez-moi pourquoi vous avez une jambe de bois.

— La guerre... Un obus...

— Pas de chance !

— La guerre, ça laisse de chance à personne...

— Vous êtes de la région ?

— De Saint-Théodore-d'Acton.

— Je connais pas.

— Y a pas grand monde qui connaît ce trou à rats, ajouta-t-il avec un rire amer. C'est pauvre sans bon sens.

— Vous viviez sur une ferme ?

— Oui, comme la plupart des gens qui habitent loin des villes.

L'attelage approchait de la demeure des Huot.

— Je voudrais descendre ici ! décida-t-elle inopinément.

— Tout de suite ?

— Je voudrais descendre, oui, répéta Edwina, sans donner plus d'explications.

Gérald émit un sifflement sec. Coucoune ralentit son allure au beau milieu de la route entourée de champs de maïs.

— Woh! ordonna le maître.

Cette fois, la bête s'immobilisa.

Edwina sauta en bas de la calèche, ramassa sa valise et leva vers Gérald un regard reconnaissant.

— Merci! ajouta-t-elle simplement.

— Où allez-vous, comme ça? La ferme de Damase est encore à plusieurs lieux!

— Me promener un peu.

Sans plus attendre, elle fit quelques pas sur le bord de la route.

— Si vous avez besoin, lui cria Gérald, vous gênez pas!

Sans se retourner, Edwina lui fit un signe de la main et bifurqua sur la droite, sauta par-dessus un fossé où de jeunes quenouilles dressaient leurs tiges naissantes, longea celui-ci quelques secondes et mit enfin le pied sur un chemin de terre et d'herbe qui bordait la route.

Gérald la regarda s'éloigner, espérant d'elle un dernier regard, un dernier sourire. Edwina cependant n'en fit rien et avança entre les marguerites blanches, les asclépiades ventrues, les lamprettes roses, les centaurées noires et les épervières orangées; toutes ces fleurs multicolores qui paraient les abords des champs.

Gérald fut ému par ce beau tableau.

— Elle sera ma femme…, se jura-t-il, voyant un signe prémonitoire dans son projet d'acheter la ferme du vieux Soucy.

Les pas d'Edwina la menèrent jusqu'à la maison de Damase. Elle ne rencontra personne sur l'allée qui y aboutissait, pas plus que dans la cour où elle stoppa. La jeune femme fit deux pas de plus et hésita au bas de l'escalier. Une envie de faire demi-tour la saisit et elle tournait les talons quand une voix féminine derrière elle la fit sursauter.

— Bonjour !

Edwina fit face à Flore. Elle remarqua tout de suite la délicatesse de ses traits, la finesse de ses longs doigts manucurés qu'elle plaçait au-dessus de ses yeux pour se cacher du soleil. Autour de l'annulaire, le métal doré d'un anneau en capta les rayons un court instant. Elle nota au passage les iris couleur noisette, la bouche vermeille, la dentition blanche et parfaite.

— Vous êtes ?

— Heu… Je…, bafouilla la nouvelle venue.

— Vous êtes une parente de Damase ?

— Heu… oui, enfin… Je… Je suis une cousine et je venais lui dire bonjour en passant. Il est pas là ?

— Il est aux champs. Voulez-vous l'attendre ? Il devrait revenir dans une heure ou deux. Je peux vous offrir une tasse de thé ?

— Non, merci. C'est gentil ! Je repasserai une autre fois.

— Puis-je lui dire votre nom ?

— Oui… dites-lui juste qu'Edwina est venue le voir.

— Edwina qui ?

La porte de la maison s'ouvrit sur Léontine. Se tenant sur le seuil, elle décocha un regard hostile à la fille d'Adélard Soucy, qui fit aussitôt volte-face et quitta les lieux comme si une mouche l'avait piquée.

Flore, perplexe devant l'attitude de l'inconnue, regarda Léontine. L'attitude sévère et les lèvres pincées n'échappèrent pas à l'épouse de Damase.

— C'est qui, cette cousine ?

— Une cousine très, très éloignée…, se contenta de répondre Léontine qui n'aimait pas voir rôder cette fille dans les parages.

Flore ne put s'empêcher de s'imaginer les pires scénarios. Que s'était-il passé entre Damase et cette cousine ? Y avait-il eu d'autres femmes dans sa vie depuis son retour d'exil ? Ou avant ? Cette pensée aiguisa son désir d'exclusivité et fouetta son amour-propre plus qu'elle n'aurait pu l'imaginer.

Il en aime peut-être une autre…, murmura une petite voix.

« C'est impossible ! Pas Damase… », réfuta tout de suite la jeune épouse.

Tu as bien eu un amant, toi…, la tourmenta cette fois la voix de sa conscience.

Penaude, Flore comprit que cette fabulation n'était que la projection de sa propre culpabilité. Elle avait eu une aventure avec Gabriel. Comment pouvait-elle alors reprocher à Damase d'en avoir fait autant ?

« Je ne dois jamais me permettre de douter de lui ! », se répéta-t-elle.

Léontine resta sur la galerie à se bercer. Elle plongea une main dans la poche de sa robe de laine noire, qu'elle portait souvent depuis la mort de son frère jumeau, et saisit un petit étui de cuir duquel elle extirpa son chapelet.

— Je vais préparer le thé, annonça Flore qui connaissait maintenant assez Léontine pour savoir que celle-ci ne lui ferait aucune confidence.

— Oui, un bon thé, ça serait pas de refus ! approuva la vieille femme.

Flore rentra dans la maison.

Léontine poussa un profond soupir. La visite d'Edwina ne présageait rien de bon. Elle avait bien vu le trouble de Damase, le jour des funérailles.

— Il faut surtout pas qu'il la revoie, marmonna-t-elle dans l'air saturé du parfum des fleurs entourant le potager, et où butinaient les abeilles.

Dans le cèdre tout près, des moineaux chamailleurs emplirent les environs de leurs piaillements.

— Sinon, ça va faire de la chicane.

Elle imposa un rythme à la berceuse et ânonna des *Ave Maria*, les doigts crispés autour de son chapelet.

— Pas de chicane…, souffla-t-elle encore.

Dans la maison, les bruits de porcelaine qui s'entrechoquait la rassurèrent et elle ferma les yeux.

— Edwina est venue ici ?

Attablé devant un bouilli de fèves, Damase fixait un regard ahuri sur Flore.

— Oui.

— Qu'est-ce qu'elle voulait ?

— Te voir.

— Pourquoi ?

— J'en sais rien. Elle est repartie aussi vite qu'elle est arrivée.

Damase piqua un morceau de patate, le mastiqua lentement.

Edwina, ici..., lui susurra une petite voix.

— Tu la connais ? l'interrogea Flore, qui feignit l'innocence.

— Un peu..., mentit Damase qui cherchait visiblement ses mots.

— C'est bien ta cousine ?

— Ma cousine ?

— Léontine m'a dit qu'elle était une cousine très éloignée.

— Je sais pas de combien...

La tournure de la conversation déplaisait de plus en plus à Damase qui préféra changer de sujet.

— L'avoine pousse bien. Le seigle et le maïs aussi. Quant au sarrasin, j'espère en tirer une bonne récolte...

Il prit une nouvelle bouchée avant d'enchaîner :

— J'ai aussi décidé de vendre la ferme du vieux Soucy à Gérald Lupien.

— Le boiteux ?

—Appelle-le pas comme ça! s'offusqua Damase, haussant le ton beaucoup plus qu'il ne l'aurait voulu.

—Je ne voulais pas te fâcher, s'excusa-t-elle.

—Je suis pas fâché, seulement j'aime pas qu'on traite de boiteux un gars qui a perdu sa jambe à la guerre.

—C'est drôle que tu penses ça! laissa échapper Flore, un reproche dans la voix.

—Pourquoi?

—Ben, tu n'avais pas l'armée en grande estime… C'est pour ça que t'as déserté, non?

—Ça veut pas dire que je compatis pas avec ceux qui y sont allés!

Le ton était bourru, mordant. Flore sentit qu'elle était allée trop loin. Damase se leva si brusquement que la chaise bascula et atterrit sur le plancher dans un bruit sec.

—Je retourne aux champs!

—Tu ne finis pas ton *stew*?

—J'ai plus faim.

Damase quitta la cuisine, oubliant la casquette qu'il portait pourtant chaque fois qu'il allait aux champs.

Dans le ciel, une masse de nuages gris, précurseurs d'averses, s'amoncelaient au-dessus du 2e Rang. Damase se rappela sa fuite vers la cabane à sucre, un soir de déroute. Intuitivement, il s'y dirigea, sous le regard désapprobateur et inquiet de Léontine, debout à la fenêtre de sa chambre.

—Mon Dieu, implora la vieille dame, préservez Damase des démons de sa jeunesse.

Chapitre 20

Le destin

Edwina arrêta ses pas devant la cabane à sucre qu'elle avait quittée dix mois plus tôt. En chemin, elle avait trouvé le bois changé. Les fougères envahissaient les sentiers de leurs élégantes ramures et, le long du ruisseau qui coulait en cascades, les tiges des grandes bardanes se gonflaient déjà des fruits piquants qui s'accrocheraient à tout ce qui oserait les frôler. Le calme régnait en ces lieux quand Edwina s'aperçut que la porte était cadenassée de l'extérieur. Comme le jour de sa fuite, elle se dirigea vers l'appentis attenant au bâtiment principal et poussa sur la porte. Celle-ci offrit de la résistance, mais s'entrouvrit de quelques pouces, assez pour qu'Edwina s'y faufile. Dans l'obscurité, la jeune femme dut fermer les yeux pour chasser un vertige. Était-ce l'effet de la nervosité ? Quel était donc ce malaise qui l'oppressait ?

Edwina se dirigea ensuite vers la porte donnant à l'intérieur de la cabane. Au passage, son pied buta contre un petit monticule de terre dont elle ne se rappelait pas.

Puis, elle inspira un bon coup et entra dans la cabane déserte.

Tout était dans un ordre parfait: des chaises bien disposées autour de la table, une fenêtre aux rideaux de lin grège qui cachaient aux curieux l'intérieur du bâtiment. Edwina balaya la pièce du regard. Près de l'évaporateur où elle avait dormi, la couverture avait disparu. Dans un coin, l'armoire avait été démolie, laissant une marque plus pâle sur le mur de bois. Ses yeux se posèrent sur la paillasse où elle s'était étendue quelques heures, collée contre Damase.

Edwina comprit alors, malgré le temps qu'elle avait mis à se l'avouer, à quel point elle l'aimait. Son cœur s'alourdit à la pensée qu'il était maintenant un homme marié.

— C'était un rêve impossible..., murmura-t-elle pour elle-même.

Edwina se rendit à la fenêtre, celle-là même à travers laquelle leurs regards s'étaient croisés au premier soir de l'exil...

Derrière elle, un bruit la fit se retourner. Sur le seuil, Damase, muet de stupeur, la contemplait. Edwina ne put articuler les mots qui dansaient dans sa tête, obnubilée par le bonheur et la crainte qui se disputaient son cœur.

— Edwina, souffla Damase, réussissant tant bien que mal à dompter la joie qui s'était emparée de lui dès qu'il l'avait aperçue. Qu'est-ce que tu fais ici?

— Je suis venue te voir, avant de repartir par le train de six heures, articula-t-elle faiblement.

— T'as vu ma femme ?

— Oui… Elle est très belle.

Un sanglot la saisit à la gorge. Ses mains tremblaient et elle chancela. Damase la retint de justesse entre ses bras.

— T'es malade ? questionna-t-il, inquiet.

— C'est la chaleur…

— C'est vrai qu'y fait chaud. Attends, je vais ouvrir un peu.

Après avoir fait asseoir Edwina sur la paillasse, il alla ouvrir la trappe au-dessus de l'évaporateur. Puis, il revint vers la jeune femme qui gardait une main posée sur son front moite. Il la trouvait si jolie ! Il s'agenouilla, effleura du bout des doigts le rebondi de sa joue, puis il descendit jusqu'au cou où il arrêta son geste. Edwina le fixait maintenant intensément. Confus, Damase voulut retirer sa main, mais Edwina l'en empêcha, l'emprisonnant d'un geste vif. Lentement, elle guida les doigts amoureux vers son corsage, encourageant Damase à céder à sa tentation. Ce dernier s'enhardit, possédé par le désir, oubliant tout de ses engagements et de ses responsabilités. Il s'enivrait de l'odeur de la peau d'Edwina, de la promiscuité de leurs corps alanguis que le secret des bois enfermait dans son écrin.

— Viens ! l'invita-t-elle en lui ouvrant les bras.

Damase obéit promptement, s'allongea sur elle, moulant son corps au sien. Son bas-ventre collé contre les hanches de la belle se balança en un rythme lent et annonciateur de la jouissance espérée. Damase parcourait les contours de ce corps, désespérément envoûté par le parfum émanant de cette chair de nacre. Il posa une main sur la poitrine à demi dénudée, osa emprisonner un sein dont la pointe dressée saillait. Avec douceur, Edwina le repoussa afin de déboutonner son corsage. Le désir de Damase en fut décuplé. Les amants se retrouvaient après dix mois à vagabonder chacun de leur côté, assouvissant enfin le désir mutuel.

Les minutes s'écoulèrent au rythme de leurs ébats. Une chaleur humide coulait par la porte de l'appentis laissée entrouverte. Dehors, les chants joyeux des sittelles et des mésanges accompagnaient les soupirs des amoureux.

Une heure plus tard, le vent se leva enfin, balayant la moiteur du sous-bois et agitant les ramilles des fougères.

— Edwina..., commença Damase, à la fois heureux et honteux.

— Dis rien ! Je vais retourner en ville. T'entendras plus parler de moi.

— C'est pas ce que je voulais te dire.

— Alors quoi ?

— Je t'aime...

Cet aveu lui fit mal.

— T'as pas le droit de me dire ça ! s'emporta-t-elle. T'es marié, pis moi je suis juste...

— La femme que j'aurais dû épouser !

— Au fond, tu me connais pas. Et puis, c'est toi qui m'avais montré la porte. As-tu ensuite essayé de me retrouver ? Qu'est-ce qui t'a empêché de revenir au pays ? Je pense, au contraire, que t'as choisi la femme et la vie que tu voulais. Sans penser à moi…

Damase avait le cœur en miettes. Il comprit alors que ses sentiments pour Flore n'étaient rien en comparaison du feu qui maintenant le consumait. Il se releva et replaça sa chemise dans ses pantalons. Edwina se leva à son tour et rajusta sa tenue.

— T'es marié…, répéta-t-elle.

— T'étais là avant Flore, rappela-t-il en posant sa main sur son cœur. Mais je savais pas où t'étais, ni ce que t'étais devenue !

— M'as-tu cherchée ? demanda-t-elle encore.

— Je pouvais pas revenir tout de suite ! J'étais un fugitif ! Et puis la vie m'a amené ailleurs…

— Quand t'as su pour la ferme de mon père, t'aurais dû m'en informer, lui reprocha-t-elle en tentant de cacher son désarroi.

— Je savais pas où t'étais ! C'est le notaire qui m'a appris il y a pas longtemps que Cléo avait acheté la terre de ton père qui avait été saisie par la banque. Et puis, si tu veux tout savoir, je resterai pas à Sainte-Hélène trop longtemps.

Edwina baissa le ton.

— Comment ça ?

— Je veux retourner vivre aux États. C'est mieux qu'à la campagne.

— C'est pas plus facile en ville !
— T'aimes pas ça, à Montréal ?
— Pour une fille comme moi, à part des petites jobines pas payantes, on peut juste espérer se trouver un mari pis faire des enfants. À moins de rentrer chez les bonnes sœurs...

L'image d'Edwina avec une coiffe blanche et noire le fit sourire.

— Pourquoi tu ris ?
— Je te vois mal en religieuse.

Edwina se détendit et rit à son tour.

— Quand je suis arrivée à Montréal, j'y ai pensé, tu sais.
— Qu'est-ce qui t'a fait changer d'idée ?
— Je sais pas... Peut-être que je voulais savoir si je...

Edwina hésita.

— Si toi et moi on aurait pu...
— Pardonne-moi, murmura-t-il.
— J'ai rien à te pardonner.
— Pas même ce qu'on vient de faire ?

Edwina s'approcha de lui et l'embrassa. Damase ferma les yeux et goûta de nouveau la bouche offerte. Quand Edwina se détacha de lui, il crut sentir un vent frais passer entre eux.

— Ça, je l'emporte avec moi comme un cadeau. Je pense pouvoir faire la paix avec la femme que je suis devenue grâce à toi.
— Je t'ai rendue heureuse ?

— Oui.

Edwina prit sa valise et son chapeau qu'elle avait déposé sur l'évaporateur en entrant et se dirigea vers la porte qui donnait sur l'appentis.

— Tu sors pas par l'avant ? demanda Damase en désignant l'entrée de la cabane.

— C'est par cette porte que je suis entrée dans ta vie et c'est par la même porte que j'en ressortirai. Je te souhaite une belle vie avec ta femme, conclut-elle, laissant derrière elle un homme ravagé par le doute.

Sur la route, trempée par l'averse qui avait tambouriné sur la cabane, Edwina se dirigea à pas pressés vers la gare où elle comptait prendre le prochain train. Tout le long du chemin, elle tenta de maîtriser la douleur qui palpitait au creux de son ventre. Non, elle ne regrettait rien, préférant garder en elle ce souvenir comme s'il avait été un cadeau du destin. Edwina n'avait pas prémédité son geste, pas plus que Damase d'ailleurs. Une fois encore, le destin avait fait se croiser leurs chemins. Malgré cela, la jeune femme comprenait que son avenir n'était pas ici. Au fond, elle préférait la ville, son anonymat et sa solitude. Quand elle arriva enfin aux abords de la gare, Gérald Lupien s'éloignait, une cliente à bord de sa calèche. Leurs regards se rencontrèrent avant qu'Edwina n'entre dans le bâtiment.

De retour à la ferme, Damase s'affaira dans le champ d'avoine, vérifiant l'état des épis qui se formaient au sommet des tiges. Son air préoccupé trahissait ses remous intérieurs. Ses pensées le ramenaient sans cesse à la cabane à sucre où son corps s'était enflammé. L'homme intègre et franc qu'il prétendait être se butait à celui, déloyal et menteur, qu'il était en train de devenir.

— Je suis un salaud ! se reprocha-t-il à voix haute.

Le vent happa ses paroles, les fit tourbillonner avant de les emporter au loin.

Damase s'agenouilla et se prit la tête entre les mains. Il pensa d'abord à Flore, qu'il aimait tendrement et qui avait sacrifié son confort d'Américaine pour venir vivre avec lui, dans sa campagne ; ensuite à Cléomène qui, du haut du ciel, devait actuellement éprouver la même honte que lui ; et finalement à Clara qui, elle aussi, devait être terriblement déçue. Il n'était rien d'autre qu'un lâche.

— Maman, Cléo, pardonnez-moi, implora-t-il en levant la tête vers le ciel où s'effilochaient des nuages blancs.

Et toi, te pardonneras-tu un jour ? le titillait la voix de sa conscience.

Damase ferma les yeux. Le doux visage d'Edwina lui apparut ; beau mirage qu'il tenterait dorénavant d'oublier.

Chapitre 21

La désillusion

De retour à Montréal, Edwina était rentrée travailler à la buanderie. Finies les longues journées à se morfondre dans sa chambre en jonglant à ses amours impossibles. Car elle en était désormais convaincue, ni François ni Damase ne pouvaient lui offrir un avenir. Le premier parce qu'elle n'était pas de son rang, le second parce qu'il était déjà marié. De plus, la ferme familiale ne lui reviendrait pas.

— J'aurais jamais dû retourner là-bas, se sermonna-t-elle en poussant vigoureusement le fer sur la chemise de coton étendue sur la planche.

En dépit de la chaleur humide qui hantait les lieux et des gouttes de sueur qui formaient un mince filet glissant le long de sa nuque et sur ses tempes, elle s'acharnait à l'ouvrage.

— Tu parles toute seule, maintenant? s'amusa sœur Hortense en surgissant près d'elle.

— Mon Dieu que vous m'avez fait peur! s'écria Edwina en posant une main sur son cœur qui battait la chamade.

—Tu semblais bien absorbée, en effet.

—C'est pas drôle, sœur Hortense, j'aurais pu échapper mon fer et me blesser.

—Une chance que ce n'est pas arrivé. Tu as ton compte de blessures pour l'instant, ma pauvre fille !

—Que voulez-vous dire ?

—J'ai bien vu ton air triste, tes yeux cernés, ton manque d'enthousiasme aussi. Tu ne souris même plus.

—Je suis fatiguée. C'est tout !

—En es-tu bien certaine ?

—Je vois pas ce que vous…

—Tut, tut ! la fit taire sœur Hortense en levant la main en signe d'autorité. J'ai des yeux pour voir, ma fille, et ceux-ci me disent que ça ne va pas.

Edwina retint tant bien que mal les larmes qui gonflaient ses paupières que les insomnies avaient rendues plus lourdes. Cela se voyait donc qu'elle était malheureuse ? Elle avait cru échapper aux regards indiscrets de ses compagnes, mais avait oublié la perspicacité de celle qui, depuis son arrivée à Montréal, était véritablement son ange gardien.

—Suis-moi ! ordonna la religieuse.

Edwina n'eut d'autre choix que d'obtempérer. Elle posa le fer sur le réchaud derrière elle et sortit de la buanderie sous les chuchotements des autres employées, qui se répandirent dans leur sillage. Edwina se retrouva bientôt dans la chambrette qu'elle avait occupée les premiers jours de son arrivée ici.

—Edwina, qu'est-ce ce qui t'arrive ?

— Rien ! Je suis juste fatiguée.
— Cesse de me mentir !
— Je...
— Écoute-moi bien, l'interrompit sœur Hortense, je t'ai vue avec le jeune docteur. Tu avais l'air heureuse et j'ai bien cru que cette fréquentation te mènerait au mariage.

La religieuse fixa Edwina d'un regard soupçonneux.

— À moins que tu n'aies enfreint les règles de la Sainte Église ?

— François n'a rien à voir avec mon état, protesta Edwina. Il m'évite depuis des semaines déjà.

Une fois énoncée, cette phrase laissa sous-entendre le pire.

— Avec qui alors ?
— Avec qui, quoi ?
— Ne me mens pas !

Comment aurait-elle pu révéler son secret à cette religieuse qui, bien qu'elle ait été sa protectrice, ne pouvait que désapprouver sa conduite ? Si Edwina avouait la vérité, elle serait congédiée. Que deviendrait-elle, sans le sou ? Où pourrait-elle trouver refuge et soutien comme ici ?

— J'ai rien fait de mal ! affirma-t-elle en relevant le menton en signe de défi.

Sœur Hortense jaugea les prunelles plantées dans les siennes. Elle y vit de la détresse et en fut si émue que sa colère tomba, et elle ouvrit les bras.

Celle qui était entrée au noviciat pour soulager son père et sa mère d'une bouche de trop à nourrir, tuant dans l'œuf le projet de fonder une famille, avait trouvé ici, au sein de la communauté des Sœurs de la Providence, un exutoire à son désir de maternité refoulé. Ses protégées étaient devenues en quelque sorte ses enfants, le temps de réparer leurs ailes avant qu'elles aillent voler plus loin.

— Très bien, si tu le dis, soupira-t-elle.

— Je peux retourner travailler, maintenant? demanda Edwina d'un ton sec.

— Oui. Va.

La jeune femme se dirigea résolument vers la buanderie, laissant sœur Hortense plus peinée qu'avant leur échange.

— Pauvre petite, la plaignit-elle en prenant le chapelet attaché à sa ceinture et en l'égrenant machinalement entre ses doigts.

Par la fenêtre du corridor, les rayons du soleil de midi dispersaient une lumière blanche et crue. Les cloches de la chapelle sonnèrent l'angélus appelant chacun à la prière, afin de rendre grâce au Dieu créateur de toutes choses, et conviant au repas jeunes et vieux, riches ou manants. Sœur Hortense pria pour que Dieu accorde sa protection à Edwina, à laquelle elle était attachée comme à sa propre fille.

— Mon Dieu, soutenez cette enfant! implora-t-elle avant de quitter le dortoir en marmonnant des *Ave Maria*.

Après le repas, Edwina s'échina tout l'après-midi sur les chemises à presser, accablée par la chaleur. À six heures, elle était si fatiguée qu'un vertige la surprit alors qu'elle descendait les escaliers menant à l'infirmerie. Elle s'appuya à la rampe.

— Edwina ! Ça va ?

L'appel de François la fit se retourner si brusquement qu'elle en perdit l'équilibre. D'un bras ferme, François la prit par la taille et la tint serrée contre lui au moment même où la mère supérieure se dressait au bas de l'escalier. Son silence fut plus accusateur que n'importe quelle parole.

— Ma mère... Ce... Ce n'est pas ce que vous croyez, tenta le jeune homme. Elle a eu un malaise !

— Je ne crois rien, monsieur Mongeau, je vois ! Et ce que je vois en dit assez long !

Elle s'éloigna en direction de son bureau.

— Suivez-moi tous les deux !

Le ton ne laissait place à aucune discussion.

Tous deux suivirent la supérieure qui les distançait d'un pas alerte. Après avoir refermé la porte, elle alla prendre place derrière sa table de travail. Debout côte à côte, et nullement invités à s'asseoir, Edwina et François attendaient devant la dirigeante de l'institution qui ouvrit un grand cahier. Elle en tourna les pages d'un geste brusque, arrêta sur l'une d'elles et y posa un index osseux.

— Docteur Mongeau, votre internat se termine dans trois mois ?

— Fin octobre, ma mère, précisa-t-il.

— Ce serait dommage de mettre un terme à votre engagement et de priver ainsi nos malades de vos bons soins.

Elle scruta les deux jeunes gens : le regard de François était franc, tandis qu'Edwina gardait la tête baissée. La mère supérieure en déduisit qu'elle tentait de séduire François Mongeau.

— Merci, docteur. Vous pouvez disposer. Vos malades vous attendent.

— Merci, ma mère.

François sortit, non sans avoir tourné un regard compatissant vers Edwina, qui demeurait prostrée. Sa décision de ne pas pousser plus avant sa relation amoureuse avec la jeune femme ne l'empêchait pas d'éprouver une sincère amitié pour elle.

— Quant à vous, ma fille, reprit la supérieure, j'en viens à la conclusion qu'il serait mieux que vous vous trouviez un emploi ailleurs.

Consternée par cette sentence de culpabilité dissimulée sous un licenciement, Edwina ouvrit la bouche, prête à tout expliquer.

— Surtout, pas un mot ! Pas de grogne et pas de rogne ! coupa sec la supérieure. Croyez-vous que je ne vois pas votre petit manège de séduction ? J'ai entendu dire que vous souffrez régulièrement de malaises, de fatigues, de nausées, même. Tout cela est de bien mauvais augure…

— Ma mère, je suis pas ce que vous croyez !

— En êtes-vous sûre ? Pouvez-vous me jurer sur la Sainte Vierge Marie que vous n'avez pas péché par la chair ?

— Je…

— Jurez !

Edwina déglutit avec peine ; ses mains tremblaient sur son ventre.

— Jurez ! répéta la supérieure en se dressant derrière son pupitre.

Edwina se mordit les lèvres. Pouvait-elle se parjurer délibérément ? Et si elle attendait un enfant, comment pourrait-elle trouver refuge ici ? Elle serait certainement laissée à la rue pour avoir menti à celle qui lui avait fait confiance.

Dans le bureau, le silence se fit accusateur.

— Vous pouvez ramasser vos affaires. Je dirai à sœur Hortense de vous verser le montant correspondant aux heures que vous avez travaillées cette semaine.

— Vous me mettez à la porte ? s'indigna Edwina.

Sans un regard, d'un geste de la main, la religieuse lui indiqua la sortie et se rassit.

Edwina n'alla pas voir sœur Hortense pour réclamer son dû. Comme une automate, elle quitta le couvent par la porte de service où étaient recueillis les dons que les bien nantis venaient porter régulièrement dans le tambour prévu à cet effet. Désemparée, Edwina marcha vers la maison de sa logeuse où elle ne pourrait bientôt plus habiter.

— Edwina ! Tu pars ? l'interpella François qui l'avait suivie à l'extérieur.

— La mère supérieure m'a congédiée.

— Pourquoi ? Tu n'as rien fait de mal ! Je vais aller lui parler, dit-il, bien décidé à mettre les choses au clair.

Il n'en allait pas seulement de la réputation d'Edwina, mais aussi de la sienne. Le jeune docteur ne voulait surtout pas être la proie des regards soupçonneux des religieuses et des autres employées jusqu'à la fin de son internat.

— Non !

Le cri d'Edwina freina son élan.

Elle posa sur lui un regard tendre.

— Sa décision est prise. Même toi, tu la feras pas changer d'idée. De toute façon, ce sont toujours sur les filles qu'on jette le blâme. C'est toujours nous, les pécheresses…

François s'approcha d'elle et voulut la prendre dans ses bras. Edwina recula d'un pas.

— Adieu, François.

Cette rupture devait arriver un jour ou l'autre. Il le savait trop bien. N'avait-il pas eu, quelques semaines auparavant, un entretien avec ses parents ? Ceux-ci lui déconseillaient d'entretenir une relation sérieuse avec cette orpheline. Ils lui proposaient plutôt de rencontrer Adèle Gingras, la fille d'un chirurgien de Montréal, confrère d'études de son père. François avait d'ailleurs très bien compris que ce conseil constituait davantage une mise en garde qu'un simple avis. Issu de la nouvelle bourgeoisie, fils de médecin et futur praticien, il se devait de respecter la tradition voulant qu'un jeune homme de sa classe choisisse une fille de son milieu plutôt qu'une pauvre orpheline, sans dot de surcroît. S'il voulait prendre la relève de son père, il devait rentrer dans le rang.

— On se reverra peut-être…
— Je crois pas.
Que vas-tu faire, maintenant ?

Edwina haussa les épaules. La cloche d'un tramway brisa le silence qui s'était abattu sur ceux qui avaient cru, l'espace de quelques jours, que leurs avenirs se fonderaient en un seul.

— Je dois retourner à l'infirmerie, déclara François, de plus en plus mal à l'aise.

Il rebroussa chemin et disparut derrière la porte de bois massif, soulagé de s'en sortir sans heurts.

Seule sur le trottoir qu'envahissaient les promeneurs, Edwina, défaite, se fondit dans la foule. Des nuages d'orage s'accumulaient au-dessus de sa tête.

Chapitre 22

L'infidèle

Les derniers balbutiements de juillet avaient cédé la place à un mois d'août encore plus chaud. Les légumes abondaient dans les potagers et les petits fruits des champs commençaient déjà à être transformés en confitures. Les tables se paraient de victuailles colorées allant des haricots verts et jaunes, des carottes ou des petits pois aux concombres, tomates et laitues. Le blanc des multiples fleurs des pommes de terre nouvelles illuminait les champs. Partout dans la campagne, les effluves de cette abondance embaumaient l'air.

Assis sur la galerie, prenant un repos bien mérité, Damase, cigarette au bec, se berçait près de Flore qui raccommodait un bas troué. Il se rappela les avertissements de Léontine à son retour des champs. « Ta femme s'ennuie ! Elle a moins d'entrain et pleure souvent. Ça lui ferait du bien d'aller rendre visite à sa sœur ou de sortir un peu en ville. »

— Laisse ça, tu travailles trop, dit-il en lui enlevant des mains le morceau à repriser.

Flore sourit, piqua l'aiguille dans le petit carré de feutre rouge et prit les mains de Damase entre les siennes.

— Toi aussi, tu travailles trop ! le réprimanda-t-elle. Je ne te vois plus. Tu es toujours dans les champs ou à l'étable à réparer je ne sais quoi.

— Tu t'ennuies ?

— De toi, oui !

Elle afficha une moue boudeuse doublée d'un air triste.

— De papa et maman, aussi.

— Je te le répète, si tu veux aller aux États les visiter, je comprendrai.

— Je ne veux pas partir sans toi !

— Tu devrais au moins aller voir ta sœur Cécile au couvent. Ça te changerait les idées. Et puis, il y a la Foire agricole !

— Oh, oui ! J'aimerais aller y faire un tour ! On y va quand ?

— Je peux pas m'absenter une journée complète, tu le sais bien, dit-il sur un ton de reproche.

— Tu me réponds comme si j'étais une enfant gâtée, se renfrogna-t-elle en retirant ses mains et en croisant ses bras sur sa poitrine.

— Te fâche pas.

— Je ne suis pas fâchée. Je suis déçue.

Damase comprit que Flore ne se satisfaisait pas de seulement s'occuper de la maison, du potager et des poules. Habituée à se faire servir, à conduire une voiture, à être libre de faire ce qu'elle désirait, quand elle le désirait, son épouse se morfondait dans cette maison. Elle était de ces femmes que l'action et la nouveauté nourrissent. Il l'imagina tout à coup à la tête du mouvement des suffragettes, qui avait vu le jour en Angleterre et aux États-Unis, et dont les adeptes manifestaient haut et fort pour l'émancipation des femmes et le droit de vote aux élections provinciales. Il avait lu cela dans le journal qui traînait chez l'apothicaire quand il était allé chercher des remèdes pour sa tante. Cette image de Flore brandissant une pancarte et clamant des slogans parmi une horde de femmes en furie le fit sourire.

— Tu te moques de moi, en plus ! s'offusqua cette fois la belle.

— Pas du tout.

Damase se leva et lui tendit un bras.

— Viens, on va se promener un peu avant d'aller dormir.

Obéissante, Flore accepta.

Le couple quitta le perron et chemina à pas lents vers le hangar derrière lequel ils s'arrêtèrent. Là, à l'abri des regards indiscrets, Flore prit le visage de Damase entre ses mains et l'embrassa avec ferveur. Le désir de son mari s'accentua quand, l'espace d'un éclair, il crut serrer Edwina contre lui. Il souleva Flore, s'agenouilla sur l'herbe et l'étendit sur le sol. Damase eut tôt fait de dénuder sa poitrine, puis de se débarrasser de sa chemise de lin rugueux. Il se coucha sur elle et la couvrit de baisers passionnés. Flore se moula à lui, épousant son rythme, s'abreuvant à ses lèvres. Ils se déshabillèrent complètement, offrant à la nuit la chair blanche de l'une et la peau bronzée de l'autre. Ils firent l'amour sous les stridulations des grillons que l'humidité de l'air amplifiait.

— J'aimerais que ça arrive plus souvent…, murmura Flore, satisfaite.

Damase la fixa d'un air triste et caressa sa chevelure dorée où jouait un rayon de lune. Il hocha la tête en signe d'assentiment et scella sa promesse d'un dernier baiser. Les époux se rhabillèrent en silence et retournèrent à la maison, main dans la main.

Au fond de son cœur, Flore pria le ciel pour qu'un enfant naisse de cette étreinte rapide. C'était son plus cher désir. Le souvenir de son avortement passé faisait planer une ombre au-dessus de son bonheur, et le visage de Gabriel la poursuivait. Même entre les bras de Damase, la passion dévorante qu'elle avait ressentie pour cet homme ne s'était pas toute tarie. Pourtant, l'avenir avec son mari était prometteur et Flore n'aspirait à rien d'autre qu'au bonheur conjugal.

Le lendemain après-midi, la jeune épouse ouvrit le placard, y prit deux tasses aux anses ébréchées et deux soucoupes décorées d'un motif anglais. Elle se promit d'en acheter des nouvelles dès que l'occasion se présenterait. Elle saisit ensuite, sur le comptoir, une théière et un pot contenant des feuilles de thé. La cuillère crissa en s'y enfonçant. Ce petit bruit, que Flore associait à son enfance, tout autant que celui de sa pelle en train de creuser le sable humide et ambré des plages du Maine, la remplit d'une sombre mélancolie. Malgré sa correspondance régulière avec sa mère, elle s'ennuyait de ses parents.

— Je vous emmène à la Foire ! clama soudain Gérald en mettant le pied dans la cuisine. Vous aussi, dame Léontine !

— Tu y penses pas ! À mon âge ! C'est bon pour les jeunes, ça !

— Et toi, Flore ? l'interrogea Gérald.

— Je ne sais pas si Damase…

— Je viens juste de lui parler, à ton Damase ! C'est lui qui m'a demandé de t'inviter. Je vais à Saint-Hyacinthe pour une course. Je te laisserai au terrain de l'exposition et j'irai te chercher deux heures plus tard. Qu'en penses-tu ?

— Vas-y ! Ça va te changer les idées un peu, lui conseilla Léontine.

Flore sourit à l'idée de s'amuser enfin.

— Je vais m'habiller !

— Dépêche-toi, j'ai pas tout mon temps !

— Oui, oui ! Je me dépêche !

Demeuré seul avec Léontine, Gérald osa parler à la vieille dame de l'accord conclu avec Damase le jour des noces.

— Votre neveu a accepté mon offre ! lui apprit-il, heureux. Je lui achète la terre et les bâtiments de la ferme d'à côté. Y vous en a parlé ?

— Oui, vaguement, dit Léontine.

— Il sait bien que deux terres, c'est trop de travail pour un seul homme. Ben sûr, y reste le propriétaire pendant la première année. Moi, je vais l'entretenir, la cultiver et vendre les produits au marché.

— C'est une bonne idée, approuva la vieille.

— Pis je serai plus en pension. J'aurai ma place à moi.

— Un homme tout seul… Qui c'est qui va te faire à manger ? Ça va te prendre une femme pour ça, non ?

— J'ai quelqu'un dans l'œil… Je vais demander sa main aussitôt que le contrat sera signé chez le notaire.

— On la connaît ?

— Peut-être, mais j'aime mieux pas en parler avant de lui faire ma demande. Au cas où elle dirait non…

À cette pensée, Gérald se rembrunit.

— T'es tellement un bon garçon, ça m'étonnerait qu'elle trouve un meilleur parti que toi, cette demoiselle ! le rassura Léontine.

— Vous êtes ben fine. Damase est chanceux de vous avoir !

— Moi aussi, je suis chanceuse de l'avoir !

Flore réapparut vêtue d'une jupe de coton bleu et d'un chemisier assorti. Elle avait posé un foulard à rayures sur ses cheveux coiffés à la hâte.

— Je suis prête ! se réjouit-elle.

— Je la ramène pour le souper ! eut juste le temps d'ajouter Gérald avant de franchir le seuil de la maison.

Léontine les regarda monter dans la carriole que Gérald utilisait pour les courses habituelles, laissant la voiture à quatre places aux bons soins de son nouvel employé qui avait le mandat de desservir la clientèle des trains, de plus en plus nombreuse.

Après un trajet durant lequel le babillage de Gérald l'avait accaparée tout du long, Flore s'était retrouvée à l'entrée de la Foire agricole, qui avait été mise en place en 1837 pour valoriser les produits de la ferme et permettre aux éleveurs et producteurs de se tenir au courant des plus récentes technologies. Au fil des années, l'événement était devenu l'une des plus importantes expositions agricoles de la vallée du Saint-Laurent. La plus courue aussi…

Flore déambula d'abord entre les étals des artisans, tâtant une paire de bas de laine du pays, touchant une courtepointe aux couleurs vives, humant les odeurs des cantines offrant épis de maïs fumants, *hot dogs*, barbe à papa, bonbons et crème glacée à une clientèle de tout âge. Ses pas la menèrent ensuite vers les manèges autour desquels s'affairaient des forains. Elle s'amusa devant les kiosques de farces et attrapes, les affiches annonçant la plus grosse femme au monde, la femme à barbe, le veau à deux têtes et tous ces spécimens que la nature avait dotés des excentricités les plus atroces.

En passant devant un manège, elle remarqua un homme assis sur une planche de bois, les pieds pendant au-dessus d'un bac d'eau. Derrière lui, une cible sur laquelle un client, après avoir payé pour trois balles, s'acharnait. Attirés par le spectacle, des badauds encourageaient le lanceur.

— Tu vas l'avoir ! l'aiguillonnait l'un d'eux.

— Y va faire tout un plongeon, le *tramp*, cria un autre, en affichant un sourire qui en disait long sur ce qu'il pensait de ces vagabonds, renommés pour être des trouble-fête et qui devenaient, le temps de la Foire agricole, les souffre-douleur attitrés des forces policières de la région.

Intriguée, Flore contourna la foule et vint se placer en face du malheureux dont le travail consistait à servir d'appât pour attirer les gens. Le choc de la troisième balle sur la cible fut sec et brutal, et l'homme posa un regard sur Flore avant de basculer dans l'eau. Celle-ci porta les mains à sa bouche pour étouffer un cri.

Elle venait de reconnaître Gabriel.

La stupeur passée, Flore se faufila à travers la foule qui, une fois le spectacle terminé, se dirigeait vers un autre kiosque devant lequel un bonimenteur clamait : « Entrez voir la charmeuse de serpent ! » L'homme hochait sa tête auréolée d'une couronne de cheveux gris, et passa une main sur son crâne dégarni avant d'y reposer son chapeau haut de forme. Flore bifurqua à gauche et, au tournant d'une structure de bois, se retrouva nez à nez avec son ancien amant.

— C'est bien toi, Gabriel ?

— Flore...

Le visage du forain s'éclaira, pour s'assombrir aussitôt. Il s'empara d'un linge accroché par un clou à la charpente, s'essuya avec vigueur et enfila une chemise beige qu'il boutonna en hâte. Son cou en écarta le col. Flore en profita pour l'observer. Ses épaules étaient légèrement voûtées et son pantalon, usé par endroits, moulait ses cuisses musclées. Les premiers stigmates de la trentaine apparaissaient sur son visage, des parenthèses autour de sa bouche et une minuscule fourche au beau milieu du front. Flore remarqua aussi les cernes sous ses yeux de la couleur de l'ambre et ses cheveux bouclés qu'il portait longs, à la manière des romanichels.

— Tu es bohémien maintenant ? demanda-t-elle sans le quitter des yeux.

— Oui...

— Tu vis où ?

— Ici et là.

— Tu n'as pas de...

— S'cuse-moi, j'ai à faire, l'interrompit-il.

— Oui... bien sûr ! Sa... salut, bégaya Flore, désarçonnée par la froideur de celui qu'elle avait tant aimé.

La jeune femme le regarda s'éloigner. Elle nota une légère claudication de la jambe droite et en déduisit que le métier de saltimbanque devait apporter son lot de blessures et de dangers. Une bouffée de chaleur inonda son être. Elle ferma les yeux pour mater le désir qu'elle sentait sourdre au creux de ses reins.

Comme s'il répondait à un appel secret, Gabriel se tourna vers elle et la fixa intensément. L'anneau qui brillait à son annuaire renforça son désir de la posséder une dernière fois. Il la rejoignit. D'un bras, il lui entoura la taille; de l'autre, il lui emprisonna la nuque. Le monde de Flore chavira quand il l'embrassa. Comme un pantin désarticulé, incapable de dompter la bête qui se réveillait en elle, Flore répondit à son baiser enflammé. Sans quitter ses lèvres, Gabriel la souleva et l'emporta à l'ombre d'un chapiteau, loin des regards des passants, dans un petit cagibi où il avait élu domicile le temps de l'exposition. C'était son abri. Son repaire.

Ce fut sans surprise que deux de ses compagnons le virent se réfugier pour savourer les délices de la chair avec une inconnue. Gabriel avait une réputation de séducteur. Tout le monde le savait, sauf Gérald Lupien qui venait de voir disparaître la femme de son meilleur ami avec un vagabond de la pire espèce.

Chapitre 23

Le nouvel employé

— Tu t'es bien amusée ? demanda Léontine quand Flore arriva près de la galerie.

— Oui, beaucoup !

Léontine délaissa son tricot et s'étira le cou à la recherche de la carriole.

— Gérald est pas là ? J'avais un pot de cornichons à lui donner.

Ce n'est pas lui qui est venu me reconduire. C'est son employé. Il avait une commission à faire chez le docteur.

— Pas quelqu'un de malade, au moins ?

— Non. Un colis à livrer.

— Tant mieux !

Flore grimpait les marches quand Léontine l'interpella encore.

— As-tu rencontré du monde que tu connaissais à la foire ?

À cette question, Flore se raidit. Se pouvait-il que cette vieille sorcière ait flairé quelque chose ?

— Pourquoi vous me demandez ça ?
— Parce que s'il y a une place ces jours-ci pour rencontrer quelqu'un, c'est bien à l'exposition agricole. Tout le monde y va ! Quelqu'un de ta famille aurait pu y être aussi.
— C'est vous que j'aurais aimé y voir ! Ou Damase !
— Tu t'ennuies ?
— Un peu.
— Pourtant, c'est pas le travail qui manque.
— Je prends soin de la maison, du potager, je fais à manger, je couds…
— Mais tu t'ennuies de ton mari, termina la vieille dame en lui décochant un clin d'œil.
— Oui, avoua-t-elle à regret.
— Pourquoi tu vas pas l'aider aux champs ?
— Vous le dites vous-même, c'est pas l'ouvrage qui manque ici. Et puis, il va falloir penser aux récoltes bientôt, aux conserves aussi.
— En attendant, tu peux aller le rejoindre quelques heures.
— Et la besogne ?
— Quelle besogne ? Tout est fait !
Elle ricana et ajouta :
— D'autant plus qu'on a de la visite.
— De la visite ! Qui donc ?
— Un certain artiste menuisier…
— Bernard ! se réjouit Flore. Que fait-il à Sainte-Hélène ?

— Si tu veux avoir des réponses à tes questions, tu devrais aller aux champs. Il doit y être.

— Je vais me changer avant, annonça la jeune femme que cette visite imprévue enchantait.

Elle prit congé de Léontine pour aller à sa chambre en se rappelant que Bernard était l'artiste qui avait sculpté les plus beaux meubles vendus par son père. Depuis leur mariage, la pièce avait changé de décor. Damase avait cédé à la demande de Flore d'ajouter une commode et de changer les rideaux ainsi que le couvre-lit. La courtepointe avait donc été remplacée par une couette aux motifs fleuris dont les coins étaient brodés à la manière Richelieu. Des taies d'oreillers assortis complétaient l'ensemble. Au mur, un miroir rectangulaire côtoyait leur photo de mariage. Un pot de chambre en porcelaine blanche, agrémenté de dessins d'un bleu soutenu et recouvert d'un couvercle lui aussi de porcelaine, était camouflé sous le lit en remplacement de l'ancien en granit bleu. Flore avait installé une petite « vanité » dans un coin de la pièce, sur laquelle trônaient une brosse et un peigne d'argent sterling aux manches finement ciselés, un poudrier, un pot de crème et un flacon de parfum. Un tabouret recouvert d'un tissu rose et soyeux était placé devant la vanité. À côté se dressait une lampe torchère, continuellement éteinte puisque l'électrification des campagnes tardait à se concrétiser, malgré les promesses électoralistes du député du comté de Bagot, TD Bouchard.

La chaleur, de plus en plus prégnante dans la maison, laissait déjà entrevoir une nouvelle nuit où il serait difficile de trouver le sommeil.

—Ces canicules n'en finissent pas! soupira la jeune femme en se plaçant devant le miroir.

Lorsqu'elle croisa son propre regard, le sentiment de honte qui l'avait poursuivi tout au long de la route s'accentua. Comment avait-elle pu?... Pourquoi avait-il fallu qu'elle revoie Gabriel? Quelle manigance du destin l'avait fait croiser à nouveau sa route?

Flore pria le ciel et tous les saints de lui pardonner, mais surtout, elle invoqua Dieu et le diable pour que cette incartade ne soit jamais connue de Damase.

—Personne ne le saura jamais! se jura-t-elle en replaçant sa chevelure d'une main experte. Surtout pas Damase...

Puis, elle souhaita ardemment que son mari ne l'invite pas à revisiter l'exposition.

Sur cette pensée, elle quitta la pièce.

—Je vais rejoindre Damase, informa-t-elle Léontine en marchant à pas vifs vers le sentier qui menait au champ de maïs.

—Dis-lui de me rapporter des fleurs des champs. J'en mettrai un bouquet sur la table de la cuisine.

—Je vais le faire moi-même, votre bouquet, Léontine!

LE NOUVEL EMPLOYÉ

— Bernard ! Que viens-tu faire par ici ? Tu es en vacances ?

— Flore ! Disons que je viens chercher du travail.

— Du travail ? Tu n'es plus employé chez papa ?

— Le nouveau propriétaire m'a mis à la porte.

— Le commerce est déjà vendu ? Mais il n'a pas le droit ! Je vais appeler papa et lui…

— Ton père peut plus rien faire.

Damase prit sa femme par le bras et l'entraîna quelques pieds plus loin pour lui adresser quelques mots sur le ton de la confidence.

— Y veut travailler ici.

— Ici ? Sur la ferme ?

— J'avais dit à ton père que j'aurais du travail pour lui en cas de besoin. Il a dû quitter les États en vitesse.

— Pourquoi ?

— Y m'a rien dit encore, mais ça semble assez grave.

— Il n'a pas tué quelqu'un, au moins ?

— Je crois pas !

— T'es sûr de rien et tu veux le garder ici !

Damase lui fit signe de baisser le ton.

— Il était en train de me raconter son histoire quand t'es arrivée.

— Alors, c'est quoi ?

— Je peux pas te le dire. Y m'a fait promettre.

— Je suis ta femme. Tu peux tout me dire.

Damase la regarda d'un air sévère.

— Y a des choses qu'y se disent pas, même à sa femme. Fais pas l'enfant !

Flore pinça les lèvres, taisant les reproches qu'elle aurait aimé lui adresser, à lui comme à tous les hommes qui se donnaient le privilège d'infantiliser les femmes, de leur faire la morale, de les dominer. Son père avait un point de vue très libéral sur la place des femmes dans la société américaine, et elle trouva son mari rétrograde. Elle constata, déçue, l'immense fossé entre l'éducation qu'elle avait reçue et sa situation de femme mariée. Les tâches qu'elle avait effectuées dans l'entreprise familiale l'avaient préparée à une tout autre vie. Pendant un moment, elle regretta même d'être venue jusqu'ici. Flore sentait que quelque chose chez Damase, un homme habituellement doux et discret, changeait. Le fermier qu'il était redevenu avait des manières plus rustres qui lui déplaisaient parfois. La jeune femme se surprit à comparer Damase et Gabriel. Une onde de chaleur la parcourut. Pour chasser au plus vite ces pensées, ne voulant pas laisser transparaître son trouble, elle leva le menton vers l'horizon.

— Tu étais différent à Old Orchard avant notre mariage. Plus ouvert d'esprit. Plus moderne, osa-t-elle ajouter en le dévisageant d'un air farouche.

Flore perçut dans sa propre voix une rancœur qui dépassait ses intentions et elle vit son mari bomber le torse sous l'accusation à peine voilée. Damase serra les poings et la dévisagea longtemps, l'obligeant à baisser les yeux.

— On sera à la maison pour le souper ! grommela-t-il avant d'aller rejoindre Bernard qui se balançait d'un pied à l'autre, visiblement mal à l'aise d'être témoin de leur dispute.

Outrée, Flore tourna les talons et se dirigea vers la maison, refoulant des larmes de dépit.

Le souvenir de ses ébats sous le petit chapiteau refit surface et elle n'en éprouva plus aucun remords ni culpabilité. Sa simple évocation avait ravivé sa pugnacité et l'immense besoin de liberté qui la caractérisait.

Chapitre 24

Le télégramme

Le 29 août, jour de l'anniversaire de naissance de la défunte Clara, le temps des moissons battait son plein. Dans les deux fermes, les hommes s'affairaient, car Gérald avait décidé de mettre les bouchées doubles et d'ensemencer ses terres.

—Je pensais pas faire ça aussi tôt, confia Damase à Bernard qui s'activait à mettre en "stoukes" quatre à six bottes d'avoine.

Après une deuxième récolte de foin et de paille qui servirait à nourrir les vaches, quand celles-ci reprendraient le chemin de l'étable pour l'hiver, l'avoine sécherait debout jusqu'à ce que la batteuse empruntée à Alphonse Denault, le troisième voisin, permette d'en extraire la céréale qui conserverait ainsi le moins d'humidité possible.

Depuis son arrivée, Bernard s'échinait à la tâche sans rechigner contre le dur labeur, comme s'il avait à expier une faute. Il n'avait jamais fait ce genre de travail. Le soir, après les longues journées passées aux champs depuis l'aube, les deux amis prenaient le temps de boire une bière ou deux, assis sur la galerie, histoire de voir la nuit parer le firmament de diamants. Peu loquace, Bernard s'employait à sculpter des petites figurines dont les formes évoquaient tantôt des angelots, tantôt des démons cornus.

— J'ai déjà "gossé" des petits animaux, du temps que je me cachais dans le bois, lui rappela Damase.

Bernard releva le front et fixa celui qui l'avait accueilli dans sa maison, sans égard au terrible aveu qu'il lui avait fait.

— Tu m'as jamais montré ça.
— J'en ai pas fabriqué autant que toi.
— Où sont-ils ?
— Je les ai laissés à la cabane du 2e Rang.
— Tu m'emmènes quand visiter ta sucrerie ?

Dans sa mémoire engourdie par l'alcool, le souvenir de ce temps maudit où il se terrait là-bas le secoua, et plus encore celui, plus récent, du jour où il avait succombé aux charmes d'Edwina Soucy. Il passa une main sur son front, comme pour en retirer les idées noires qui s'y accrochaient.

— Ça va pas ?
— Je suis juste fatigué.

Damase vida sa bière d'un trait, imité par Bernard.

— C'est une vraie bonne bière ! affirma celui-ci en faisant claquer sa langue.

— C'est bien la première fois que tu te contentes d'une seule ! le taquina Damase.

—J'ai pas le choix ! Surtout avec ce qui est arrivé...

Mal à l'aise, Bernard se releva, suivi par Damase.

— T'as fait une erreur. Ça arrive à tout le monde.

—J'appelle pas ça une erreur, moi ! C'est une maladie et je peux rien faire contre elle.

Damase posa une main sur son épaule.

Bernard tourna les yeux vers la seule personne à qui il avait osé avouer son homosexualité après sa fuite des États-Unis. Parce que, à la vérité, il avait été mis au rang des parias après une arrestation pour conduite immorale. Il avait réussi à s'échapper et s'était empressé de déguerpir vers le Canada par un train de marchandises. Il avait tenté sa chance auprès de celui qu'il considérait comme son ami.

— T'es un sacré bon gars, Damase Huot !

—J'ai mes défauts, comme tout le monde, se défendit celui-ci. Et puis, j'ai fait des erreurs, moi aussi.

Pourrait-il, un jour, lui confier son secret ? Pourrait-il voir disparaître le sentiment de culpabilité qu'il éprouvait chaque soir lorsqu'il se blottissait contre sa femme ? Comment effacer ce sentiment de souillure et d'extase mêlé quand, en fermant les yeux, il se revoyait jouir du corps d'Edwina ?

Le chant caractéristique d'un pluvier kildir les surprit tous les deux.

—Je vais aller me coucher, déclara Damase.

— Moi aussi.

Les amis rentrèrent dans la maison endormie.

Le lendemain, au déjeuner, Damase et Flore discutaient fermement quand Bernard arriva dans la cuisine.

— Pourquoi tu vas pas voir ta sœur au couvent? demandait Damase.

— Elle est en retraite fermée. Je te l'ai dit avant-hier! s'impatienta Flore en battant deux œufs dans lesquels elle trempa une tranche de pain de ménage pour faire du pain doré.

Le grésillement de la première tranche sur le rond du poêle remplit le silence. Bernard prit place à la table où l'attendaient une assiette vide et une tasse de thé chaud. Celui-ci n'osa pas dire qu'il préférait le café, comprenant que ce n'était pas le moment.

De son côté, Flore s'affairait à retourner la tranche de pain dorée en refoulant la colère qui la tenaillait. Elle qui avait rêvé d'un amour romantique, voire passionné, avec un mari aimant et surtout présent à ses côtés, déchantait de plus en plus. Après tout juste deux mois de mariage, elle en était presque rendue à regretter d'avoir quitté le Maine, son père et sa mère, la ville et surtout la mer. Damase, si attentionné aux premiers jours, si gentil et affectueux, était devenu lointain. Flore avait aussi remarqué que la présence de Bernard le comblait. N'était-ce pas avec lui maintenant qu'il prenait plaisir à discuter en sirotant une bière ou en grillant une cigarette avant de venir la rejoindre dans le lit nuptial où leurs ébats, de plus en plus rares, se limitaient à de courts échanges dans la noirceur ? Flore ne pouvait s'empêcher de comparer les étreintes enflammées de Gabriel, sous le chapiteau, à celles de son mari. Le regard de son ancien amant envahit son esprit tandis qu'une odeur forte agressait ses narines.

— Le pain brûle ! gronda Damase derrière elle.

Sortant de sa torpeur, Flore souleva la tranche de pain qui voltigea dans les airs avant d'atterrir aux pieds de la cuisinière.

— T'es donc ben dans la lune !

Flore ne riposta pas et se mit à pleurer comme Léontine apparaissait dans la cuisine.

— Je vais t'aider..., offrit celle-ci calmement.

Flore osa un regard vers Damase qui s'empressa de ramasser le pain doré avant que Léontine ne se penche. Elle quitta promptement la cuisine et marcha vers la chambre à coucher.

— Tu manges pas ? demanda son mari sur un ton dur.

— J'ai pas faim !

— Fais pas l'enfant...

Ce seul mot la fouetta. Faisant demi-tour, Flore vint se planter devant celui qui l'insultait devant les autres habitants de la maison.

— Cesse de me traiter ainsi ! postillonna-t-elle, ivre de colère. Je fais de mon mieux ! Et puis j'en ai assez que tu me juges toujours !

— Je te juge pas.

— Oui, tu me juges ! C'est pas parce que je suis devenue ta femme que Flore Auger a cessé d'exister ! C'est moi qui t'ai aidé quand t'es arrivé chez nous. C'est moi qui ai demandé à mon père de te prendre comme employé. Je t'ai montré à conduire une automobile, à te tailler une place comme livreur. As-tu oublié tout ça ?

Damase bomba le torse devant le courroux de Flore. Il ne voulait pas perdre la face devant Léontine et Bernard, et surtout, il refusait de laisser Flore leur faire croire qu'elle avait été l'instigatrice de sa réussite.

— Je t'ai rien demandé ! s'emporta-t-il sur un ton sifflant. Pas plus que je t'ai obligée à venir vivre ici ! Tu l'as fait de ton plein gré ! Si t'es pas contente, t'as juste à retourner à Old Orchard !

Bien sûr, ses paroles avaient dépassé sa pensée, seulement il était trop tard.

Pâle et les yeux agrandis de stupeur, Flore le fixa longtemps. Un vide immense se logea dans son ventre.

— Tu ne penses pas ça, Damase…, souffla-t-elle.

— J'ai dit ce que j'avais à dire, riposta celui-ci en se dirigeant vers la porte d'entrée.

Il attrapa la casquette de Cléomène et, se retournant vers Bernard, l'invita à le suivre d'un geste de la main.

— C'est le temps d'aller faire le train.

Bernard obéit aussitôt. Flore resta plantée près de la porte de la chambre, le cœur plombé et les lèvres sèches. Léontine s'approcha d'elle et tenta de la réconforter.

— Il est juste fâché…
— Non ! s'emporta-t-elle. Il croit tout ce qu'il a dit.

La jeune femme releva le front et planta ses prunelles foncées dans celles, couleur de ciel d'Irlande, de Léontine.

— Damase a changé, constata-t-elle, amère.

Le visage d'Edwina traversa son esprit. Flore se demanda si Damase en était amoureux. *À moins qu'il n'ait su pour toi et Gabriel…*, dit la voix de sa conscience.

Tremblante et désemparée, Flore alla s'enfermer dans sa chambre jusqu'au dîner.

Demeurée seule, Léontine desservit les couverts du déjeuner qu'elle déposa sur le comptoir, près de l'évier, avant d'entreprendre de les laver.

Il était onze heures quand Henri, le facteur, frappa à la porte de la maison.

— Entre ! cria Léontine qui pétrissait la pâte à pain.
— Un télégramme ! annonça le nouveau venu.
— Pour Damase ?
— Non, pour sa femme.
— Je vais lui donner, dit Léontine en s'essuyant les mains sur son tablier.

Le facteur lui tendit la missive avant de s'esquiver en vitesse. Léontine frappa trois coups discrets à la porte.

— Flore, y a un télégramme pour toi, l'avertit-elle à travers la cloison.

La porte s'ouvrit et Flore apparut sur le seuil, les paupières gonflées et la chevelure en bataille. Sans un merci, elle s'empara du papier, l'ouvrit et se mit à lire le message.

— Mon père est malade, dit-elle, les yeux ronds. Il me réclame à son chevet ! Oh, mon Dieu !

Flore plaqua une main sur son front.

— Ça va aller… Ça va aller…, la rassura Léontine. Fais tes bagages, je vais aller avertir Damase.

Comme une automate, Flore marcha vers le lit sous lequel elle rangeait la petite valise avec laquelle elle était venue à Sainte-Hélène. Elle l'ouvrit, l'emplit en vitesse de vêtements choisis à la hâte, la referma d'un coup sec et en attacha les ganses. Elle courut ensuite dans la cuisine que Léontine venait de quitter, puis sortit de la maison sans plus attendre. Elle marchait dans l'allée qui menait à la route quand Gérald y passa. Avisant sa voisine, il stoppa son attelage et remarqua tout de suite sa mine effarée.

— Où vas-tu comme ça ?

— Emmène-moi à la gare, s'il te plaît ! Vite ! le pressa-t-elle en déposant sa valise derrière le siège du conducteur.

— Qu'est-ce qui se passe ?

— Mon père est malade ! Je dois prendre le prochain train, répondit-elle en prenant place à ses côtés.

— Damase va pas avec toi ?

— Non, il est aux champs. Je ne peux pas l'attendre.
— Il sait, au moins, que tu t'en vas ?
— Léontine est partie lui annoncer ! répondit la jeune femme d'un ton sec.

Gérald comprit que l'heure n'était pas au bavardage. Il fouetta son cheval qui partit au galop. L'image de Flore et du saltimbanque refit surface, mais il dompta la colère que ce souvenir soulevait en lui. Et puis, ce n'était pas de ses affaires…

— À quelle heure part le train pour Saint-Hyacinthe ? demanda-t-elle en appuyant fermement ses deux mains sur le bord du siège.

— Dans dix minutes, répondit l'homme qui connaissait l'horaire des trains comme le fond de sa poche.

— J'espère qu'on va arriver à temps !

— T'en fais pas ! la rassura Gérald en fouettant de plus belle sa Coucoune.

La jument, excitée, accéléra.

Ce jour-là, les fermiers des environs virent passer la carriole de Gérald comme s'il avait le diable aux trousses.

Chapitre 25

La révélation

Un mois s'était écoulé depuis le départ de Flore. Damase et Bernard avaient travaillé sans relâche pour venir à bout des récoltes et des travaux. La fin de septembre apportait de la fraîcheur et la lumière du jour changeait peu à peu. Damase avait reçu deux télégrammes de Flore depuis son départ. Maurice Auger souffrait d'une infection pulmonaire qui le gardait à la maison.

—Je vais aller demander du travail dans une usine, déclara Bernard, un soir qu'il jouait au whist avec Damase et Léontine.

Ceux-ci relevèrent la tête, surpris d'apprendre cette nouvelle.

—T'aimes plus ça ici ? demanda Damase.

—C'est pas la raison ! Avec l'hiver qui approche, je vois mal comment je vais t'aider, puisque Gérald Lupien occupe l'autre ferme.

Damase crut comprendre que Bernard en était offensé.

— Si j'avais su que tu viendrais m'aider, je t'aurais confié la terre du vieux, confessa Damase.

— Je sais bien ! J'aurais pu travailler pour toi.

— Mais j'aurais pas pu te payer, le corrigea son ami. Gérald, lui, y me l'achète par versements. Ça me fait un peu plus de pécule.

— Où penses-tu te faire engager ? demanda Léontine.

— Y demandent des gars chez Côté à Saint-Hyacinthe. C'est le facteur qui m'a dit ça, l'autre jour, quand je suis allé au village.

— La manufacture de chaussures ?

— Oui. Ils offrent des bons salaires et c'est pas trop fatigant. Y paraît aussi que le patron a inventé une machine qui permet de piquer les semelles aux chaussures de cuir. Une vraie innovation !

— Y sont chanceux en ville d'avoir l'électricité pour faire rouler leurs usines, déclara Damase.

— Pour s'éclairer aussi, renchérit sa tante en reluquant la lampe à l'huile au centre de la table, qui diffusait une faible lumière à travers le verre sale du globe.

— Tout serait bien plus simple…, soupira Damase, se rappelant les soirées passées en compagnie de Flore à Old Orchard alors que les lumières électriques éclairaient les pièces.

Le souvenir de sa femme, dont le séjour auprès de son père s'éternisait, le chagrina plus qu'il ne l'aurait imaginé. Le jeune marié s'en voulait de l'avoir blessée, surtout qu'il n'avait pas eu la chance de s'excuser avant son départ précipité.

Après avoir été mis au courant du télégramme par la pauvre Léontine qui était arrivée à bout de souffle dans le champ où il moissonnait, Damase était revenu à la maison en courant pour constater que Flore était partie sans lui faire ses adieux. Il s'était précipité au hangar où il avait laissé libre cours à sa colère en frappant l'enclos vide du cheval avec une pelle à rigole, avant de sortir sous la pluie qui s'était mise à tomber. Puis il était retourné au champ terminer sa besogne, s'enfermant dans le mutisme le plus complet. Au souper, quand il s'était installé à table, Bernard et Léontine avaient respecté son silence, comprenant trop bien que les paroles ne serviraient qu'à jeter de l'huile sur le feu. Depuis ce jour, Damase était moins loquace.

— Je peux pas te retenir, lança-t-il à Bernard.

— Je viendrai t'aider le dimanche.

— Que Dieu m'en préserve! s'y opposa Damase sur un ton de fausse jovialité. J'aime mieux me reposer. Et puis, tu te rappelles pas que Dieu punit les travailleurs du dimanche? nargua-t-il, faisant ainsi référence à la règle dictée par l'Église. C'est d'ailleurs pour accompagner Léontine que je vais parfois à la messe du dimanche.

— Je me fous pas mal de ce que disent les curés, s'enflamma soudain Bernard, comme si ce sujet mettait à vif une plaie toujours douloureuse. Pour ce qu'ils font comme mauvaises actions, ceux-là!

— Qu'est-ce que tu veux dire ? s'étonna Léontine.

— Je me comprends !

— Tant mieux, parce que moi, je comprends pas, continua la vieille dame en jetant ses cartes sur la table et en se levant.

Elle fit quelques pas vers l'évier et se retourna brusquement.

— C'est pas bien de parler contre les religieux ! Y sont pas tous méchants, le sermonna-t-elle.

— Y sont pas tous corrects non plus, répliqua sèchement Bernard. J'ai vécu dans un pensionnat assez longtemps pour le savoir.

L'allusion saisit Damase et sa tante qui se turent, préférant ne pas s'aventurer sur un terrain glissant.

— Je m'en vais dans ma chambre, annonça Léontine en joignant le geste à la parole.

— Moi aussi, lança Bernard.

— Attends, j'ai à te parler, le retint Damase. Viens dehors avec moi !

Les hommes quittèrent la table, laissant là les cartes éparpillées et les gobelets cernés de bière. Ils allèrent s'appuyer sur les colonnes qui soutenaient le toit de la galerie.

— Parle-moi de Flore et du gars qui travaillait chez Maurice avant moi.

— Qui ça ?

— Fais pas l'innocent ! s'emporta Damase en plongeant les mains au fond de ses poches. Tu sais de qui je parle !

LA RÉVÉLATION

— Gabriel...
— Ben oui. Tu penses qu'y s'aimaient beaucoup tous les deux ?
— Oui...
— Assez pour...
— Pour quoi ?
— Hey ! s'emporta encore Damase qui se rappelait les confidences que Bernard avait voulu lui faire, un soir de fiançailles. Tu te rappelles pas de Noël passé ?
— J'étais saoul comme une botte !
— Même saoul, t'as jamais su mentir.
— Ça, c'est vrai, admit Bernard.
— Alors, dis-moi la vérité. Ç'a duré longtemps ?

Bernard baissa les yeux, torturé entre la loyauté envers son meilleur ami et la tempête qu'il déclencherait en lui apprenant que Flore s'était fait avorter.

— Dix mois.
— C'est tout ?
— Ils... Heu... Ben, elle a..., bafouilla-t-il.

L'hésitation de Bernard piqua davantage la curiosité de Damase.

— Quoi ?
— Elle a dû se faire avorter.

La nouvelle foudroya Damase. Il vacilla et prit appui, *in extremis*, sur la colonne. Une grande souffrance doublée d'une profonde colère s'empara de chaque fibre de son corps. Un poids immense dans sa nuque le força à pencher la tête vers l'avant tandis que son cœur cognait à ses tempes.

« Flore... Comment as-tu pu faire ça ? », pensa-t-il.

Il ne pouvait croire que sa femme ait commis un tel acte. Cela lui inspirait un écœurement qu'il avait du mal à ne pas exprimer avec force. Que celui qui avait ravi le cœur et le corps de sa femme avant lui porte une part de responsabilité ne lui effleura même pas l'esprit.

À ses côtés, Bernard gardait le silence, conscient de la peine qu'il venait de lui infliger.

— C'est toi qui as voulu savoir, se défendit-il.

Damase leva la main, l'incitant à se taire.

— Tu m'as dit la vérité. C'est tout ce que je te demandais.

— C'est des histoires anciennes, tout ça, tenta encore son camarade. Du passé ! On a tous droit à nos erreurs. Qui en a pas fait ? Toi, par exemple, peux-tu me jurer que tu regrettes pas certaines choses aujourd'hui ?

Damase s'éloigna de son ami, comme si l'espace entre eux pouvait amenuiser le dégoût qui le submergeait. Il se redressa, fixa les champs qui s'étendaient sous ses yeux. Devant la gravité du geste de Flore, il se disait que cette femme était prête à tout pour satisfaire ses caprices. Et s'il n'était qu'un pion sur l'échiquier de la vie de la jeune Américaine ?

— Je vais te chercher une autre bière, intervint Bernard, l'arrachant à ses pensées moroses.

— Non. Je m'en vais à l'étable...

— Arrête de t'en faire, lui conseilla encore son ami en s'approchant tout près de lui. Il faut savoir pardonner. Elle avait une raison d'agir ainsi.

— Comment le sais-tu ?
— Je le sais, c'est tout.

Damase hocha la tête en silence. Bernard disait sans doute vrai. D'ailleurs, il avait lui-même fauté quelques jours auparavant. L'idée qu'Edwina puisse être enceinte de lui le fit frémir. Il sauta en bas de la galerie et s'éloigna. Bernard comprit que son ami désirait être seul. Il quitta à son tour les abords de la maison et se dirigea vers la route, bien décidé à terminer cette soirée au bar de l'hôtel du village.

Sur le chemin de terre, derrière lui, une charrette approcha. Bernard héla le conducteur qui s'arrêta à son signal. C'était Émilien Racette, le cinquième voisin.

— Vous vous rendez au village ? l'interrogea Bernard.
— Oui. Monte !

Bernard ne se fit pas prier et grimpa dans la voiture qui repartit aussitôt.

— Une belle soirée comme ça, y faut en profiter au maximum, pas vrai ? déclara-t-il, joyeux à l'idée de s'attabler plus rapidement au bar.

— T'as raison, mon jeune ! Y faut en profiter avant que l'hiver arrive, surtout ! approuva l'homme dans la quarantaine.

Bernard chercha au fond de la poche de son pantalon, s'assura qu'il avait assez d'argent pour se payer à boire et sourit. La charrette disparut dans un nuage de poussière, alors que le silence retombait sur la campagne.

Chapitre 26

L'impardonnable

Le lendemain, le jour venait à peine de se lever quand Gérald frappa à la porte de la maison de Damase. Celui-ci, encore ensommeillé après une nuit tourmentée, alla répondre en se traînant les pieds.

— Qu'est-ce que tu fais ici à une heure pareille? grogna-t-il, l'air contrarié.

— C'est Bernard!

— Qu'est-ce qu'il a?

— Il est en prison!

— Quoi?

— On l'a arrêté cette nuit!

— Arrêté, ben voyons… Il est où en ce moment?

— À Saint-Hyacinthe.

Damase invita Gérald à entrer d'un geste de la main.

— J'ai pas le temps, s'excusa ce dernier.

Puis il fixa Damase droit dans les yeux.

— Tu me demandes pas pourquoi on l'a arrêté?

— J'imagine qu'il avait trop bu.

— Pas que ça…

À l'air indigné de Gérald, Damase comprit tout.

— Ah...

— Tu le savais, toi, que Bernard était comme ça ?

— Y m'avait raconté un peu...

— Le maudit ! cracha Gérald, interrompant le plaidoyer que son voisin comptait lui offrir.

— Attends, c'est un bon gars, tenta de le calmer Damase. Dis-moi au moins ce qu'il a fait.

— On l'a vu dans le cimetière avec un client de l'hôtel. Un gars plus jeune... En train de... Tu peux pas savoir comment ça me répugne ces gestes-là ! Y faut avoir vécu dans les tranchées pour le savoir !

Damase comprit que cet événement faisait ressurgir chez Gérald Lupien des souvenirs douloureux. Se pouvait-il que celui-ci ait subi les assauts d'un être pervers ? Au front ou dans les tranchées, durant la guerre, les hommes demeuraient des hommes, avec tout ce que cela pouvait comporter de vice et de dépravation. Cette pensée le ramena à Edwina qui avait, elle aussi, subi la turpitude d'un homme. Par contre, Bernard n'avait rien d'un individu violent.

— Y vont l'emmener où ? Parce que j'imagine qu'y le garderont pas longtemps en prison ? l'interrogea encore Damase, inquiet du sort réservé à Bernard.

— Je ne crois pas qu'on va le revoir icitte. On va sûrement l'interner à Saint-Jean-de-Dieu, à Montréal. C'est la place pour ces gars-là !

— Bon, merci de m'avoir averti.

— Damase... Jure-moi qu'entre Bernard et toi, il s'est rien passé.

C'était une prière plus qu'une question.

— Ben voyons, t'oublies que je suis un homme marié !

— Sauf que ta femme est partie pas longtemps après que Bernard est venu s'installer, remarqua Gérald. Ah, pis je dois t'avouer quelque chose, enchaîna-t-il sans réfléchir. J'ai vu ta femme avec un autre homme.

Gérald baissa les yeux, incapable de soutenir le regard noir de Damase.

— T'as le droit de savoir ce qui se trame dans ton dos, continua Gérald en affrontant le courroux de son ami. Je peux pas garder ce secret pour moi.

— Tu inventes n'importe quoi pour...

— Non ! Écoute-moi et tu me diras si je peux inventer une histoire pareille !

— Quand l'as-tu vue ?

— À la Foire agricole, le jour où je l'ai emmenée. Tu te rappelles ?

— Et le gars, c'était qui ?

— Un type de la troupe des forains.

— T'as son nom ?

— Je me suis renseigné, oui. Il s'appelle Gabriel Lefebvre.

Le sang de Damase ne fit qu'un tour. Un flot de colère mêlé à une profonde amertume l'envahit jusqu'à le faire suffoquer. Il sortit en trombe de la maison, bouscula Gérald qui tomba sur le plancher de la galerie que la rosée du matin avait rendu humide et glissant. Damase sauta en bas des marches et courut à en perdre haleine jusqu'à l'étable où il s'enferma.

Gérald était déjà prêt à le rejoindre, quand la voix de Léontine derrière la porte moustiquaire freina son élan.

— Laisse-le. Il a grand besoin de se défouler.

— Mais si jamais il décidait de…, supposa Gérald, pris de remords, sans toutefois réussir à terminer sa phrase tellement la perspective du pire le happa.

— Je crois pas qu'il va se tuer pour Flore, le rassura Léontine.

Gérald la regarda d'un air perplexe.

— Y s'aiment pas tant que ça, ces deux-là, confirma-t-elle.

Gérald fronça les sourcils.

— Et c'est pas à cause de Bernard, précisa-t-elle.

— Il y a une autre femme, alors ?

— J'en ai bien peur, soupira Léontine.

Ils se turent tandis que les hurlements de Damase parvenaient jusqu'à eux.

La première lettre de Flore arriva deux jours plus tard, en fin d'après-midi. Léontine la déposa sur la table de la cuisine. Quand Damase revint des champs, fourbu et affamé, il lorgna l'enveloppe de papier rose, dans les coins de laquelle étaient étampées des roses blanches. Il passa tout près sans même la toucher.

Affairée à éplucher des pommes pour en faire de la compote, Léontine attendit qu'il se soit lavé le visage et les mains avant de lui adresser la parole.

— Ça se passe bien aux champs ?

— C'est long pis c'est dur sans bon sens ! avoua son neveu. Heureusement que j'ai pas la terre des Soucy en plus !

Damase savait que Gérald travaillait dur lui aussi, qu'il avait labouré et essouché jusque tard dans la nuit parfois. Ses récoltes s'annonçaient bonnes et il était content pour lui.

— Les labours, pour un homme seul, c'est du gros ouvrage.

Damase songea aux bons moments passés en compagnie de Bernard et regretta que le destin les ait séparés de cette façon. Il ne l'avait pas revu, préférant donner ses affaires au curé qui les lui ferait parvenir par l'intermédiaire d'un collègue.

— Je vais être en retard, c'est certain ! Puis y a tout le grain à cribler pour les semences du printemps prochain, le foin, la paille et les céréales à engranger pour les animaux qui vont rentrer à l'étable pour hiverner. J'y arriverai pas…

— T'auras trois vaches de moins à traire puisqu'elles ont été engrossées. Il te restera juste les deux en "nèyère" pour nous fournir le lait.

— Y va quand même falloir toutes les tondre pour avoir du crépi. J'en ai besoin pour plâtrer les murs de la grange. Pis j'ai la jument à ferrer, les poules à soigner, les œufs à lever, le cochon à engraisser pour faire boucherie en décembre...

— Faut pas oublier d'écorner le taureau quand y aura un jour de grand vent, souligna Léontine en jetant des tranches de pommes crues dans le chaudron rempli d'eau froide salée.

Damase s'assit devant elle, prit sa tête entre ses mains et soupira bruyamment.

— J'y arriverai jamais..., réitéra-t-il comme une litanie.

Léontine déposa son couteau, s'essuya les mains sur son tablier. Elle sentait bien toute la tension qui accablait son neveu. Le chagrin aussi.

— Tu pourrais engager quelqu'un.

— Avec Bernard, je pouvais m'arranger en lui fournissant le gîte et la nourriture, et un peu d'argent de poche. Un étranger va vouloir un vrai salaire et j'ai pas assez d'argent pour ça.

— J'en ai, moi, de l'argent.

La vieille femme avait le regard triste.

Léontine elle-même ne savait plus que penser. Le plan avait dévié de la trajectoire prévue. Maintenant que Clara et Cléomène avaient disparu, elle se retrouvait seule avec un neveu, abandonné à ses démons et délaissé par une épouse incapable de le rendre heureux. Devant pareil désespoir, Léontine savait qu'elle devait tout mettre en œuvre pour soulager le fardeau du jeune homme, du moins celui de la ferme, car pour ce qui était des histoires de cœur, elle préférait ne plus s'en mêler.

— Garde ton argent, tante Léontine. Y sera pas dit que je vais vivre à tes crochets, s'objecta Damase.

— Alors pourquoi tu demandes pas tout simplement de l'aide à quelqu'un ?

— À qui ?

— Je suis certaine que Kilda ou Adrien se feraient un plaisir de te donner un coup de main de temps à autre. C'est comme ça que ça marchait avec Cléomène. C'est de même que ça a toujours marché à la campagne. On s'entraide. Puis on s'échange les produits de la ferme ou des services.

— Mais je devrai les aider à mon tour.

— Ça serait pas la semaine prochaine ! Tu le feras quand tu pourras. Je sais qu'Adrien va avoir besoin d'un homme à la scierie, avant ou après le temps des sucres. Tu pourrais aller y travailler quelques jours et là, tu serais quitte !

Damase reconnut que la proposition valait la peine de s'y attarder. D'autant plus qu'il ne pouvait compter sur Gérald qui était débordé avec l'autre ferme. Et l'inspecteur des chemins l'avait avisé que le règlement municipal exigeait du propriétaire du lot qu'il abatte tous les arbres ou « branchilles » qui projetaient de l'ombre sur la route près de sa ferme. Gérald avait pesté contre ce même règlement qui l'obligeait aussi à reconstruire ou réparer toutes parties des clôtures de perches endommagées ou détruites. Il devait utiliser des « pagées » de cinq perches sur près de quinze pieds, ce qui nécessitait qu'il plante au moins quatre piquets de cèdre sain à une profondeur de deux pieds dans la terre.

Damase était content que cette tâche lui soit épargnée puisque Cléomène avait veillé à conserver ses clôtures en bon état.

— Y va falloir se faire du bois de chauffage, aussi, rajouta Léontine en retournant à sa besogne.

— Il en reste pas assez ?

— Je peux m'arranger jusqu'au début décembre. Après, on risque d'en manquer.

— Je vais sûrement pas attendre que ça gèle pour aller bûcher ! Et puis, on sait pas quand l'hiver va nous tomber dessus.

— Tu penses pas aller bûcher demain, quand même ? C'est dimanche ! Ça pourrait porter malheur, se formalisa Léontine, toujours aussi rigoureuse quant aux recommandations de l'Église.

— Un dimanche, un lundi ou un mardi, qu'est-ce que ça dérange ? se rebiffa Damase, peu enclin à recevoir des remontrances de ce genre.

— Tu me sembles plus très proche de la religion, remarqua Léontine.

— Avec le curé Arcouette, c'était simple. Il comprenait, lui, que l'ouvrage faut bien qu'il se fasse ! Avec le nouveau curé… c'est pas pareil.

— Chacun a sa façon de voir les choses, j'imagine... Attends donc de le rencontrer, quand il fera sa visite paroissiale, avant de le juger.

— En tout cas, dimanche ou pas, c'est pas un prêtre qui va m'en empêcher de travailler ! Déjà qu'il oblige les fermiers à laver le pis des vaches avant de les traire !

— Il a appris ça quand il est allé vivre en Italie, spécifia Léontine en vidant l'eau des pommes dans l'évier. C'est plus hygiénique, y paraît.

— Peuh ! Hygiénique ou pas, un pis de vache ça traîne pas dans la boue ! Y connaît rien !

Léontine ne répliqua pas. Le tendre et discret Damase était devenu, depuis le départ de sa femme, grognon et soupe au lait.

— Je faisais juste rapporter ce qu'il a dit en chaire.

Elle plaça les tranches de pommes dans le chaudron, y ajouta une demi-tasse de cassonade, une quantité égale d'eau froide et alla déposer le tout sur le poêle à bois. Elle s'approcha de la table et désigna de son index l'enveloppe adressée à son neveu.

— Tu devrais la lire, au cas où..., hasarda-t-elle.

L'horloge grand-père sonna cinq heures.

Damase hésita encore puis, d'un geste vif, s'empara de la lettre et l'ouvrit à l'aide de son canif. C'était la première lettre que sa femme daignait lui envoyer depuis le deuxième télégramme. Il déplia la missive et, après l'avoir lue en silence, il la jeta au centre de la table.

— Elle revient pas tout de suite, annonça-t-il d'un ton neutre.

— Quand, alors ?

— Elle sait pas. Son père est encore faible et elle veut demeurer près de lui aussi longtemps qu'il le lui demandera.

— Ou qu'elle le voudra, ajouta Léontine, une pointe de sarcasme dans la voix.

— Ouais…

Le silence s'abattit sur la maison que la jeune épouse délaissait.

Chapitre 27

Le nouveau curé

— Gérald pense à se marier, annonça Léontine en sortant de la chambre.

— Bon, il s'est trouvé enfin une femme, ironisa Damase qui n'avait pas desserré les dents depuis la visite de son voisin, quelques jours plus tôt.

Il s'inquiétait aussi de Bernard, dont il n'avait plus de nouvelles.

— Sois pas méchant ! le corrigea sa tante en lui décochant un regard rempli de blâme. C'est un bon garçon et je te rappelle que c'est ton ami.

— Tu as raison. On la connaît, la future madame Lupien ?

— Il m'a pas dit son nom parce qu'il va lui demander sa main sous peu, précisa Léontine en se versant une tasse de thé.

— Comment a-t-il pu fréquenter une fille ? Il travaille tout le temps !

— C'est peut-être une fille qui est venue en visite chez de la parenté. Il y a tellement de monde qui voyage en train, maintenant ! Dans mon temps, y avait pas le train ! On voyageait en carriole avec une "spanne" de chevaux si on voulait aller plus vite.

— Les temps ont bien changé, oui.

— Surtout depuis la guerre ! C'est étourdissant ! s'exclama Léontine en reprenant le raccommodage qu'elle avait abandonné sur la chaise à ses côtés, la veille au soir.

Damase marcha jusqu'à sa chambre où il dormait seul depuis bientôt six semaines. Il ressentait envers son épouse un mélange de hargne et de rancœur. En plus, des désirs inassouvis le tenaillaient. Combien de fois avait-il repoussé l'idée de revoir Edwina ? Pourtant, il ne pouvait se résoudre à entretenir avec la jeune femme une liaison amoureuse illicite et répréhensible. Son infidélité, la seule qu'il ne s'accorderait jamais, faisait désormais partie d'un jardin secret dont personne n'aurait la clef.

— Le nouveau curé fait sa visite de paroisse, lui apprit Léontine. C'est Henri, le facteur, qui me l'a dit hier, en passant dans le coin. Il est probablement rendu dans notre rang.

Un mouvement près de la fenêtre attira l'attention de Damase.

— Tiens, en parlant du loup !

— Fais attention qu'il t'entende pas ! le gronda sa tante en se levant pour cacher les vêtements à raccommoder dans un grand coffre en pin noueux, appuyé contre le mur du salon.

Trois coups secs à la porte leur firent comprendre que le temps était venu d'affronter le successeur du curé Arcouette.

— Bonjour, bonjour ! claironna le prêtre en pénétrant dans la maison sans attendre d'y être invité. Je fais ma visite de paroisse !

Le clerc de l'Église était jeune et élancé. Son sourire dévoila une dentition parfaite et étincelante de blancheur, qui illuminait son visage frais rasé. Il était élégant dans sa soutane noire rehaussée du blanc de son col romain. Un chapeau de feutre noir complétait sa tenue ecclésiastique. Le couvre-chef, une fois enlevé, laissa découvrir une tignasse bouclée d'un brun soutenu. Il portait à la main une mallette de cuir fauve.

— Je suis l'abbé Fabien Bérard, en remplacement du pauvre curé Arcouette qui, comme vous le savez, a été transféré dans un sanatorium.

— Va-t-il mieux ? demanda Léontine en l'invitant à s'installer à la table.

— Hélas, non ! Il a été contaminé par une de ses ouailles malades auprès de laquelle il s'était rendu. À cinquante ans, c'est plus probable de contracter des maladies.

— C'est pas une question d'âge, mais plutôt d'endurance, s'objecta Damase, se référant à Cléomène qui n'avait jamais été sujet à aucune maladie malgré son âge avancé. Quelque part, on est tous en danger !

— Bien entendu ! l'approuva le prêtre, qui ne voulait pas retarder l'horaire de ses visites à cause de discussions improvisées.

Le curé s'assit tout de même sur la chaise désignée et continua à expliquer sa présence à Sainte-Hélène en plein mois d'octobre.

— Comme vous pouvez le comprendre, mon prédécesseur n'a pas eu le temps de visiter tous ses paroissiens et de ramasser la dîme. Voilà pourquoi cette tâche m'incombe et que je suis ici aujourd'hui.

Il se pencha, ouvrit la mallette, en sortit un crayon de plomb et un cahier qu'il posa sur la table. Léontine et son neveu s'approchèrent de lui.

— Je vois que vous êtes marié depuis juillet dernier, nota-t-il.

— Oui, répondit Damase, platement.

— Votre épouse n'est pas ici ?

— Elle est au chevet de son père malade. Dans le Maine.

— Ah ! C'est dommage ! J'aurais bien aimé la rencontrer.

— Elle va pas tarder à revenir. Du moins, on l'espère, s'empressa d'ajouter Léontine. Ça va dépendre de la santé de son père.

— Est-elle enfant unique ?

— Elle a une sœur chez les religieuses à Saint-Hyacinthe, répondit Damase que cet interrogatoire ennuyait de plus en plus.

— J'imagine que vous projetez d'avoir des enfants ?

—Ben sûr ! Sinon, pourquoi se marier ?

Le ton était cinglant, ce qui n'échappa pas au nouveau curé.

—Je perçois de l'acrimonie dans vos propos, mon fils. Y a-t-il quelque chose qui vous accable et dont vous aimeriez discuter ?

—Sauf votre respect, c'est pas de vos affaires, souffla Damase, de plus en plus frondeur.

—Mon neveu s'ennuie de sa femme ! Il a bien hâte qu'elle revienne, tempéra Léontine.

—Voilà qui est tout à fait légitime, admit l'abbé Bérard en soutenant le regard furibond de Damase.

Le prêtre posa encore quelques questions, ramassa les billets que Léontine était allée chercher dans sa chambre et se leva.

—Je vous remercie pour le paiement de la dîme. Le toit de notre église a besoin de réparations et il faudrait refaire le plancher du parloir du presbytère, ajouta-t-il en attrapant sa mallette.

—Nous aussi, on a des réparations à faire à la grange et au hangar. On peut pas se payer le luxe d'avoir des planchers comme ceux du presbytère. Vous savez, ceux en beau merisier ? persifla Damase, comparant le décor rustique de sa maison à celui réservé aux prêtres séculiers.

—Le parloir est à tous les paroissiens, mon fils ! À tous ceux qui daignent bien venir aux offices ou rencontrer leur curé, rectifia le prêtre, un ton de reproche dans la voix.

Il marcha vers la sortie, puis se ravisa.

— Vous ne me demandez pas de vous bénir ?

— Pour quoi faire ? osa demander Damase.

— Bien sûr ! intervint Léontine en s'agenouillant avec peine.

Elle implora son neveu, en silence, de se soumettre, le temps d'une bénédiction, aux rites de cette religion qu'il défiait. Damase demeura cependant debout, les bras croisés sur sa poitrine.

— *In nomine Patris, et Filii, et Spiritus Sancti… Amen.*

— *Amen*, répondit Léontine en se signant en hâte, imitée par son neveu qui ne voulait tout simplement pas ajouter à l'antipathie qui faisait son nid entre le religieux et lui.

Le curé quitta la maison, bien décidé à garder un œil sur cette brebis égarée qu'était Damase Huot.

Chapitre 28

L'escapade

Octobre prenait son temps. Les chaleurs de l'été indien avaient donné un sursis à l'automne. Désormais, les vents d'ouest battaient les terres de leurs courants frais. Les forêts se coloraient peu à peu de couleurs variées, allant du vert sombre des conifères au jaune des ormes et des merisiers et au rouge écarlate des érables à sucre. Les hommes travaillaient du matin au soir, ne comptant pas les corvées, prêtant même main-forte aux voisins qui quêtaient de l'aide. Damase était de ceux-là d'autant plus qu'un peu de compagnie l'aidait à chasser la morosité causée par l'absence de Flore.

— C'est pas une belle croix de chemin, ça ? décréta Gérald, admiratif.

— Ouais ! approuva Damase en essuyant ses mains moites sur sa chemise.

— Ça faisait longtemps qu'elle en avait besoin ! Les croix de chemin, c'est important ! Pour moi, en tout cas, c'est sacré. C'est comme des phares dressés le long des routes. Ça indique aux conducteurs qu'il y a des habitations pas loin. Et puis c'est beau de voir les fermiers des alentours se regrouper, les soirs de mai, pour réciter le chapelet pendant le mois de Marie, conclut Gérald en revenant vers la boîte à outils qu'il avait laissée sur le bord de la route.

Il ramassa quelques clous croches sur le sol et les lança dans la boîte.

— T'es un bon bricoleur, le complimenta Damase.

— Comment tu peux le savoir ? T'es même pas venu voir toutes les réparations et les aménagements que j'ai faits à la maison. T'es pas curieux !

— J'ai surtout pas le temps !

— Je comprends...

— Je suis certain que t'entretiens bien la ferme qui va bientôt t'appartenir complètement. En tout cas, pour moi, c'est déjà toi le propriétaire.

Gérald le gratifia d'un sourire reconnaissant.

— As-tu terminé de réparer ta clôture ? demanda Damase.

— Il me reste une ou deux perches à remplacer.

— On peut le faire tout de suite, si tu veux.

— Hé, là ! Respire un peu !

Il releva la tête vers Damase qui fixait le bout de ses bottines d'un air songeur.

— T'es pas dans ton assiette, toi..., remarqua-t-il.

Un voile de brume flottait au-dessus des champs tandis qu'à l'ouest, le soleil disparaissait derrière un écran de nuages.

— Pas trop.

Il frotta sa nuque d'un geste énergique. Le soleil jouait à cache-cache et perça, pendant quelques minutes, la fine couche de nuages. Pareil à une épée, un rayon de soleil trancha la brume en deux et vint se planter aux pieds du jeune fermier.

Depuis le départ de Flore, Damase sentait grandir en lui une crainte chargée de souvenirs à la fois heureux et tristes.

— Elle revient quand ? questionna Gérald, faisant écho à ses pensées.

— Dans la lettre que j'ai reçue hier, elle parle de deux à trois semaines encore, le temps de placer sa mère à l'hospice.

— Il est parti bien vite, ton beau-père…

— Ouais, pis y a pas voulu être exposé trop longtemps. J'ai donc pas pu y aller, précisa-t-il, s'excusant presque.

Damase en voulait un peu à Maurice qui, par ses dernières volontés, l'avait privé de cet ultime rendez-vous. Celui-ci ne lui avait peut-être pas pardonné de lui avoir enlevé sa fille. Ou de ne pas l'avoir rendue heureuse. Flore devait maintenant vendre la maison familiale, et il aurait bien voulu l'aider. Il laissa échapper un soupir.

— Ça va s'arranger, tu verras ! l'encouragea Gérald, avec une tape dans le dos.

Damase n'avait plus questionné Gérald à propos de Gabriel, et il n'avait plus été question de l'infidélité de Flore. Gérald était persuadé d'avoir agi pour le mieux envers son fidèle ami.

— Je l'espère...

Le temps avait passé, et avec lui la colère. Il avait beau tenter de le nier, Flore lui manquait terriblement et il espérait son retour.

— Pourquoi t'en profiterais pas pour faire un petit voyage, toi aussi ?

— Où tu veux que j'aille ?

— Ça fait combien de temps que t'es pas allé à Montréal ?

— Montréal ? Depuis ma désertion, j'y ai jamais remis les pieds, avoua-t-il sans craindre les reproches de Gérald qui connaissait maintenant toute son histoire.

— Et Léontine, elle y est pas retournée non plus, j'imagine.

Damase prit alors conscience qu'elle aussi devait se morfondre d'ennui, malgré la besogne qu'elle accomplissait chaque jour.

— Non... Je me demande même si elle a toujours des connaissances là-bas.

— Dans ce cas, il serait peut-être temps de vérifier tout ça !

— T'as raison !

— Je pense que tu lui ferais un beau cadeau si tu l'emmenais faire un tour en ville, recommanda Gérald.

— Ça, c'est certain !

— Et puis, ça sera peut-être son premier voyage en train.

Damase fit mine de prendre congé, mais, revenant sur sa décision, il se posta devant Gérald.

— Pourrais-tu prendre soin de mes bêtes, demain soir ? Et venir nous chercher en matinée pour qu'on prenne le premier train pour Montréal ?

— J'allais te le proposer !

Damase sourit à ce gars qui lui apportait soutien et amitié à un moment difficile de sa vie.

— Merci !

— Y a pas de quoi ! Entre voisins, y faut bien s'aider !

Damase porta deux doigts à sa visière en signe de salut et repartit vers sa maison. Il avait hâte d'apprendre la nouvelle à sa tante.

Le chef de gare fit un geste impatient. La locomotive cracha un jet de vapeur et s'ébranla lentement sur les rails. Sur le quai, Gérald, l'air goguenard, recula d'un pas et esquissa un au revoir de la main en direction de Léontine qui, bien installée derrière la vitre du train, l'imita.

— Tout va bien, tante Léontine ?

— Oui, oui !

La veille au souper, lorsque Damase lui avait proposé ce voyage, elle avait d'abord refusé, prétextant mille et une raisons que son neveu avait, l'une après l'autre, balayées du revers de la main.

— Ça fait plus d'un an que t'es ici et t'as jamais pris de congé, lui avait-il déclaré. Je te dois bien ça !

— Mais que veux-tu que j'aille faire là-bas ?

— T'as des amies que t'as pas vues depuis longtemps. Tu me parles souvent d'une certaine Agathe avec qui t'as travaillé à l'usine de munitions. Et d'une Alice aussi...

— Alice, c'était la locataire qui habitait juste en dessous de chez moi, avant que je quitte mon appartement pour de bon.

— Tu pourras aller leur rendre visite... Je vous laisserais entre amies et j'en profiterais pour aller faire un tour.

L'idée de partir à la recherche d'Edwina l'avait réveillé en pleine nuit ; il avait mis l'envie de la revoir sur le compte d'un songe prémonitoire. Il savait qu'elle travaillait à la buanderie des Sœurs de la Providence, en tout cas c'est ce que Gérald lui avait raconté après le passage éclair de la fugueuse. Il comptait la surprendre et l'inviter à prendre le repas du midi avec lui. Enfin, si elle le pouvait...

Assis près de sa tante dans le wagon de queue, il en frémissait d'impatience. Il ferma les yeux et s'imagina plonger la tête dans l'ombre de son cou, humer le parfum de sa peau tiède. Pareil à un pic acéré, le remords le fit sursauter. Il regarda Léontine, qui somnolait déjà, le menton appuyé sur sa poitrine généreuse, sa tête dodelinant au rythme du balancement des roues sur la voie ferrée. Rassuré, Damase se cala un peu plus dans son siège et appuya sa tête contre le dossier. Il laissa la fatigue des derniers jours avoir raison de sa vaillance et, s'accordant au roulis du train, il sombra à son tour dans une bienfaisante langueur.

— Elle ne travaille plus ici, annonça sœur Hortense qui recevait les visiteurs au parloir, ce jour-là.

L'angélus de midi avait déjà fait entendre ses douze coups quand Damase s'était présenté aux portes du refuge de la rue Fullum. Le train avait pris du retard entre Saint-Hyacinthe et Montréal, et il avait fallu que la sœur d'Alice confirme à Léontine qu'elle résidait maintenant chez une parente. Damase avait pris le temps de reconduire sa tante à cette nouvelle adresse, avant de prendre le tramway en direction de l'immeuble des Sœurs de la Providence, où travaillait Edwina.

Le trajet lui avait semblé interminable, ponctué d'arrêts pendant lesquels des passagers montaient et d'autres descendaient. Peu habitué à un tel mouvement de masse, il fut d'abord étourdi, trouvant incroyable qu'autant de gens puissent vivre dans une telle proximité. Il avait remarqué les logements de Sainte-Cunégonde, dans lesquels les ouvriers et leurs familles nombreuses s'agglutinaient, à l'ombre des usines de briques rouges dont les cheminées crachaient continuellement une fumée noire. Rien de comparable aux villes du Maine où il avait eu le bonheur de conduire le camion de Maurice Auger. Le souvenir de ce temps heureux, de la mer surtout, lui fit mal. Flore déciderait-elle de le quitter pour retourner vivre aux États ? Peut-être... S'il ne faisait pas l'effort de reconquérir son épouse, son mariage courait inévitablement à la ruine. L'idée de vendre ses deux terres avait à peine effleuré son esprit qu'il dut se faire violence pour l'en effacer.

—J'ai juré...

Le second tramway qu'il emprunta pour se rendre au logis d'Edwina tourna à droite. Un passager tira sur la cordelette fixée au mur et le tintement de la clochette avisa le conducteur qui arrêta le char électrique. Damase en profita pour sauter en bas du wagon. Il se retrouva devant une maison à deux étages, vérifia si l'adresse correspondait bien à celle que sœur Hortense lui avait donnée et hésita un instant. La pétarade d'un moteur derrière lui le sortit de sa torpeur. Il eut juste le temps de sauter sur le trottoir avant que le bolide vrombissant s'arrête à une dizaine de pieds d'où il se tenait. Damase reconnut aussitôt le jeune docteur qui accompagnait Edwina le jour des funérailles de Cléomène. Celui-ci, après avoir garé sa voiture, en éteignit le moteur et en sortit précipitamment. Puis il s'empara d'une mallette de cuir.

Elle n'est pas à toi..., le narguait une petite voix.

Hébété et se reprochant sa stupidité, Damase serra les poings et tourna les talons, le cœur en charpie.

Chapitre 29

L'irréparable

— Elle est dans sa chambre, annonça madame Bélec.

François remercia la logeuse et lui abandonna son chapeau et ses gants, puis il attrapa la mallette qu'il avait laissée sur la petite table près de la porte d'entrée. Il se dirigea prestement vers la chambre d'où Edwina ne sortait plus depuis quatre jours. Il y frappa à plusieurs reprises.

— Edwina ? C'est moi, François ! Ouvre !

La chevelure ébouriffée d'Edwina émergea des draps que ses longues nuits à pleurer avaient fripés. Elle ne se leva pas de son lit.

— Que fais-tu ici ?

— C'est ta logeuse qui m'a informé que tu étais souffrante !

— Je suis pas malade !

— Laisse-moi au moins m'en assurer, argumenta-t-il, bien décidé à ne pas quitter les lieux.

— J'ai pas besoin de toi. J'ai besoin de personne !

L'impatience du docteur monta d'un cran.

— Ce n'est pas François qui te demande d'ouvrir. C'est le médecin !

— Voulez-vous que j'aille chercher mon passe-partout ? demanda la logeuse que la situation mettait de plus en plus mal à l'aise.

— Oui, ce serait l'idéal.

Madame Bélec n'avait pas fait trois pas que le déclic du verrou se fit entendre. François remercia la femme d'un signe de tête et ouvrit la porte tout doucement.

Madame Bélec hésita un peu. Elle n'aimait pas que ce jeune homme, médecin ou pas, reste seul avec sa locataire. Bien sûr, ce n'était pas un prétendant... Elle partit donc sur la pointe des pieds.

À l'intérieur, la chambre baignait dans l'obscurité. Une odeur étrange y flottait et François jeta un bref coup d'œil à la fenêtre, probablement fermée depuis belle lurette. Quand il vit Edwina, il eut un choc. La pâleur des traits, la maigreur des membres, les cernes sous les cils baissés, tout l'inquiéta.

— Qu'est-ce qui se passe, Edwina ? finit-il par articuler. Ta logeuse me dit que tu ne manges plus.

Elle leva vers lui un regard fiévreux, rempli de détresse.

— Edwina...

La jeune femme se pencha vers l'avant, referma ses mains sur son ventre, comme un oiseau frappé en plein vol, et pleura amèrement.

François comprit d'un seul coup. Cette fille avouait en silence avoir commis l'irréparable. Il baissa les yeux, en même temps que la mallette glissa de sa main. Le bruit mat sur le plancher sonna comme un glas aux oreilles d'Edwina qui, se ressaisissant, essuya les larmes qui marbraient ses joues.

— J'ai pas besoin d'un docteur, affirma-t-elle, un trémolo dans la voix. Je suis pas malade.

Elle affronta le regard désapprobateur de François, puis s'étendit de nouveau dans son lit.

— Que vas-tu faire, maintenant ?

— Je sais pas.

— Penses-tu rester ici ?

— Je sais pas, répéta Edwina, le regard perdu dans le vide.

— Tu n'envisages pas de le garder, j'espère !

Edwina releva la tête en signe de défi.

— C'est toi, un docteur, qui me dit ça ?

— Je te parle de le donner à la crèche, pas de…

— Non !

— Comment vas-tu faire avec un enfant ? Tu te destines à une vie de misère ! Déjà que tu as perdu le deuxième emploi que tu avais trouvé.

Madame Bélec l'avait informé, lors de son appel téléphonique, qu'Edwina venait aussi d'être remerciée du nouveau travail de servante qu'elle avait réussi à se dénicher.

— Je vais trouver une solution, argumenta encore Edwina, même si elle n'y croyait pas vraiment.

Ramassant sa mallette, François jaugea du regard cette fille qui avait conquis son cœur, l'espace de quelques semaines.

— Il n'y a pas trente-six solutions à ton problème, déclara-t-il. La meilleure étant de te trouver un mari au plus vite.

Edwina releva la tête, surprise qu'il lui suggère le seul plan qu'elle avait en tête depuis qu'elle était certaine d'être enceinte.

— Mais ce ne sera pas moi, laissa-t-il tomber en faisant demi-tour et en quittant la chambre sans même un au revoir.

Edwina sentit son cœur se serrer à l'idée que François la regarderait désormais comme une fille perdue.

Ses pensées volèrent vers Damase.

— Ce sera pas lui non plus, souffla-t-elle.

Un visage rieur s'insinua dans ses pensées où se côtoyaient l'espoir et la détresse. Alors qu'ils pique-niquaient sur les bords de la rivière, Gérald lui avait parlé de son désir d'avoir des enfants. Elle avait senti ses yeux posés sur elle quand il lui avait confié qu'il cherchait une femme pour fonder une famille. Elle le savait prêt à tout pour parvenir à ses fins. Comme elle aujourd'hui...

À l'idée de retourner vivre dans cette maison où elle avait connu le pire, un léger tremblement agita Edwina. Pourrait-elle un jour ensevelir ses souvenirs au plus profond d'elle-même et laisser le bonheur s'infiltrer dans sa vie ?

Le pire, il sera en toi si tu n'agis pas au plus vite, l'avertit sa voix intérieure.

Avec détermination, Edwina entreprit de faire sa toilette et ses bagages. Elle quitterait sa chambre dès le lendemain et prendrait, avec les derniers sous qui lui restait, un aller pour Sainte-Hélène. Son avenir dépendait désormais de la ténacité qu'elle mettrait à se faire épouser par Gérald Lupien.

Damase était demeuré à l'ombre d'un balcon pendant que François était à l'intérieur, se demandant s'il ne valait pas mieux déguerpir en vitesse et oublier Edwina Soucy une bonne fois pour toutes. Seulement, l'envie de la revoir, ne fût-ce que quelques secondes, avait été plus forte que tout et c'est avec soulagement qu'il avait vu ressortir le jeune Mongeau, seul, quelques minutes plus tard. Il avait observé le médecin à l'air courroucé s'éloigner de l'immeuble, avant de s'approcher à son tour. Damase avait gravi l'escalier et sonné à la porte. Il attendait impatiemment que la logeuse lui ouvre.

— Oui ?

— Je voudrais voir Edwina Soucy, s'il vous plaît !

Madame Bélec examina d'un œil circonspect le nouveau venu, détaillant au passage l'anneau doré qui brillait à son annulaire gauche.

— Vous êtes qui ?

— Un ami.

— Elle est pas là !

— Pourtant, je viens de voir le docteur Mongeau qui...

— Je l'ai fait appeler pour mon mauvais rhume, le coupa la logeuse.

— Et Edwina ?

— Elle habite plus ici !

— Elle est déménagée ?

— Oui.

— Vous avez sa nouvelle adresse ?

— Elle a pas laissé d'adresse !

Madame Bélec ferma la porte au nez de Damase qui n'eut d'autre choix que d'abdiquer. Il revint sur ses pas en empruntant la rue qu'il avait longée en descendant du tramway. Dans la foule des passants, il se sentait perdu. Un immense désarroi l'habitait et il maudit le sort de n'avoir pu revoir celle qui, à brûle-pourpoint, revenait sans cesse hanter ses pensées. Il mata la colère qui l'incitait à faire demi-tour pour forcer la porte de la logeuse, car il avait bien vu dans son regard que rien ne la ferait fléchir. « Et puis, elle est peut-être partie pour vrai... », tenta-t-il de se convaincre.

Damase « le timide » enfonça ses mains au fond de ses poches et enfouit la rancœur qui le menaçait dans les replis de l'oubli.

— Il faut que Flore revienne au plus vite ! se répétait-il, tentant par là de se convaincre que tout rentrerait alors dans l'ordre.

Chapitre 30

La demande

Il était onze heures quand le train entra en gare. Gérald, fourbu de fatigue d'avoir doublement travaillé puisqu'il avait aussi soigné les bêtes de Damase, somnolait, appuyé au dossier de son siège. On aurait dit que Coucoune, obéissante et docile, n'osait secouer sa crinière pour ne pas déranger le repos de son maître qui avait garé son attelage derrière la meunerie du village. Il était là, comme à son habitude, pour attendre un client potentiel. Il ne vit pas Edwina Soucy arriver. Ce n'est qu'au son de sa voix qu'il s'éveilla en sursaut et ouvrit les yeux.

— Edwina ! Quelle belle surprise !

— Je voulais pas vous faire peur, excusez-moi.

— Faut pas vous excuser, voyons ! Je dors pas beaucoup ces temps-ci. Vous avez besoin de moi ?

— Oui… je venais justement vous voir, hésita la jeune femme. En fait, je pensais qu'on pourrait…

Le cœur de Gérald bondit dans sa poitrine en voyant le doux regard qui l'observait.

— Oui ?…

— Vous avez du temps à me consacrer ? demanda encore Edwina, de plus en plus gênée. J'aimerais revoir la maison de mon père...

— Ce sera bientôt la mienne, vous vous souvenez ? Montez !

La jeune femme s'exécuta tandis que Gérald déposait sa valise derrière lui.

— Elle est lourde, cette fois-ci ! remarqua-t-il.

— Je pense rester plus longtemps, annonça-t-elle.

— Quelle bonne nouvelle !

Le regard rieur et l'expression débonnaire de Gérald la rassura. Un couple de voyageurs se dirigeant vers la rue principale passa près d'eux, comme ils se mettaient en route.

Tout au long du trajet, le babillage de Gérald lui laissa le temps de préparer son plan, bien qu'elle l'ait ressassé mille fois à bord du train. Elle lui proposerait un marché...

— Qu'en dites-vous ?

La question la sortit de sa jonglerie.

— De quoi ?

— Est-ce que vous m'épouseriez ?

La question la laissa sans voix. Elle ouvrit la bouche et la referma aussitôt.

— Je suis maladroit ! s'excusa Gérald. J'ai pas de manières...

— Non, non, c'est moi qui étais dans la lune, s'excusa Edwina à son tour, heureuse, en se redressant sur son siège.

— On demande pas une femme en mariage comme ça, de but en blanc! s'énerva-t-il. Mais j'avais prévu aller vous voir, et...

— Pourquoi pas? l'interrompit Edwina. Et puis, c'est un peu ce que vous aviez laissé entendre au bord de la rivière, non?

Cette fois, ce fut Gérald qui demeura pantois.

— Vous vous souvenez de ça?

— Oui.

— Ça veut dire que...

— ... oui, j'accepte, répondit Edwina dans un sourire.

— Ah ben là! s'écria Gérald en donnant une secousse bien involontaire sur le dos de Coucoune qui secoua sa crinière et accéléra le pas. Doux! Doux!

— Je suis en âge de prendre mari et j'ai pas l'intention de rester à Montréal ou de travailler dans une manufacture toute ma vie, expliqua Edwina, espérant que ce discours convaincrait Gérald du bien-fondé de ce revirement. Et puis, j'ai de l'affection pour vous.

— Tu peux me tutoyer, rectifia-t-il. S'il faut se fréquenter...

— J'ai laissé ma pension à Montréal, spécifia Edwina, et j'avoue que j'ai pas de place où aller.

Gérald fronça les sourcils, ce qui n'échappa pas à sa compagne. Pouvait-il se douter de sa déchéance? Comment éviter qu'il ait des soupçons?

— Quand j'ai parlé au curé Arcouette, il m'a mentionné que vous... que tu cherchais une épouse.

— Le vieux sacripant! Y t'a dit ça?

Lors de sa visite au presbytère, elle avait bien entendu, de loin, le curé Arcouette parler en termes élogieux de Gérald, pendant qu'elle-même l'attendait.

— Oui, rougit Edwina, et aussi que t'es un bon gars et que tu ferais un excellent mari.

Ému, Gérald remercia le ciel d'avoir placé ce prêtre sur sa route.

— C'était un bon curé, dit-il. Dommage qu'il ait été remplacé par un "je-sais-tout-mieux-que-tout-le-monde" !

Edwina rit à cette affirmation. Décidément, Gérald était de bonne compagnie et il lui tardait de savoir s'il accepterait de la marier le plus tôt possible. Elle ne voulait cependant pas le brusquer et ainsi éveiller ses soupçons.

L'autre jour, au bord de la rivière, il lui avait demandé si sa jambe de bois la dérangeait. Elle l'avait fixé dans les yeux et lui avait répondu qu'une jambe en moins n'enlevait rien aux qualités d'un homme. Et elle était sincère…

Depuis qu'elle se savait enceinte, Edwina avait souvent jeûné, croyant que ce stratagème finirait par provoquer une fausse couche. Ce rationnement volontaire n'avait servi qu'à l'amaigrir et à fragiliser sa santé. Par contre, la jeune femme conservait une taille fine et ainsi, personne ne remarquerait la rondeur de son ventre avant quelques mois.

— On est presque arrivés ! lâcha Gérald en désignant la maison qu'Edwina avait fuie quelque treize mois plus tôt.

Un haut-le-cœur la surprit. Était-ce les mauvais souvenirs qui l'assaillaient ? La peur de pénétrer en ces lieux ? Ou plus vraisemblablement un symptôme de sa grossesse ? Edwina porta sa main gantée à sa bouche, pour refouler le goût amer qui se mêlait à sa salive. Si elle avait été un homme, elle aurait pu cracher. Mais une femme ne se conduisait pas de la sorte.

Gérald la regarda du coin de l'œil et prit pour un geste d'émotion les doigts posés sur les lèvres tremblantes. Il chercha une larme, un soupir, un sourire, mais Edwina s'abstint de tout épanchement trop marqué. Il admira la force de caractère de cette fille pour qui il éprouvait un amour éperdu. Il fit stopper sa jument devant la maison qu'il avait remise en état.

Il avait travaillé d'arrache-pied depuis ce jour où il avait persuadé Damase de passer chez le notaire afin de signer un bail en bonne et due forme, stipulant qu'il pourrait se porter acquéreur de la ferme, la première année de location terminée. L'entente s'était conclue par une franche poignée de main entre les deux amis.

— Viens ! l'invita-t-il en descendant de la voiture.

Edwina obéit et ils restèrent là, côte à côte, dans un silence presque religieux. Puis Gérald, s'appuyant sur sa canne, mit un genou par terre et tendit la main à Edwina.

— Veux-tu être ma femme ?

Cette fois, la demande était formelle. Un tressaillement secoua Edwina.

— Oui, Gérald ! Je le veux…

Deux larmes s'accrochèrent à ses cils qu'elle baissa pour voiler le trouble qui risquait de la trahir.

◈

Quand Gérald surgit en trombe dans la porcherie, Damase supposa le pire.

— Damase ! Damase ! suffoquait presque son ami.

— Mon Dieu, calme-toi ! Qu'est-ce qui t'arrive ?

— Je vais me marier !

— Quoi ?

— T'as bien compris ! Je me marie, criait maintenant Gérald en frappant la barrière de l'enclos à cochon du plat de sa main, énervant la truie qui grogna.

— Avec qui ?

— Edwina Soucy ! Tu parles d'un hasard ! Je suis presque déjà le propriétaire de la maison de son père…

Le sang de Damase ne fit qu'un tour. Il faillit s'étrangler avec les mots durs qui se bousculaient dans sa bouche. Il serra plutôt les lèvres. Comment cela était-il possible ? Ces deux-là se connaissaient-ils si bien ? Il jeta un regard ahuri vers son ami et sa joie immense lui fit la plus grande peine.

— Tu peux pas marier cette fille, articula-t-il enfin.

Damase, paralysé par la colère, se détourna pour se calmer par un geste simple et maintes fois répété. Il versa dans l'auge des pelures de pommes de terre, de carottes et tous les restes d'aliments que Léontine avait conservés des derniers repas. Rien ne se perdait sur une ferme, les produits de la terre nourrissant autant les humains que les animaux, dont la viande garnirait les tables en hiver.

— Pourquoi pas ?
— Tu la connais à peine !
— Je la connais assez pour savoir que je l'aime, s'opposa Gérald.
— Tu l'aimes ?
— Comme un fou, depuis le premier jour où je l'ai vue !

Le visage de Gérald rayonnait de bonheur. Pour la première fois, Damase remarqua ses yeux noisette aux cils longs et recourbés qui lui donnaient un regard enfantin, sa bouche aux lèvres fines au-dessus desquelles une fossette formait un repli et sa chevelure châtain roux séparée par une raie bien droite sur le côté gauche et qui descendait, sans boucles, jusqu'à son col de chemise que la sueur avait marqué d'un cerne plus foncé.

Gêné, Damase baissa les yeux. Il ne pouvait supporter l'idée qu'Edwina soit aimée de son meilleur, de son unique ami. Il se demanda ce qui arriverait de cette amitié, une fois qu'Edwina se dresserait entre eux. S'il éprouvait le désir de tout raconter à Gérald, depuis le début, il se retint. Il ne pouvait tout de même pas lui dévoiler là, maintenant, le secret de leurs ébats dans la cabane à sucre du 2e Rang ! À ce souvenir, Damase se raidit. « Et si Edwina était enceinte ? » Il se radoucit.

— Ça fait longtemps que c'est décidé, votre mariage ? hasarda-t-il.

— J'y pensais depuis longtemps, oui !

— Tu lui as demandé sa main ?

— Je viens tout juste ! Elle était à la gare ce matin !

— Et elle a dit oui tout de suite ? Sans fréquentations ?

— On s'est vus quelques fois avant. C'est assez pour moi ! Et puis, si je veux commencer une famille, faut pas que je tarde trop.

— De fait, t'as quel âge ? demanda Damase que ce détail n'avait jamais intéressé auparavant.

— Vingt-cinq ans ! Et toi ?

— Vingt-trois, en septembre prochain.

— Tu vois, t'es plus jeune que moi et t'es déjà marié pis propriétaire !

Gérald soupira, baissa le menton et fixa la jambe droite de son pantalon qui flottait autour de sa prothèse de bois.

— J'ai plus de temps à perdre, laissa-t-il tomber.

Damase comprit dans cet aveu que son ami ne renoncerait pas à la chance de goûter au bonheur de vivre à deux ; la solitude l'accablait. Ses pensées volèrent vers Flore dont il espérait le retour dans les jours prochains. C'est du moins ce qu'elle avait écrit.

— Alors, vas-y ! Marie-la, cette Edwina !

L'image du corps nu et offert de la jeune femme apparut devant lui, le rendant fou de jalousie. Il s'apprêtait à quitter la porcherie quand la voix de Gérald retentit dans son dos.

—Veux-tu être mon témoin ?

Damase figea sur place. Il n'avait pas pensé à cette éventualité.

—Je peux pas, déclara-t-il d'un ton sec.

—Pourquoi pas ?

—J'ai bien trop de travail à la ferme…

—Tu connais même pas le jour ni l'heure, s'étonna Gérald qui s'approchait en s'appuyant sur sa canne.

Damase lorgna l'objet dont le cuivre du pommeau étincela sous un rayon de soleil filtrant entre les nuages.

—Elle est belle ta canne, commenta-t-il pour changer un instant le cours de la conversation. Tu l'as achetée à Saint-Hyacinthe, c'est ça ?

—Non, du père Beaudoin. Il l'a trouvée au printemps, juste à côté du fossé, près de la clôture de perches qui ceinture sa terre. Il me l'a vendue, pas cher.

En entendant parler de ce lieu maudit, il revit tout le chemin parcouru depuis sa désertion. Puis les dernières paroles de Cléomène lui revinrent : « J'ai pas voulu… pas voulu… »

—Regarde, y a des initiales gravées dessus, ajouta Gérald en brandissant le pommeau de cuivre.

—BB… Tu sais ce que ça veut dire ?

—J'ai pas cherché à savoir.

Damase sortit de la porcherie, le pas lourd. Au-dessus de lui, les nuages se gonflaient, se juxtaposant les uns aux autres.

—Alors, veux-tu être mon témoin, oui ou non ? demanda Gérald pour la seconde fois.

— Pourquoi pas ! Après tout t'as bien été le mien ! répondit Damase en adressant un sourire triste à son ami.

— Ta Flore va revenir bientôt, l'encouragea Gérald en appuyant ses paroles d'une tape amicale dans le dos. Tu sais, même si j'ai vu ta femme au bras d'un autre homme, ça veut pas dire qu'il s'est vraiment passé quelque chose entre eux.

— Oui, je l'espère !

Ils se séparèrent, l'un disparaissant dans l'étable où il devait aiguiser les *clippers* pour la prochaine corvée de tonte des vaches, l'autre allant d'un pas léger vers sa voiture. Gérald avait laissé Edwina au village pour venir annoncer la nouvelle à Damase.

Derrière la porte de la maison, Léontine remarqua la mine sombre de son neveu et celle, réjouie, de Gérald.

Chapitre 31

Un nouveau départ

— Je vous déclare mari et femme !

La cérémonie se termina par un chaste baiser échangé entre Edwina et un Gérald visiblement heureux.

Les témoins se tenaient à l'écart, mal à l'aise dans leurs chemises au col empesé. D'un côté, Damase gardait le regard baissé, évitant ainsi de croiser celui d'Edwina. De l'autre, Adrien Bérubé, qui avait accepté de servir de « père » à la jeune orpheline, avait hâte que la cérémonie prenne fin. Après la signature des registres, chacun était rentré chez lui continuer la besogne. Novembre, avec ses pluies, écourtait les journées de travail, sans compter que l'hiver approchait. Après la traditionnelle photo sur le parvis de l'église, debout l'un près de l'autre dans une attitude figée, les jeunes mariés étaient rentrés chez eux sans tambour ni trompette, selon le désir d'Edwina qui n'avait pas voulu de repas de noces.

« On fera un voyage l'an prochain », avait-elle proposé à Gérald qui avait acquiescé à sa demande.

Le couple s'était dirigé en silence vers la demeure où Edwina avait vécu toute son enfance. Dans les pires moments comme dans les meilleurs, son caractère docile l'avait servie. Elle comptait faire preuve d'obéissance envers son mari, comme le dictait d'ailleurs l'Église aux épouses. Elle s'imposait certes un sacrifice, mais dans les circonstances, la situation lui était plus que profitable. Même si elle connaissait Gérald depuis peu, elle le savait doux, aimant et enclin à la compassion, toujours prêt à rendre service.

Il était onze heures quand ils franchirent le seuil de la maison qu'elle avait quittée il y avait un peu plus d'un an maintenant, et dans laquelle elle avait refusé de remettre les pieds, le jour de la demande en mariage. Elle était demeurée chez madame Bissonnette, une veuve du village heureuse de rendre service à la future épouse de Gérald qu'elle appréciait bien.

Tout y était changé. Les murs et les lambris du plafond avaient été repeints d'une teinte coquille d'œuf. Des rideaux de dentelle beige pendaient aux fenêtres dont les vitres avaient été lavées. Un tapis au motif brun et rouille accueillait les visiteurs dès leur entrée. Le plancher de bois sentait bon la cire. La vieille table de cuisine, près de laquelle Edwina s'était souvent assise avec sa mère pour raccommoder des vêtements à la lueur de la lampe à l'huile, avait été remplacée par une nouvelle, plus petite. Quatre chaises à hauts dossiers gravés de motifs de rose l'entouraient. Sur le comptoir, une pompe à eau d'un noir luisant s'élevait au-dessus d'un évier de porcelaine blanche. Gérald avait travaillé fort pour rajeunir la maison.

— Viens voir ! dit-il en lui tendant la main.

Elle le suivit vers un petit salon où deux fauteuils au tissu damassé rouge clair côtoyaient une table basse sur laquelle était posé un pot de faïence bleue rempli de fleurs des champs. Edwina posa ses mains sur ses lèvres tremblantes, étouffant un sanglot de joie. Elle se tourna vers Gérald qui lui offrait un bonheur auquel elle n'aspirait plus.

— C'est beau ! articula-t-elle tout bas.

— C'est pas fini ! Attends !

Cette fois, Gérald entraîna Edwina vers la chambre qui serait désormais la leur. Comment réagirait-elle à la vue du lit où sa mère avait rendu l'âme ? Elle ferma les yeux, inspira profondément, repoussant avec énergie les démons du passé qui ressurgissaient de sa mémoire. Gérald ouvrit la porte.

— Regarde !

La voix de son mari lui fit rouvrir les yeux.

— Oh !

Un nouveau lit, surmonté d'un baldaquin soutenu par quatre poteaux, avait remplacé le lit à la paillasse difforme. Une couverture de coton blanc, brodée de motifs d'oiseaux, s'harmonisait avec les rideaux suspendus à l'unique fenêtre.

— C'est la servante du curé, madame Vertefeuille, qui a fait la broderie, expliqua Gérald en balayant l'air devant lui de sa main gauche. Aimes-tu ça ?

Edwina hocha la tête en silence, incapable d'articuler un mot tellement la surprise était complète.

— Regarde là-bas! ajouta Gérald en désignant une construction rectangulaire à même le mur.

Quand il en ouvrit la porte, Edwina découvrit un petit placard où s'alignaient en ordre parfait huit crochets de métal.

— C'est une garde-robe, juste pour toi! Comme ça, ton linge sera moins fripé.

— T'as pensé à ça? apprécia Edwina en tournant vers lui un regard attendri.

— Ben sûr! Après avoir passé tellement de temps dans une buanderie, tu dois aimer les vêtements bien repassés!

Edwina éclata d'un rire franc, imité par Gérald.

Pour la première fois de sa vie, Edwina se sentit comblée et aimée. Elle ouvrit spontanément les bras à ce garçon qui ne demandait rien d'autre que de la choyer. Délaissant sa canne, Gérald fut aussitôt près d'elle et la serra sur son cœur. Il enfouit son nez dans sa chevelure et, avec toute la délicatesse du monde, chercha ses lèvres. Edwina se laissa aller à cette tendresse, se délectant enfin de se savoir à l'abri de la honte et de la pauvreté. Gérald était sa bouée, son sauveur. Jamais elle ne l'oublierait.

Chapitre 32

L'espoir

— Y fait froid sans bon sens ! se plaignit Flore en ajoutant une bûche de bois dans le poêle.

— C'est à cause du vent, expliqua Léontine qui resserra son châle sur ses épaules. Il est si fort qu'il s'infiltre par toutes les fentes des murs.

Flore ramassa les ustensiles sur la table et les mit dans le plat rempli d'eau chaude pour les nettoyer. Depuis son retour, la jeune Américaine n'avait pas eu le temps de s'apitoyer sur son sort. Le travail abondait et elle avait pris la résolution de ne pas regretter son départ du Maine. Le temps était venu pour elle de se consacrer à son mari et de l'épauler dans son labeur. Comme ils avaient aussi le projet d'avoir des enfants, elle s'employait à être une épouse aimante et à satisfaire les désirs de Damase, qui se faisaient plus ardents.

Les nuits remplies de tendres étreintes avaient retissé les liens qui les avaient unis aux beaux jours du bonheur, alors qu'ils travaillaient côte à côte à livrer des meubles chez les clients de Biddeford. Flore avait été mise au courant du mariage de Gérald et d'Edwina. D'abord surprise, elle avait vite soupiré de joie, soulagée de la jalousie que la présence de cette fille avait éveillée en elle. Par contre, elle avait appris avec tristesse par Léontine l'internement de Bernard et déplorait l'esprit obtus de l'Église envers ceux qui étaient différents.

— Voulez-vous du thé, Léontine ? demanda-t-elle en essuyant le dernier couteau.

— Pas tout de suite, merci ! répondit la dame, sans se lever de la berçante qu'elle ne quittait plus que rarement.

Flore ne put s'empêcher de comparer la femme à sa mère, clouée dans un fauteuil roulant. Elle eut un pincement au cœur en l'imaginant dans la chambrette qu'elle avait louée à Saco, où Ilda avait demandé de finir ses jours. Flore aurait tant aimé que celle-ci consente à venir vivre avec elle sur la ferme, mais Ilda avait refusé catégoriquement. « C'est ici que je suis née et c'est ici que je mourrai ! », avait-elle déclaré. Flore l'avait quittée en lui promettant de revenir la voir une fois l'hiver terminé. « Écris-moi », avait seulement exigé sa mère.

Flore noircissait donc chaque soir des feuilles de papier à lettres, racontant les petits détails de son quotidien, relatant parfois des faits divers, parfois des nouvelles concernant la vie politique du Québec ou encore les événements à Sainte-Hélène et à Saint-Hyacinthe.

Ce soir-là, elle avait hâte de coucher sur le papier les dernières nouvelles recueillies lors de sa visite au village.

> *Chère maman,*
> *J'espère que tu vas bien et que tu ne te morfonds pas trop dans ta nouvelle maison. Ici, il fait noir de bonne heure. Le ciel est gris et on se prépare pour l'hiver. Je couds et je tricote avec Léontine, le soir, à la lumière de la lampe à l'huile. Si tu savais comme je m'ennuie de notre maison où il y avait de l'eau chaude, une baignoire, mais surtout l'électricité! La Southern Canada Power dessert la ville de Saint-Hyacinthe, mais aucun poteau ou câble électrique ne se rend jusqu'ici. Tu imagines le retard comparé à chez nous au Maine! On est en 1919, quand même!*
> *Une école de la rue Sainte-Marie, à Saint-Hyacinthe, donne des leçons d'anglais aux enfants de la région. On y accepte les élèves de langue française comme ceux de langue anglaise. Je pense bien aller offrir mes services comme tutrice pour ceux et celles qui aimeraient parfaire leur apprentissage par des conversations. L'hiver, ici, il n'y a pas grand-chose à faire et, avec le train, c'est facile de se rendre là-bas. Je n'en ai pas encore parlé à Damase, mais je ne crois pas qu'il serait contre l'idée. D'autant plus que ça ajouterait un revenu supplémentaire à notre budget.*
> *Je ne veux pas que tu penses que je suis malheureuse. Au contraire. Damase et moi sommes plus amoureux*

que jamais et nous travaillons fort pour que tu puisses tenir un petit-fils ou une petite-fille entre tes bras l'an prochain. Je prie papa tous les soirs, lui demandant son aide pour que cela arrive enfin. Et ce mois-ci, j'ai espoir que mes prières seront exaucées. La tante de Damase a remarqué que je n'ai pas étendu de « guenilles » sur la corde à linge dernièrement. Elle est perspicace, la Léontine…

Aussitôt que je le pourrai, j'irai rendre visite à Cécile, au couvent. Je lui demanderai de prier pour nous deux.

Je pense à toi très fort et j'espère que tu es bien soignée là-bas.

Ta fille qui t'aime,
Flore

La jeune femme jeta un coup d'œil vers Damase qui rentrait de l'étable après avoir terminé le train. Il avait l'air fatigué et, après s'être délesté de son manteau et de ses bottes, il se dirigea vers le poêle ronronnant de chaleur au-dessus duquel il frotta énergiquement ses mains engourdies de froid.

— Y va geler cette nuit, c'est certain! annonça-t-il sans lever les yeux de ses doigts rougis.

— Ça veux-tu dire qu'on va faire boucherie bientôt? demanda Léontine.

— Ça se peut! Si j'en crois les prévisions de l'*Almanach*, l'hiver est installé pour de bon.

Quittant la chaleur du poêle, Damase tira une chaise, prit place à table et posa un regard attendri sur Flore qui repliait la lettre avant de la mettre dans une enveloppe adressée à sa mère.

— Tu lui racontes quoi, cette fois ? s'informa son mari.

— Je lui parle de l'école publique de la rue Sainte-Marie. Tu sais, là où on enseigne l'anglais ?

— Oui.

— Ça serait bien que nos enfants y aillent un jour, pour apprendre l'anglais.

— Tu leur apprendras, toi ! dit Damase en s'emparant des doigts de sa femme et en les portant à ses lèvres.

— Je pourrais l'enseigner aux autres enfants aussi, hasarda-t-elle, puis donner des cours à cette école et...

— Tu y penses pas ?

Surprise, Flore le regarda droit dans les yeux.

— Pourquoi pas ! Je pourrais rapporter un peu d'argent, et...

— On a assez avec ce que la ferme nous donne ! Et puis, que vont dire les gens ? Que Damase Huot est pas capable de faire vivre sa femme ?

Il se leva brusquement devant Flore qui ne comprit pas le pourquoi d'une telle réaction.

— En plus qu'on doit déjà raconter au village que je suis pas bon à...

Il se tut tout d'un coup, ravalant la crainte de leur possible stérilité.

Damase n'en pouvait plus d'attendre une nouvelle qui ne venait pas. Pourtant, Flore et lui faisaient l'amour aussi souvent que la religion le permettait. Pourquoi Flore ne devenait-elle pas enceinte ? Était-elle devenue bréhaigne ? Où était-ce plutôt sa semence qui était infertile ? Il chassa ces idées noires.

— À quoi ? insista sa femme.

— Pas bon à te mettre enceinte…, souffla-t-il, gêné.

Le silence se fit pesant dans la cuisine lorsque Léontine stoppa le mouvement de sa berceuse.

— T'as pas à t'inquiéter, Damase, déclara celle-ci. Je pense que ça tardera pas à arriver.

— Qu'est-ce qui te fait croire ça, tante Léontine ?

— Y a des signes qui trompent pas, tu sauras !

— Et tu les vois où, ces signes ? répondit-il, maussade.

— Sois patient et tu les verras toi aussi, lui conseilla-t-elle.

Elle donna une poussée à la berceuse dont le craquement des berces sur le plancher se répandit dans la pièce, accompagnant le crépitement des bûches dans le poêle.

Damase marcha vers l'évier, s'empara du gobelet d'étain accroché à la pompe, actionna celle-ci et remplit d'eau le récipient. Il avala le liquide froid d'un trait, remit le gobelet à sa place et s'essuya la bouche du revers de la main.

— Je vais me coucher, lança-t-il en se dirigeant vers la chambre.

— Déjà ! se plaignit Flore.

— Demain, j'ai du gros ouvrage.

L'ESPOIR

—Je peux t'aider, si tu veux!

Damase se tourna vers sa femme. Comment cette jolie bourgeoise saurait-elle l'épauler dans les tâches à venir? Il l'imaginait mal mettre à mort le cochon, le saigner, le frotter vigoureusement après l'avoir fait griller pour enlever les soies et l'ébouillanter pour lui donner une belle couleur rosée. Comment pourrait-elle supporter les cris de l'animal agonisant? La vue du sang? Pourrait-elle même seconder Léontine dans le nettoyage des tripes? Les laver, les retourner, les gratter et les relaver encore et encore avant de les remplir de «forçures», tous ces restes de viande, de tendons et de ligaments qu'elle devrait faire cuire et hacher finement? Par contre, elle apprendrait peut-être à envelopper les différentes parties de la viande débitée et à les déposer dans les grandes «canisses» qu'elle remplirait d'avoine. Remisés au hangar, ces bidons serviraient de glacières durant tout l'hiver. De plus, Léontine saurait sûrement lui apprendre à corder et à saler les morceaux de lard, et surtout à bien les placer dans le saloir de la cave, à la portée de la cuisinière grâce à une trappe dans le plancher de la cuisine, et aussi à se servir de la graisse de «panne» pour cuire les beignes et les croquignoles.

Damase se délectait déjà à l'idée de savourer des filets, des grillades, des saucisses, des cretons et de la tête fromagée, qui agrémenteraient les repas tout au long de la saison froide et qui feraient changement de la sempiternelle volaille. Il se lécha les lèvres à la pensée du ragoût de pattes de cochon qui embaumerait la cuisine au temps des Fêtes qui approchait à grands pas.

Léontine avait déjà informé Flore qu'elle voulait confectionner deux nouveaux oreillers avec les plumes de poulet qu'elle avait soigneusement ramassées depuis le début de l'été. « C'est pas le travail qui manque… », songea Damase, se rappelant qu'il devrait aussi aller abattre des arbres dès le lendemain matin.

Quand Bernard était là, celui-ci voulait fabriquer un berceau pour le nouveau-né qui tardait à venir. Damase avait l'intention d'aller de l'avant avec ce projet, même s'il devait demander à quelqu'un d'autre de le fabriquer. Il en parlerait à Gérald.

— On verra tout ça demain, finit-il par répondre à sa femme. Je suis fatigué.

Délaissant les deux femmes, Damase referma la porte de la chambre, se déshabilla en vitesse et se blottit sous la couverture. À la fenêtre, le vent du nord siffla, comme un oiseau de mauvais augure. Damase empoigna son oreiller et le plaqua sur son visage. Il ferma les yeux et se recroquevilla sur le côté, bien décidé à trouver le sommeil le plus rapidement possible.

Chapitre 33

Le bonheur

Les labours avaient revêtu leur manteau de neige, que la nuit avait déversée à gros flocons. À trois semaines de Noël, Edwina s'affairait entre le poêle et la table de cuisine recouverte de farine et de chaudrons qui exhalaient des parfums de clou de girofle, de cannelle et de muscade, toutes ces épices que l'on ajoutait à la viande de porc qui garnirait les tourtières. Sur le rond du poêle, un énorme chaudron de fonte émaillée dans lequel bouillait du ragoût en côtoyait un plus petit, où mijotait une soupe au chou qui dégageait un parfum sucré.

— Hé, que ça sent bon ! la complimenta Gérald en refermant la porte de la chambre où il était allé troquer son habit de cocher pour ses vêtements de fermier.

Il claudiqua vers sa femme et déposa un baiser sur sa joue. Edwina lui sourit. Gérald se mit à rire et essuya son nez enfariné.

— Tu mets de la farine partout ! la taquina-t-il en désignant de sa main tendue la poudre blanche et fine qui recouvrait presque entièrement la table.

Edwina haussa les épaules. Gérald s'approcha davantage de celle qui le rendait heureux. Il encercla sa taille, se plaça derrière elle et colla son corps contre le sien. Il la serra entre ses bras quand, sous ses paumes, il remarqua le rebondi du ventre, juste sous la ligne du nombril. Il palpa doucement la peau tendue, de l'abdomen d'abord, puis ses mains allèrent vers les hanches qu'il trouva plus rondes et fermes qu'à l'accoutumée. S'enhardissant, il remonta jusqu'aux seins qu'il soupesa au creux de ses paumes.

— Hé ! Qu'est-ce que tu fais ? s'objecta Edwina en riant.

— As-tu engraissé, toi ?

— Pourquoi tu me demandes ça ?

— Ben… Je… J'ai…, bafouilla Gérald, mal à l'aise, en se dégageant.

Edwina essuya ses mains sur son tablier et fit face à son mari.

— J'ai quelque chose à te dire, commença-t-elle.

Elle prit bien son temps, mesurant la gravité de la demi-vérité qu'elle allait avouer.

— Je pense que je suis enceinte…

La surprise marqua les traits de Gérald.

— T'es sûre ?

— Pas mal certaine.

— Ça serait pour quand ?

— Mai ou juin probablement. Peut-être début juillet. Je sais pas trop.

Edwina baissa les yeux, consciente du mensonge qu'elle se devait de raconter. Malgré l'affection, et surtout l'amour qui faisait son nid dans son cœur, la jeune femme ne pouvait courir le risque de dévoiler ce qu'elle pensait être la véritable date prévue de l'accouchement. Elle se sentait coupable de mentir ainsi, mais elle enterra vite ce remords au fond de son cœur. Une naissance en mars ou avril serait qualifiée de prématurée et personne n'oserait prétendre à une manigance de sa part. Elle restait déterminée à se priver de nourriture et à travailler dur pour ne pas prendre trop de poids et ainsi accoucher d'un bébé trop gras.

— C'est le plus beau cadeau du monde que tu me fais là, mon Edwina ! souffla Gérald. On est chanceux que le ciel nous gâte vite de même.

Ils s'embrassèrent dans la cuisine inondée de soleil.

— Je t'aime, glissa Gérald à l'oreille d'Edwina.

— Je t'aime aussi, chuchota sa femme.

Edwina était sincère. N'avait-elle pas promis d'aimer et de chérir cet homme qui ne demandait qu'à être heureux ? Elle était même persuadée d'avoir effacé de sa vie tout désir pour Damase Huot. Le temps était venu de vivre pleinement le bonheur que le destin lui offrait. Elle le méritait, et son mari aussi.

Ce dernier, époustouflé par la nouvelle et éperdu de joie, ouvrit grand les yeux au coin desquels brillèrent des larmes. Avec une infinie tendresse, il prit Edwina dans ses bras et la serra fort sur son cœur.

～

— Je vais être papa ! cria Gérald en pénétrant dans la maison où Léontine, Damase et Flore terminaient de réciter un chapelet, agenouillés devant une statue de saint Joseph en plâtre.

Une bourrasque entra dans la maison avec le visiteur, faisant vaciller les chandelles que Flore avait allumées devant le saint protecteur, rituel qu'elle effectuait chaque soir après le souper avec Léontine, depuis son retour au bercail. Elle avait aussi insisté pour que Damase se joigne à elles. Ce dernier s'était d'abord rebiffé, mais avait consenti à ce caprice afin de ne pas ajouter à la détresse de sa femme qui attendait toujours les premiers signes d'une grossesse. Car, après avoir cru être enceinte, Flore avait déchanté quelques jours plus tard.

Léontine fut la première à réagir. Allant se poster devant celui qu'elle considérait un peu comme son ange gardien, elle posa une main affectueuse sur la joue du futur père.

— Comme tu dois être content !

— Vous pouvez pas savoir, madame Léontine ! Dieu est bon !

— Il est bon pour ceux et celles qui le méritent, observa-t-elle, regrettant aussitôt ses paroles.

Elle se tourna vers Flore et Damase qui avaient encaissé le coup en baissant la tête.

— C'est pas ce que j'ai voulu dire, rectifia Léontine qui savait trop bien que le mal était fait.

Flore se mit debout et vint enfin faire l'accolade à Gérald.

— Félicitations!

Gérald remarqua la brillance de ses prunelles.

— Ça va être bientôt ton tour! l'encouragea-t-il. Faut pas désespérer!

— Je sais…, soupira-t-elle.

Gérald se tourna vers Damase qui venait de souffler la chandelle avant de se diriger vers le poêle à bois dans lequel il ajouta une bûche d'une geste machinal.

— T'as pas l'air content pour moi! remarqua Gérald.

— Ben sûr que je suis content! rectifia Damase d'un ton bourru. C'est juste que j'ai mal à une dent.

— Une grosse dent?

— Ça m'a l'air que oui!

— Tu vas pas chez le dentiste?

— Es-tu fou? J'ai pas d'argent pour un dentiste!

— Sauf que si tu fais un abcès, tu seras pas plus avancé d'avoir trop attendu.

— C'est ce que je lui répète depuis trois jours, déclara Léontine en remettant son chapelet dans son étui.

— C'est à Saint-Hyacinthe, argumenta Damase, maussade.

— Je vais aller te mener en calèche, si tu veux pas prendre le train, proposa Gérald.

— T'as assez à faire avec ta maison, tes clients et ta femme...

À la pensée d'Edwina, enceinte de surcroît, il déglutit avec peine. Cherchant à cacher son trouble, il posa une main sur sa joue enflée.

— Mon ouvrage est pas mal fini, précisa tout de même Gérald en s'approchant de la table où Damase s'était installé pour rouler une cigarette.

Il avait pris l'habitude de fumer. Malgré l'invention de la machine Bonsack, qui déversait sur le marché près de trois milliards de cigarettes et plus de deux cent neuf millions de cigares par jour, Damase préférait encore rouler les siennes une à la fois et avec son propre tabac. Il plia le papier fin qu'il tint en équilibre entre le pouce, l'index et le majeur, y déposa avec parcimonie du tabac qu'il avait haché, lécha la rainure de colle et fit tourner le tout entre ses doigts. Un cylindre blanc, au bout duquel dépassait du tabac, se forma aussitôt. Il le repoussa vers le centre de la cigarette à l'aide du bout de l'allumette de bois qu'il gratta ensuite. La flamme jaillit et Damase l'approcha de la cigarette placée entre ses lèvres.

— Oublie pas que j'ai pas d'animaux sur ma ferme, poursuivit Gérald.

— T'as des poules et tes juments, souffla Damase en même temps qu'il expirait la fumée.

— Ouais, mais c'est rien comparé à tes six vaches, ton bœuf, les deux veaux et les trois cochons que t'as achetés il y a quelques mois. Et puis, j'ai pas de bois debout à bûcher non plus. Le vieux Soucy avait tout coupé pour agrandir sa terre et il a laissé aller en friche pas mal d'arpents. Ça fait que j'attends à l'année prochaine pour labourer tout ça.

— Ton commerce de transport de personnes, ça va bien ?

— Pas trop mal ! Mais comme je passe plus de temps à la ferme, mon engagé travaille plus souvent les fins de semaine.

— Vas-tu manquer de bois de chauffage pour l'hiver ? s'informa Damase pour changer de sujet.

— Probablement !

— Je vais t'en fournir si tu viens m'aider à bûcher.

— Ben sûr !

— J'ai moi-même besoin d'une ou deux cordes de bois pour passer l'hiver, expliqua-t-il.

— Cléomène est pas allé bûcher pendant ton absence, rappela Léontine qui avait repris place dans la berceuse et tricotait une nouvelle paire de bas de laine pour son neveu.

— J'irais bien vous aider pour les branches, annonça Flore en s'assoyant au bout de la table.

— C'est pas la place d'une femme dans le bois pendant qu'on bûche, déclara Damase d'un ton sec.

Flore se raidit et gratifia son mari d'un regard mauvais.

— Je comprends que ta dent te fasse souffrir, mais c'est pas une raison pour me parler sur ce ton !

Le crépitement soudain d'une bûche dans le poêle perça le silence qui venait tout juste de s'installer dans la cuisine.

— Excuse-moi, soupira Damase en portant encore une fois la main à sa joue enflée.

Il baissa les yeux pour ne pas croiser le regard réprobateur de Gérald, mit la cigarette à ses lèvres et aspira la fumée jusqu'à s'en creuser les joues. Une douleur lui vrilla la mâchoire.

— Hé, torrieu de torrieu! s'écria-t-il en reposant sa main sur sa joue.

— Ben là, mon gars, t'as plus le choix! Demain, je t'emmène à Saint-Hyacinthe! déclara Gérald en se levant.

— Je peux pas!

D'un geste de la main, Gérald lui intima le silence.

— En attendant, je vais te faire une décoction de clou de girofle que tu vas mettre sur ta gencive, décida Léontine qui posa son tricot dans le panier d'osier près de la berceuse.

Elle clopina vers l'armoire d'où elle sortit les précieuses épices et se tourna vers Flore.

— Si tu voulais bien mettre de l'eau chaude dans une tasse.

Flore se leva à contrecœur et fit ce que Léontine lui demandait.

— Je serai ici demain matin à huit heures. Et t'es mieux d'être prêt! déclara Gérald.

Damase acquiesça en silence. De toute façon, il n'avait plus le choix. Il accompagna son ami jusqu'à la porte.

— Je suis content pour toi, articula-t-il faiblement.

Gérald chercha sur le visage de Damase la véritable raison à cette mine si triste. Il crut percevoir un soupçon d'envie, de jalousie même, dans ses prunelles.

— Merci !

Gérald quitta les lieux avec, au fond du cœur, un doute quant à l'avenir du mariage de son ami. Il ne put s'empêcher de penser ensuite à la tendre attention dont il était l'objet, à la douceur des gestes d'Edwina à son endroit depuis le jour de leur union, et il bénit le ciel que le destin ait mis cette femme sur son chemin.

Chapitre 34

L'horreur

Le craquement sinistre de l'arbre s'affalant au sol, que les froids de décembre avaient durci, se répercuta dans le bois où les premières neiges s'accrochaient aux fougères. Gérald et Damase s'échinaient depuis bientôt quatre heures à débiter des tilleuls, des bouleaux jaunes, des ormes et des érables. Ils terminaient l'abattage d'un quatrième cerisier sauvage.

— Y me semble que le père Turcotte disait qu'y valait mieux attendre la première lune de janvier pour les cerisiers, nota Gérald.

— Quelques semaines de moins, ça fera pas une grosse différence ! Et puis, je pense garder ceux-là pour faire des planchers, déclara Damase en essuyant du revers de sa manche de chemise à carreaux la sueur qui inondait son front.

Gérald s'approchait de lui en s'appuyant sur sa canne quand une branche traîtresse le fit chuter.

Damase fut aussitôt près de lui pour l'aider à se relever. Furieux, fatigué surtout, Gérald négligea la main tendue et se releva promptement.

—Je suis capable tout seul, merci !

Damase n'insista pas. Il reprit sa hache et entreprit de couper les branches du cerisier.

—C'est-y pas beau ça ! déclara-t-il. T'as vu son écorce en forme d'écailles de poisson ? Elles sont aussi noires que du charbon !

—T'as l'air de t'y connaître en arbres, souligna Gérald qui s'assit sur le tronc.

—J'en ai vu des pareils dans le Vermont, quand je travaillais là-bas…

— Quand t'étais bûcheron en exil, termina Gérald sur un ton neutre.

— Ouais…

— Pourquoi t'en parles jamais ?

— C'est pas très glorieux d'avouer sa lâcheté.

— T'es pas un lâche !

— Un déserteur… C'est du pareil au même.

— Et après ?

—J'aurai toujours sur la conscience d'avoir délaissé ma famille au moment où ils avaient le plus besoin de moi, avoua Damase dont la voix s'étrangla.

— T'avais pas le choix ! J'avais pas le choix non plus ! Personne a eu le choix ! Maudite guerre… Elle en aura fait du ravage !

Il se racla la gorge et cracha un long jet de salive qui se densifia dans l'air froid avant d'atterrir non loin d'où il était assis.

— Bon, c'est du passé tout ça, et il faut oublier le passé ! On a un avenir à bâtir et c'est pas en ruminant des vieilles histoires qu'on va finir notre ouvrage.

Il attrapa une hache et délaissa sa canne appuyée sur le tronc. Damase remarqua alors qu'il avait troqué sa nouvelle canne pour la branche de bois tordue qu'il avait le jour de leur première rencontre.

— T'as pas pris ta belle canne ?

— Pour venir la salir dans la boue de ton érablière ? le taquina Gérald en lui décochant un clin d'œil complice.

Les deux amis rirent de bon cœur.

— T'as faim ? demanda Damase.

— Un peu !

— On va manger et on finira de tailler ça après, proposa-t-il en désignant le cerisier gisant à ses pieds.

Il le toisa dans toute sa longueur.

— T'as vu ? Y a pas de branches avant au moins trente pieds de hauteur ! Pis c'est droit comme une flèche, ce tronc-là ! Je pense bien que je vais le garder pour me faire des planches. Une fois ciré, ça va faire un beau meuble, sans aucun nœud. Tu sais, quand j'étais livreur pour le père de Flore, j'en ai vu un en cerisier, une fois. Y était beau en titi ! Un confiturier, que ça s'appelle. Une vraie merveille ! Je pense que je pourrais payer quelqu'un pour m'en faire fabriquer un au lieu d'un berceau.

Gérald ne releva pas l'allusion.

— Tu vas manquer de bûches si tu prends ces arbres-là pour faire des planches, nota Gérald.

— Je crois pas. Et puis, je sais que Cléomène gardait une réserve de bois bien sec dans l'appentis. Y doit y en avoir une corde, là-dedans.

— Si t'en avais même deux, ça ferait mon affaire ! Tu te souviens que je veux t'en acheter la moitié, précisa Gérald.

— J'ai dit que je te le donnerais ! rectifia Damase. Tu me feras pas changer d'idée. Y a ben assez que t'as payé le dentiste pour moi !

— Ça m'a fait plaisir. J'en pouvais plus de supporter ton air bougon et de t'entendre grogner, ricana Gérald, s'amusant ouvertement à piquer la fierté de son camarade qu'il trouvait de plus en plus susceptible.

— T'exagères !

— À peine... À peine...

Les deux hommes se dirigèrent vers l'appentis dont la porte était grande ouverte. Ils clignèrent des yeux pour s'habituer peu à peu à l'obscurité qui y régnait.

— Cette corde-là, au fond, fera l'affaire, décréta Damase.

— Je vais chercher le traîneau et le cheval. On va la charger avant de dîner.

— Bonne idée !

Gérald quitta les lieux en s'appuyant sur sa canne dont le bout s'enfonçait légèrement avec un bruit de succion là où l'humus était à moitié gelé.

Demeuré seul, Damase se mit à lancer les bûches vers l'entrée de l'appentis. Il appréciait de plus en plus la complicité qui s'établissait entre Gérald et lui. Il en venait même à s'ennuyer de son bavardage quand des clients trop nombreux l'accaparaient. Mais les deux hommes se voyaient toujours en terrain neutre. Malgré les invitations répétées de Gérald, Damase n'avait pas remis les pieds chez son voisin, prétextant vouloir passer le plus de temps possible avec sa tante qui ne sortait plus guère de la maison depuis sa dernière visite à Montréal, où elle avait, le temps de quelques heures, renoué avec un passé qu'elle préférait désormais oublier. La plupart des femmes qu'elle avait connues étaient soit malades, soit mortes. Et puis, elle ne regrettait pas la ville, préférant le calme de la campagne aux bruits incessants des rues de Montréal.

Gérald n'avait pas insisté. Pas plus qu'il n'avait argumenté quand Edwina lui avait dit vouloir éviter les sorties le temps qu'elle était enceinte. Il n'avait même pas relevé son malaise lorsque Flore était passée à la maison porter une layette tricotée par Léontine, et qui venait grossir le trousseau de la future maman.

Damase était perdu dans ses pensées quand son pied heurta une racine courant au ras du sol.

— C'est dangereux pour s'enfarger, ça !

Il se pencha, l'empoigna à deux mains et tira de toutes ses forces. La racine se déplia mollement, exhibant à une de ses extrémités une main ballante aux ongles bleuis et salis de terre.

— Aaaah !

Son cri remplit l'appentis au plafond bas. Damase lâcha le bras qu'il venait de déterrer et tomba sur son postérieur, le souffle coupé. S'aidant de ses pieds et de ses mains, il recula dans sa position assise, buta contre le tas de bûches qui entravait l'entrée de l'appentis, le contourna à la fine épouvante avant de sortir de la cabane, affolé. C'est ainsi que Gérald l'aperçut.

— Mon Dieu Seigneur ! On dirait que t'as vu un fantôme !

Damase se prit le visage entre ses mains maculées de terre, les retira aussitôt, fixant plutôt la saleté qui s'imprégnait entre ses doigts et marbrait ses paumes.

— Ça va ? s'inquiéta cette fois son camarade.

Il s'approcha de Damase et remarqua le regard fou de celui-ci.

— T'es malade ?

À ces mots, un haut-le-cœur secoua Damase qui s'éloigna à la course pour aller vomir son déjeuner au pied d'un érable centenaire. Gérald s'approcha de lui.

— Rentre à la maison, lui conseilla-t-il. Je vais finir la besogne.

— Non ! Non ! s'empressa de lui répondre Damase, effrayé à l'idée que Gérald découvre à son tour le cadavre enterré sous la corde de bois. J'ai juste eu un malaise.

Parce que cadavre, il y avait bel et bien. Damase en était maintenant convaincu ! N'avait-il pas touché la chair flasque ? N'avait-il pas aussi senti l'âcre odeur de pourriture qui s'en dégageait ?

— Bon ! Je te ramène à la maison, décida Gérald.

— Oui. On reviendra finir tout ça demain.

— Y va neiger demain. Et j'ai des clients à aller chercher à la gare pour les mener à Saint-Simon.

— Tes clients te demandent à l'avance, maintenant ? questionna Damase, cherchant à retrouver son souffle et à dévier la conversation.

— Ce sont des personnes qui viennent rendre visite à leurs vieux parents, une fois par mois. Toujours à la même date et à la même heure, expliqua-t-il.

— C'est pratique pour toi.

— Si j'en avais plus des clients comme ça, j'aurais pas à passer des heures à attendre près de la gare.

Damase marchait déjà en direction de l'appentis, bien décidé à quitter les lieux au plus vite et surtout à empêcher Gérald d'y pénétrer de nouveau.

— Va chercher les haches et le godendard. Je vais refermer les portes et je reviendrai chercher les bûches demain.

— T'es sûr ?

— Certain.

— C'est toi le patron !

Gérald rebroussa chemin et se dirigea vers les arbres tombés près desquels les bûcherons avaient posé leurs outils. Damase en profita pour dégager le seuil de la porte qu'il referma aussitôt. Avisant une grosse pierre, il la plaça au bas de la porte. « Comme ça, je saurai si quelqu'un est venu », pensa-t-il. Il alla ensuite porter dans la cabane à sucre les outils que Gérald lui tendait, puis il la referma et la verrouilla en un tournemain.

— C'est l'heure du repas et je pense que j'ai besoin de repos, se justifia Damase.

—J'avoue que le ventre me gargouille pas mal aussi ! J'avais apporté des sandwiches au porc frais, mais je vais les remporter et les manger à la maison, avec mon Edwina.

Les deux amis firent faire demi-tour au cheval pour repartir en sens inverse. Tout autour, les arbres tombés formaient des lignes sombres sur la terre recouverte de blanc. Damase leva la tête vers le ciel où, à basse altitude, des altocumulus poussés par le nordet formaient des vagues moutonneuses et régulières.

Damase se rappela un vieux dicton de Clara : « Ciel pommelé et femme fardée ne sont pas de longue durée. » Il pria sa mère de lui venir en aide. Puis le souvenir de sa découverte le fouetta alors que les paroles prononcées par Cléomène sur son lit de mort résonnaient dans sa tête : « J'ai pas voulu… Pas voulu… »

Le crépuscule marbrait l'horizon de ses mauves et de ses orangés lorsqu'il retourna à la cabane. Il s'était vêtu chaudement et avait emporté avec lui une canisse de kérosène. Il aperçut la cabane et accéléra le pas. Arrivé près de l'appentis, il vérifia si la pierre avait bougé.

— Personne est venu ! soupira-t-il.

Sans attendre, il déplaça la roche, ouvrit la porte et marcha à tâtons vers l'entrée cachée qui donnait accès à la cabane, évitant avec soin les bûches par

L'HORREUR

terre. Il poussa sur la cloison, se dirigea vers la table où il trouverait une lampe, déposa la canisse d'huile, fouilla dans la poche de son manteau pour en retirer une boîte d'allumettes. Il en sortit une, la gratta sur le papier d'émeri. La flamme de la lampe fit reculer la noirceur à moitié. Damase fit demi-tour et revint vers l'appentis en tenant la lampe bien haut. Au passage, sa main saisit une pelle accrochée au mur par un clou.

Il marchait vers l'endroit où il avait déterré un bras d'homme quelques heures auparavant... Il mit la lampe en équilibre sur la corde de bois à sa droite et entreprit de déterrer l'inconnu.

— Une chance que le sol ici est pas encore gelé, s'encouragea-t-il.

Il travailla longtemps, creusant large autour du corps, évitant à tout pris que l'acier de la pelle n'entre en contact avec la peau du cadavre. Une odeur fétide, semblable à celle qu'exhalait la boîte à compost située derrière le hangar de la ferme, s'éleva soudain et envahit l'appentis de ses miasmes pestilentiels. Damase toussa et recula de deux pas. À ses pieds, le trou élargi laissait voir un corps recroquevillé, les bras mous et sans vie repliés sous les jambes tordues. Au centre de ce tas de chair putride, une tête, le menton pressé contre la poitrine, le visage enfoui sous un manteau de serge bleu.

— Mon Dieu ! souffla Damase dont le cœur battait à un rythme d'enfer.

Il attendit un peu, incertain et désemparé.

— Qui c'est ?

Le jeune homme avait beau fouiller au plus profond de sa mémoire, il ne voyait pas. Une chose était cependant certaine : Cléomène avait enterré cet homme.

— Qui ça peut ben être ?

Dans le silence, sa voix lui parut amplifiée. Lui revenaient en mémoire certains bouts de phrases, entendus en sourdine, lors de la battue pour retrouver Edwina Soucy quand lui se terrait dans le trou : « Tu feras savoir à ton neveu que c'est pas prudent de se promener la nuit... J'ai raté ma chance aujourd'hui, mais la prochaine fois, je le laisserai pas filer. »

— Probablement un délateur..., souffla Damase qui comprit tout d'un seul coup.

Bien décidé à en avoir le cœur net et faisant fi du dégoût qui le submergeait, il délaissa la pelle et s'agenouilla près du trou. Il allongea ses mains tremblantes au-dessus du cadavre.

— J'ai pas le choix..., se répétait-il, pas le choix !

Il saisit le col du manteau et le tira vers lui. La tête bascula, découvrant un visage inexpressif et sur la peau duquel grouillaient des asticots.

— Ah !

Damase relâcha son étreinte, se releva d'un bond et inspira profondément pour maîtriser la nausée qui s'emparait de lui encore une fois. Reprenant courage, il se pencha, toucha le manteau du bout des doigts à la recherche des poches. Il trouva aisément celle de gauche, y enfouit la main et la retira aussitôt. Elle était vide. Il tenta de glisser sa main vers l'autre poche, mais il dut déplacer le corps pour y parvenir. Il toucha enfin le repli du tissu et s'y engouffra sans attendre. Le contact du cuir encouragea Damase qui retira de la poche un étui avec difficulté. Il approcha ensuite sa trouvaille de la lumière et l'ouvrit pour découvrir des billets du dominion, maintenus ensemble par une tige de métal. Sur l'un des côtés, une feuille de papier, pliée en quatre. Damase s'en empara et la déplia aussi vite qu'il put.

— Benoît Brown, lut-il à haute voix en plaçant le papier devant son regard ahuri.

Juste à côté du nom figuraient les lettres RCMP, en majuscules, suivies de trois chiffres : 301.

— La police du dominion, se troubla Damase, dont les doutes se confirmaient.

Il ne put que se rendre à l'évidence. Son oncle avait tué cet homme…

Damase baissa la tête, anéanti, comprenant désormais le terrible secret qui avait habité Cléomène, qui avait miné sa santé et détruit son âme.

— Pauvre Cléo…, s'apitoya-t-il dans le silence de la nuit.

Prenant conscience de l'incommensurable dévouement de son oncle, il comprit aussi le rôle que lui-même avait tenu dans cette tragédie. Avec lenteur, il remit l'étui de cuir dans la poche de celui qui avait probablement perdu la vie en voulant lui prendre la sienne. Il n'éprouva aucune compassion, aucune sympathie et, reprenant la pelle, il dégagea le corps qu'il traîna à l'extérieur jusqu'à un étang entouré de jeunes pruches et de buis où les chevreuils aimaient venir s'abreuver, non loin d'un gros rocher recouvert de mousse. Il le hissa sur celui-ci et le plaça en équilibre, sur le dos, le visage levé vers le ciel, les bras pendants de chaque côté. Damase monta sur le rocher à son tour et s'y dressa, tel un dieu sacrificateur. Il dévissa le bouchon de la canisse et, lentement, en versa le contenu sur le corps. Les vêtements de Benoît Brown s'imbibèrent aussitôt du liquide dont les vapeurs emplirent les narines de Damase. Il redescendit, fouilla dans sa poche, en sortit la boîte d'allumettes et la gratta. La flamme jaillit. Damase lança aussitôt l'allumette sur le ventre du cadavre écartelé, qui prit feu comme un fétu de paille, comme dans les rites sacrificiels des temps antiques. Damase ferma les yeux et pria Cléomène de l'aider à surmonter cette épreuve. Quand il les rouvrit, le corps était devenu un brasier ardent qui éclairait le bois d'une lumière surnaturelle.

Dans la forêt gorgée d'humidité, une fumée noire s'échappa du bûcher et monta vers le ciel lorsqu'un vent mauvais la rabattit subitement vers le sol. Damase y vit un mauvais présage, mais se retint de quitter les lieux tant que le cadavre ne fut pas réduit en cendres.

Puis, Damase ramassa les os qui avaient résisté au feu et les enterra dans le trou sous l'appentis. Il dispersa ensuite les cendres dans un tas de branches qui seraient brûlées bientôt. Il referma la cabane sur ses

L'HORREUR

secrets. Au retour, il tenta tout au long de son chemin de chasser les images du cadavre de Benoît Brown, s'accrochant à la pensée qu'il n'avait fait que son devoir pour honorer l'abnégation de Cléomène.

Chapitre 35

Les confidences

Noël arrivait à grands pas. Le vent du nord balayait les champs, venant frapper de ses bourrasques blanches les fenêtres des maisons où les habitants se terraient.

— Y fait frette sans bon sens! observa Gérald en allant remettre une bûche dans le poêle.

Assise à la table, un tricot à la main, Edwina leva la tête vers son mari et sourit.

— Dehors, peut-être, mais ici on est bien au chaud, souligna-t-elle.

— Oui, c'est vrai!

Géarald claudiqua jusqu'à sa femme pour déposer un baiser sur ses cheveux.

— Tu dois être fatiguée, après une journée pareille?

Gérald faisait référence au lavage et au ménage entrepris par Edwina, qui désirait que la maison soit impeccable pour le temps des Fêtes. «Au cas où on recevrait de la visite!», avait-elle mentionné à son mari. Ce dernier n'avait pas répliqué, sachant pertinemment qu'aucun voisin, parent ou ami ne viendrait les visiter à Noël ou au jour de l'An puisque, à part Damase et Léontine, les jeunes mariés ne fréquentaient personne.

Gérald s'assit sur la chaise voisine de celle de sa femme adorée. D'un geste lent, il retira les aiguilles à tricoter de ses mains. Edwina le laissa faire.

— Ou pourrait jaser, déclara Gérald.
— De quoi ?
— De toi ! De ta vie à Montréal.
— J'ai pas grand-chose à dire.
— Et quand tu vivais ici ?

Edwina se raidit, baissa les yeux et chercha à ramener du fond de sa mémoire des événements heureux de son enfance. Elle n'en trouva pas, le vent mauvais de l'inceste les ayant tous balayés.

— C'est tellement loin, l'enfance, soupira-t-elle en joignant les mains sur la table.
— T'es pas si vieille que ça ! T'as juste dix-neuf ans, à ce que je sache.
— Presque vingt ! rectifia-t-elle.
— T'as cinq ans de moins que moi, remarqua-t-il. Tu dois me trouver bien vieux…

Gérald baissa le menton. La vue de sa jambe amputée au plus fort de la guerre, après la bataille de Vimy, le fit grimacer.

— Arrête de dire des bêtises pareilles.
— N'empêche que je peux pas travailler autant que les autres hommes. Si j'ai pas de force dans une jambe, l'autre travaille pour deux.

— Tu te morfonds pour rien avec des idées pareilles, le sermonna doucement sa femme. Tu abats autant de besogne que n'importe qui. Tu peux être fier de toi. Et puis, tu as un métier payant et en plus tu es ton propre patron.

— Oui, une chance que j'ai ça !

Le couple se tut un court instant.

— Tu m'as jamais parlé de la guerre, osa demander Edwina.

— C'est pas des histoires pour les femmes.

— Pas pour toutes les femmes peut-être, mais moi, je suis *ta* femme. Et j'aimerais bien te connaître un peu plus.

Gérald la regarda intensément, heureux d'apercevoir dans le regard franc posé sur lui, l'aveu d'une sincère affection. Il se radoucit.

— Que veux-tu savoir ?

— Comment c'était, là-bas, quand t'étais soldat.

Gérald s'appuya au dossier de sa chaise et posa sa main droite sur la table. Il la fixa longtemps en silence, faisant jouer ses doigts sur la surface de bois d'érable comme l'aurait fait un pianiste répétant un passage technique difficile.

— Là-bas, commença-t-il tout bas, c'était l'enfer. Le front était fait de plusieurs lignes de défense, creusées dans la terre. Des tranchées…

L'ancien combattant inspira profondément, passa une main dans ses cheveux avant de la diriger sur sa nuque où une raideur venait de faire son apparition.

— … comme des sortes de boyaux reliés les uns aux autres. Quand il pleuvait, y avait de la boue partout. On pataugeait dans la vase glissante, toujours aux aguets, jour et nuit, en attente d'un mouvement, d'un bruit, d'un sifflement d'obus qui nous signalerait l'avancée de l'ennemi. Il faisait si froid dans nos bottines pleines d'eau…

— C'est pour ça que tu portes des bas de laine, même en plein été ?

— Oui.

Gérald se tut, ferma les yeux et les rouvrit aussitôt, tellement les réminiscences de ces jours perdus lui infligeaient une souffrance qu'il avait cru exorcisée. Edwina ne bougeait pas, muette, espérant que cette confession aurait l'effet d'un baume sur les plaies que la guerre avait laissées dans le cœur de son mari. Elle le trouva brave, comparé à Damase Huot qui avait fui avant de finalement tenter de reconstruire sa vie ailleurs. Cette pensée renforça l'admiration et l'affection qu'elle ressentait déjà à son égard.

— Jour après jour, la mort retentissait à nos oreilles. Parmi les tirs des canons et l'explosion des obus s'élevaient les gémissements des hommes affamés, assoiffés ou mourants, comme un misérable refrain qui se répétait en sourdine, pour qu'on n'oublie pas le sort qui nous guettait. La nuit, l'odeur des cadavres en décomposition attirait la vermine. On se relayait pour chasser les rats et protéger les corps des nôtres qu'on n'avait pas eu le temps d'enterrer.

Cette image lui fit mal et, la tête au creux de ses paumes, Gérald pleura. Edwina s'agenouilla près de lui et le prit dans ses bras. Elle enlaça plus étroitement cet homme qui, bien qu'ayant connu l'horreur, lui apprenait l'amour. Elle lui en était d'ailleurs reconnaissante. La tendresse réciproque, échangée au quotidien, pansait les blessures du passé.

— C'est fini, maintenant… Fini, répéta-t-elle, en embrassant sa joue mouillée.

Gérald tourna la tête et s'empara des lèvres d'Edwina. Il y but comme on s'abreuve à une fontaine après avoir longtemps couru dans le désert.

— Je suis contente que tu m'aies raconté ton histoire, le remercia-t-elle ensuite.

Gérald entoura les épaules de sa femme, toujours agenouillée à ses côtés.

— Ta jambe, tu l'as perdue dans les tranchées ? hasarda-t-elle encore.

— Non, j'ai eu la chance d'être sur le terrain. Les brancardiers m'ont tout de suite porté à la tente du chirurgien.

Edwina se releva, suivie de son mari. Il enlaça sa femme grâce à qui il envisageait un avenir serein.

— Je t'aime tellement…, chuchota-t-il.

— Je t'aime aussi…

Le couple échangea de nouveau un tendre baiser.

Lorsqu'elle ferma les yeux, le visage de Damase Huot apparut dans sa tête. Edwina chassa vite cette image.

Chapitre 36

Noël 1919

Chez Damase, l'horloge grand-père sonna neuf heures.

Dans sa chambre, Flore retoucha son rouge à lèvres, replaça sa chevelure, ébouriffant la masse soyeuse d'une main experte et collant d'une goutte de salive une mèche en forme de six sur la tempe droite. Elle fixa l'image que lui renvoyait la glace, nota la pâleur de son teint, qui était plus bronzé lorsqu'elle passait ses journées à la plage, aux beaux jours de l'insouciance. Flore éprouva un regret immense en pensant à ces belles années au cours desquelles la vie l'avait gâtée. Ce soir, en cette veille de Noël, force lui était de constater que son existence ne serait plus jamais la même. Depuis son retour à Sainte-Hélene, le labeur quotidien, la solitude et la monotonie étaient son lot. Sa morosité, accentuée par les longues journées de froid à demeurer enfermée dans la maison, ne faisait que s'amplifier de jour en jour.

Le Noël de 1919 serait complètement différent de ceux qu'elle célébrait chez ses parents. Ici, personne ne viendrait réveillonner après la messe de minuit, Damase ayant refusé sa proposition d'inviter Gérald et Edwina. « On est mieux tout seuls avec Léontine », avait-il rétorqué.

Seuls...

Bien qu'elle appréciât la présence de la vieille tante, Flore avait peu d'affinités avec elle. Le silence dans lequel Léontine s'enveloppait laissait croire à quelques défaillances de sa mémoire. Combien de fois Flore avait-elle remarqué les oublis de la femme qui aurait bientôt soixante ans, ainsi que ses longues périodes de sommeil dans la berceuse?

Flore s'ennuyait des conversations qu'elle avait autrefois avec sa mère qui, elle, prenait un véritable plaisir à ce qu'on lui raconte les faits divers, qu'on lui décrive des paysages ou, tout simplement, à papoter. Le mutisme de Léontine l'exaspérait.

Flore avait tenté de parler de ses préoccupations à Damase qui les avait balayées du revers de la main, affirmant qu'il était normal qu'à son âge, Léontine soit moins alerte. Elle gardait pour elle ses commentaires que, de toute manière, Damase aurait considérés comme des critiques ou des caprices.

Flore se leva et quitta la chambre pour la cuisine.

— T'es déjà prête? demanda son mari qui allumait sa énième cigarette.

Fumer était devenu plus qu'une habitude chez Damase, dont l'attitude aigrie s'accentuait de plus en plus.

NOËL 1919

—Tu fumes encore ?
—J'ai pas le droit ?
—Oui, bien sûr...
—Si je peux pas fumer sans que tu me le reproches à chaque fois !
—C'est pas un reproche !
—Si c'est pas ça, c'est quoi, d'abord ?
—Une observation, tout simplement.

Flore se tut, se dirigea vers l'évier pour cacher les larmes de dépit qui s'accrochaient à ses cils. Elle actionna la pompe, emplit le gobelet et avala l'eau fraîche d'un trait.

—Léontine est dans sa chambre ? demanda-t-elle pour briser le silence.
—Oui.
—Elle n'en est pas ressortie depuis le souper, remarqua Flore.
—Elle doit se reposer avant la messe de minuit.
—Toi, tu ne te reposes pas ?
—Je suis pas fatigué.
—T'es fait pas mal fort pour ne pas être éreinté après tout le travail que tu accomplis dans une journée.
—C'est l'habitude.
—Au moins pendant l'hiver tu ne vas pas travailler aux champs !

Flore se dirigea vers le salon où, malgré les protestations de son mari, elle avait installé un sapin qu'elle avait décoré de pommes de pin, d'étoiles en papier, de fils argentés et de boules brillantes rapportées du

Maine. Elle n'avait pas mis de chandelles au bout des branches, par crainte du feu. Un ange aux ailes blanches et en robe de velours écarlate se dressait au faîte de l'arbre. Sous ce dernier, une crèche confectionnée en bois de grange accueillait Marie et Joseph, le bœuf et l'âne et un Jésus en cire couché sur de la paille. Les moutons en bois, cadeau de Bernard, leur étaient parvenus par la poste.

Flore songea un instant au pauvre hère qui, par imprudence, avait vu sa vie basculer dans le pire. « Il n'est pas fou... », songea la jeune femme que le sort réservé à Bernard peinait au plus haut point. Hélas, Damase le lui avait confirmé : une fois entré à Saint-Jean-de-Dieu, on n'en sortait plus.

— C'est du beau travail, ça ! apprécia Damase qui l'avait suivie.

— Oui, Bernard travaillait bien !

— Y travaille encore bien... Maudite maladie !

— C'est pas une maladie, le corrigea Flore.

— Si c'est pas une maladie, pourquoi l'avoir enfermé, d'abord ?

— Parce que les gens comprennent pas ce type d'amour là.

— Toi, tu le comprends ?

— Y a toutes sortes d'amour...

— En tout cas, moi, je pense que Gérald a raison.

— T'étais pourtant au courant du penchant de Bernard avant !

—C'était avant ! J'imaginais pas qu'il pouvait faire des choses de même…

Damase ponctua son assertion d'un long jet de fumée qu'il expulsa avec force par la bouche et les narines. Flore le compara aux dragons cracheurs de feu des légendes. La jeune femme tenta de dissiper le malaise qui l'assaillait, mélange de colère réprimée et de soumission. Ses pensées la ramenèrent à un après-midi de juillet, alors qu'elle était tombée dans les bras de Gabriel.

—Je vais aller atteler la jument, annonça Damase, derrière son dos.

—Je préviens Léontine, dit-elle en esquissant un pas vers la porte.

Damase lui barra le chemin. Sans un mot, il plaqua sa bouche sur la sienne. Le goût du tabac la prit à la gorge et la fit tousser.

—Excuse-moi ! dit-elle en s'esquivant.

Son mari resta debout, pantois, sidéré par la froideur de son épouse. Sans demander son reste, Damase quitta le salon, enfila une pelisse de chat sauvage, héritage de son père, mit ses bottes, son chapeau de fourrure, ses mitaines et sortit en coup de vent.

De son côté, Flore retourna à sa chambre pour mettre une touche finale à sa tenue avant d'aller quérir Léontine qui ne s'était pas encore montrée.

Quand Damase revint dans la maison, Léontine et Flore étaient toujours dans leurs chambres respectives. Il décida d'aller lui-même informer sa tante que l'attelage attendait. Lorsqu'il pénétra dans la pièce, la silhouette étendue sur le lit lui fit craindre le pire.

— Léontine ?

La vieille dame ne bougea pas d'un cil.

— C'est l'heure d'aller à la messe de minuit, continua-t-il, sans toutefois s'approcher du lit.

Un léger mouvement de la main suivi d'un long soupir l'effraya.

— Tante Léontine ? Est-ce que tu vas bien ?

Cette fois, le neveu s'empressa vers sa tante qui se redressait péniblement.

— Oui, ça va mieux, balbutia-t-elle dans un murmure.

— Tu m'as fait une de ces peurs ! Je te croyais…

Damase ne termina pas sa phrase, encore secoué.

— Morte ? compléta sa tante.

Elle lui sourit, ce qui sembla lui coûter beaucoup d'effort.

— Le bon Dieu a pas encore besoin de moi en haut, ironisa-t-elle.

— Je vais chercher le docteur au village.

— La veille de Noël ! Voyons donc ! Laisse-le à sa famille, le pauvre !

Aidée de Damase, Léontine s'assit sur le lit et prit son temps pour se lever. Un vertige la cloua sur place.

NOËL 1919

Elle n'osa pas porter la main au côté droit de sa tête, où une douleur la vrillait. Elle ne voulait pas inquiéter Damase. Elle ne put toutefois que constater l'immense lourdeur de ses membres du côté gauche.

—Tu serais mieux de rester ici et te reposer, lui conseilla Damase.

—J'ai jamais manqué la messe de minuit! s'objecta-t-elle en lui lançant un regard courroucé.

—C'est pas prudent! Surtout avec le froid qu'y fait...

—J'ai juste à me mettre une capeline de plus, trancha-t-elle en se dressant enfin sur ses jambes chancelantes.

—Tu vois bien que tu peux pas!

Léontine s'appuya sur son bras et, levant le menton vers le seul parent qu'il lui restait, tenta de le convaincre d'un sourire.

— Même s'il faut que ce soit ma dernière messe de Noël, je vais y aller. Tu m'entends?

La ténacité, l'entêtement même de sa tante le fit sourire.

—Je te ferai pas changer d'avis, on dirait.

—Non.

—Alors on y va!

Ils sortirent lentement de la pièce. Quand Flore les aperçut, elle dévisagea son mari qui, d'un signe de tête, lui fit comprendre qu'il avait besoin de son aide. Flore s'empressa de tirer une chaise sur laquelle

Léontine se laissa choir lourdement. Flore alla ensuite chercher les bottes de mouton, s'agenouilla aux pieds de la femme et les lui enfila.

— T'es une bonne fille, Flore, la complimenta Léontine d'une voix douce. Je t'aime bien…

— Moi aussi, je vous aime bien, Léontine.

Damase arriva avec le manteau de mouton de perse noir, un cadeau du défunt mari de Léontine. Il pesait lourd entre ses mains et Damase se demanda comment sa tante, écrasée par une telle fatigue, pourrait en supporter le poids tout le long de la cérémonie qui, depuis sa plus tendre enfance, était interminable.

Une fois habillée, Léontine avança au bras de Damase jusqu'à l'entrée de la maison. Elle s'appuya sur le mur et attendit que les deux époux revêtent leurs manteaux à leur tour. Enfin prêt, Damase ouvrit la porte et les entraîna dehors où le froid vif les surprit. Soutenue par Flore, Léontine chemina lentement vers la *sleigh* aux lisses d'acier et y prit place. Aussitôt que Flore l'y rejoignit, Damase fouetta le dos du cheval qui se mit en route.

Chapitre 37

Le bonheur des autres

La messe de minuit avait été encore plus longue qu'à l'accoutumée. Les chants de Noël, interprétés en latin, avaient résonné longtemps dans la nef. Tout autant que le sermon du nouveau curé qui leur avait appris une triste nouvelle : le décès du curé Arcouette.

Durant l'office, Damase garda un œil attentif sur sa tante qui, elle, gardait les yeux fermés. Une fois, son regard balaya l'assemblée recueillie. Il y avait aperçu Adrien, Kilda, Hormidas Fafard, les Barnabé et les Dufault. Il était content de savoir que Paul Dufault, illustre membre de la famille, tiendrait encore cette année sa promesse de chanter le *Minuit, chrétiens*. Quand il porta son attention vers la gauche, près des fonts baptismaux, il vit Edwina debout aux côtés de Gérald. Leur muette connivence, la proximité de leurs corps, le sourire qu'ils échangèrent, tout ça le blessa. « Ils ont l'air heureux », constata-t-il, contrarié.

Damase s'arracha à cette vision. Cette félicité, il ne l'avait pas connue souvent depuis son mariage. Au son des cloches du *Sanctus*, les fidèles s'agenouillèrent. Une deuxième fois, il lorgna le couple de jeunes mariés. Il enviait leur complicité. Pour lui et Flore, il en allait autrement. Le destin leur avait réservé une vie difficile et compliquée. Du moins, tant et aussi longtemps qu'un enfant ne viendrait pas combler la solitude et l'ennui qui minaient son épouse.

Il leva le front vers l'autel devant laquelle le célébrant présentait l'hostie en récitant les paroles de l'*Agnus Dei*. Damase en profita pour prier, demandant avec ferveur que le bonheur se pointe enfin dans la maison qu'on lui avait imposée en héritage. Il termina ses prières par un *Mea Culpa*, implorant Dieu de lui pardonner l'immolation de Benoît Brown.

La cérémonie prit fin et les chrétiens quittèrent en masse joyeuse le sanctuaire où flottaient des relents de cire et d'encens mêlés.

— Joyeux Noël! tonna Gérald en surgissant derrière lui.

— Joyeux Noël à toi aussi! répondit Damase.

Ils échangèrent une franche poignée de main pendant qu'Edwina offrait ses souhaits à Flore et à Léontine.

Gérald nota que Flore affichait une confiance peu commune, ce qui lui fit croire que Damase avait gardé le secret sur ses confidences au sujet du saltimbanque.

— Bon, on doit y aller! décida Damase

— Vous venez pas prendre un verre chez nous? J'ai du bon whisky!

— Non, merci ! Léontine est fatiguée.
— Elle est pas malade au moins ? s'inquiéta Gérald.
— Juste de la fatigue.
— Une autre fois, alors ?
— Oui. C'est ça !

Damase pivota sur ses talons et se retrouva face à face avec Edwina.

— Joyeux Noël, Damase.

Le souvenir de ses lèvres sur la peau de la belle qui le regardait intensément le remua.

— Joyeux Noël, Edwina, s'entendit-il murmurer.
— Tu savais que j'attends un bébé ?
— Gérald me l'a dit. Félicitations.
— Merci.

Damase hésita un peu, puis il osa dire ce qui lui brûlait les lèvres depuis l'annonce de sa grossesse.

— Ça s'est fait vite !
— Oui. Presque la semaine suivant le mariage.
— Ah... C'est pour quand ?
— Mai ou juin.

Il gardait les yeux rivés sur celle pour qui il ressentait toujours des sentiments coupables.

— Je suis content pour Gérald. C'est un bon gars !
— J'aurais pas pu trouver meilleur père pour mon enfant, affirma Edwina, un tremblement dans la voix.
— C'est certain !

Derrière eux, Flore approchait, soutenant Léontine dont les enjambées se faisaient de plus en plus courtes.

— On devrait y aller ! déclara-t-elle.

— Oui ! On y va ! confirma Damase.
— Joyeux Noël encore ! répéta Edwina qui quitta à son tour le parvis de l'église qu'une neige recouvrait maintenant de ses flocons étincelants.

Chapitre 38

Le mauvais sort

Le soleil froid de janvier figeait la campagne qui, une fois la fête de l'Épiphanie passée, reprenait sa rengaine monotone.

Les tintements de grelots des chevaux traînant les *speeders* dotés de patins se perdaient dans les sifflements des bourrasques. Malgré les horaires inchangés, les passagers se faisaient plus frileux et désertaient les quais où le cheminot accomplissait les mêmes besognes dans le froid, déposant le marchepied sur le sol à l'arrivée du train, sifflant pour marquer son départ.

Dans la maison des Huot, comme dans celles de tous les habitants de Sainte-Hélène, le feu crépitait dans le poêle vingt-quatre heures sur vingt-quatre. Dans sa chaise berçante, Damase piquait un roupillon. À la table, Flore jouait aux cartes, tandis que Léontine se terrait dans sa chambre. Le tic tac de l'horloge s'égrenait dans la pièce. Flore soupira d'ennui.

Le temps des Fêtes s'était déroulé sans surprise. Entre Noël et le jour de l'An, les averses de neige s'étaient multipliées, les obligeant à annuler leurs promenades et la visite à la sœur de Flore, qu'ils s'étaient pourtant promis de faire. Au lieu de les rapprocher, cette retraite obligée n'avait fait qu'accentuer le fossé qui se creusait de plus en plus entre eux.

Flore soupira une seconde fois. Damase ouvrit les yeux.

— Excuse-moi, j'ai pas voulu te réveiller.

Damase cligna des paupières et étira ses bras au-dessus de sa tête.

— C'est pas grave. J'ai assez dormi de toute façon.

Le fermier se dirigea vers le poêle, souleva un rond et vérifia l'état des braises.

— J'en ai mis une tantôt, l'avisa Flore.

Damase referma le rond et se désaltérera d'un gobelet d'eau fraîche.

— Léontine est pas venue jouer aux cartes avec toi?

— Quand je suis allée lui demander, elle ne m'a pas répondu. Je crois qu'elle dormait.

— Pauvre tante Léontine! Elle vieillit!

— As-tu vu ses jambes?

Damase se tourna vers son épouse et sourit.

— Tu parles d'une question! J'ai jamais regardé les jambes de ma tante! Pourquoi elle me les aurait montrées? Toi, tu les as vues?

— Hier soir, en passant devant la porte de sa chambre, quand elle était agenouillée au bord de son lit.

Damase retrouva son sérieux.

— Et puis?

— Elles sont très enflées.

— Alors ?

— Je pense qu'elle devrait consulter le médecin. Ça doit être pour ça qu'elle a de la difficulté à marcher.

L'idée que Léontine puisse taire une maladie effraya Damase. « C'est bien elle ça, de pas se plaindre », pensa-t-il.

— Je vais aller voir, dit-il en se rendant à la chambre.

Léontine était étendue sur le dos, les yeux fermés et les mains jointes sur son ventre, son chapelet entrelacé dans ses doigts déformés par l'arthrite. Comme la veille de Noël, l'immobilité de sa tante le frappa. Damase avança à pas de loup, s'approcha le plus près du lit, prit délicatement le bas de la robe et le souleva doucement.

— Mon Dieu !

Les jambes de Léontine avaient doublé de volume. La peau diaphane était si gonflée que, par endroits, de petits orifices s'y creusaient.

Le neveu détourna son attention vers le visage de sa tante.

— Tante Léontine..., commença-t-il.

Le regard embué et le tremblement de ses lèvres esquissant un faible sourire lui chavirèrent le cœur.

— Pourquoi t'as rien dit ?

Léontine haussa les épaules et tourna la tête vers la fenêtre.

Damase laissa retomber la robe de laine noire qui recouvrit à nouveau les chevilles à la peau tendue.

Il s'agenouilla près du lit comme il l'avait fait près de celui de Cléomène, à son retour d'exil.

— Je vais aller chercher le docteur.

— Ça presse pas. Je sais ce que j'ai. Ma mère a eu la même chose. Mes reins fonctionnent pas comme il faut.

— Y doit bien y avoir un remède !

— Non.

— Tu vas pas mourir, Léontine ! Pas toi aussi !

— C'est pas moi qui décide, Damase.

Ce dernier se releva, furieux contre le mauvais sort qui s'acharnait sur eux.

— Je vais chercher le docteur.

Sans plus attendre, il délaissa la malade, sortit de la pièce et marcha résolument vers l'entrée de la maison. Il revêtit son manteau, son foulard, sa tuque de laine du pays et chaussa ses bottes avant d'enfiler ses mitaines.

— Où vas-tu si vite ? demanda Flore.

— Chercher le docteur au village. Léontine est malade.

Flore posa ses cartes et se leva d'un bond.

— C'est si grave ?

— Y faut que je me dépêche ! Va près d'elle et vois à ce qu'elle manque de rien d'ici à ce que je revienne, débita-t-il, la voix nouée par l'angoisse.

Affolée, Flore avança à pas hésitants vers la chambre. Sur le seuil, elle se signa.

— Elle est à l'Hôtel-Dieu, à Saint-Hyacinthe, l'informa Damase.

— Pauvre madame Léontine, souffla Gérald, que la nouvelle attristait aussi.

Les deux compagnons sirotaient une bière d'épinette, un cadeau d'un des clients de Gérald. Ce dernier s'était arrêté, le temps de venir payer le loyer à son propriétaire et ami.

— Elle va être entre bonnes mains avec les religieuses de la Charité. Ce sont les meilleures infirmières. Et puis, l'Hôtel-Dieu, c'est propre. Les repas sont bons et les soins de première qualité.

— Je suis pas inquiet pour ça !

— Il s'inquiète pour l'argent, osa ajouter Flore qui assistait à la conversation des deux hommes attablés, en tournant la cuillère de bois dans le ragoût qui mijotait sur le poêle.

Depuis le départ de Léontine, deux jours auparavant, la jeune épouse avait fait le ménage de la chambre et elle cuisinait de bons petits plats en espérant ainsi égayer son mari. Elle s'était aussi montrée plus élégante, délaissant les tenues sobres aux tissus rêches pour des robes plus seyantes. Malgré toutes ces attentions, Damase demeurait taciturne et s'enfermait dans un mutisme révélateur de sa crainte grandissante.

— L'argent ? répéta Gérald.

— Ça coûte cher, une chambre à l'hospice, expliqua-t-elle.

— C'est pas ça ! rectifia son mari sur un ton dur.

Il se tenait légèrement voûté.

— C'est quoi d'abord ? le pressa-t-elle.

Damase secoua la tête, réprimant un mouvement d'impatience. L'envie de couper court à cette discussion, devant son ami, le démangeait. Mais il resta poli et se contenta de répondre par un regard las.

Témoin de cette querelle à peine dissimulée, Gérald se taisait. Il prit une gorgée de bière d'épinette. Jamais, depuis son propre mariage, Edwina et lui n'avaient eu ce genre de dispute. La vie coulait des jours paisibles durant lesquels chacun vaquait à ses occupations. Lui à son travail de cocher et à la ferme, elle à la maison qu'elle entretenait à merveille.

La grossesse d'Edwina la tiendrait à l'écart des journées « maigres et de jeûne » dictées par l'Église pendant le carême. Gérald se réjouissait à l'avance des mets délicieux qui garniraient sa table. Depuis Noël, Edwina avait enfin bon appétit et elle engraissait à vue d'œil. D'ailleurs, grâce aux cadeaux de Damase et de Léontine, le couple avait des réserves de porc et de volaille, qu'il avait placées avec précaution dans les armoires de la cuisine d'été et la cave, où le froid les protégerait jusqu'au printemps. Gérald était reconnaissant envers Damase et il se faisait un devoir, de son côté, de lui offrir ses services gratuitement et le plus souvent possible.

—Je peux t'aider à payer pour Léontine, si tu veux, suggéra-t-il.

Damase hocha la tête.

—Non, merci !

—Je l'aime bien, ta tante, avoua ce dernier.

Damase acquiesça, bouleversé.

—C'est une grande dame ! affirma-t-il, un tremblement dans la voix.

Gérald leva son verre bien haut.

—À Léontine !

—À tante Léontine ! répondit Damase en l'imitant.

Les deux amis vidèrent leur verre d'un trait.

Gérald se leva en s'appuyant sur la table. Il saisit sa canne tout près, puis replaça la chaise.

—Ah oui ! Je voulais t'informer que deux policiers sont venus chez moi hier matin, déclara-t-il.

—Des policiers ? Que voulaient-ils ? demanda Flore, curieuse, en s'approchant de Damase.

—Y sont venus me questionner à propos de ma canne, expliqua-t-il en la soulevant. Y paraît qu'elle a appartenu à un homme qui a disparu. Y voulaient savoir comment je me l'étais procurée et si je connaissais ou si j'avais entendu parler d'un certain Benoît Brown. Je leur ai dit que je savais rien de lui. Ils ont questionné Edwina aussi.

À ces mots, le sang de Damase ne fit qu'un tour.

—Elle était très intimidée, continua Gérald. Mal à l'aise, même. J'avoue qu'ils étaient assez impressionnants dans leur uniforme de la police militaire. Elle a dit qu'elle le connaissait pas.

— Ça doit être énervant de se faire poser des questions par des policiers, observa Flore.

— Y m'ont parlé de toi aussi, laissa tomber Gérald en regardant Damase qui blêmit.

— Pourquoi ? J'ai été amnistié !

— Je sais. Eux le savent aussi. Mais à ce qu'ils m'ont dit, Benoit Brown était à tes trousses quand il a disparu.

— C'est probablement une coïncidence, intervint Flore.

— Probablement !

Gérald se dirigea vers l'entrée où il reprit ses vêtements chauds.

— Penses-tu qu'ils vont venir ici ? demanda Flore.

— J'en sais rien.

Damase, appuyé contre la table, l'air hagard, fixait le vide devant lui.

— Allez, salut ! lança Gérald en ouvrant la porte.

— Au revoir ! lui répondit Flore.

Damase demeura muet.

Après le départ de son ami, il s'attarda un peu près du poêle dans lequel il plongea le tisonnier. Les braises qui s'y consumaient lui rappelèrent celles du corps de celui qu'on recherchait. « Ils le retrouveront jamais… Jamais ! », songea-t-il.

Chapitre 39

Le temps des sucres

Après un rude hiver chargé de bourrasques et de neige s'étirant en bancs à perte de vue le long des routes, le soleil de mars allongea les journées que les fermiers passaient à l'érablière. C'était près de vingt-six familles qui s'activaient sur les terres de Sainte-Hélène.

Le ruissellement de l'eau sur les patins des traîneaux et la neige qui fondait annonçaient le printemps et la renaissance tant espérée.

— Merci d'avoir tracé un chemin jusqu'à l'érablière, dit Damase qui terminait son troisième gobelet de réduit bien chaud.

Gérald hocha la tête, s'essuya la bouche et remplit son gobelet à même la panne où bouillonnait le liquide ambré et sucré.

— J'avais pas ben le choix si je voulais venir jusqu'ici. Je pouvais pas me rendre en raquette, blagua-t-il, faisant référence à son handicap.

Damase hocha la tête à son tour. Il recula de deux pas, se pencha et ramassa deux rondins qu'il jeta dans le foyer, sous l'évaporateur. Pareilles à des lucioles, des étincelles jaillirent des braises.

—Je suis content que tu sois là ! lança-t-il.

—Moi aussi ! Ça me change un peu de la maison, rétorqua son camarade.

Damase le fixa, les sourcils froncés.

—Ça va pas avec Edwina ?

—Ça va ! Ça va ! Autant que faire se peut avec une femme enceinte. Mais je ne me plains pas ! Je l'aime tellement, mon Edwina !

Damase n'ajouta rien et se détourna de son ami, pour lui dissimuler le chagrin qui le submergeait chaque fois qu'il était question de la maternité d'Edwina. Il ne pouvait s'empêcher de comparer son sort à celui de Gérald. Il espérait tellement voir naître un enfant de sa chair et de son sang, qui assurerait sa postérité.

—Hé, que c'est bon du réduit ! claironna-t-il dans son dos.

Damase marcha vers l'appentis pour y chercher d'autres bûches.

—Y paraît que le Royal 22e Régiment va être officiellement réactivé, lui apprit Gérald qui se plaisait à rapporter les faits divers.

C'était, en fait, son sport favori. Et il ne s'en cachait pas. Informer ses concitoyens de ce qui se passait ailleurs que dans leur hameau lui apparaissait comme un devoir. Et tant pis pour ceux qui s'en formalisaient ou qui prenaient ses dires pour du commérage !

Damase revint de l'appentis, les bras chargés de bûches qu'il laissa choir sur le sol, près de l'évaporateur au-dessus duquel s'élevait une épaisse vapeur blanche, que les trappes ouvertes dans le toit aspiraient. La cabane se remplissait peu à peu d'une humidité sucrée.

— Ils y vont en grand à Ottawa ! répliqua Damase. Après le nouveau parlement inauguré le 26 février, qu'est-ce qu'ils vont trouver encore ?

— Un nouveau pont, peut-être ?

— Ou une ligne de chemin de fer deux fois plus longue.

— Ça, c'est déjà en plan si tu veux mon avis ! Mais pour ce qui est du 22e Régiment, on en a pas besoin. Après tout, la guerre est finie !

Damase approuva d'un signe de la tête et ajouta un morceau de bois sous la « bouilloire ».

— Parlant de l'armée, continua Gérald en avançant jusqu'à la table, y paraît qu'ils ont retrouvé le corps de Benoît Brown.

Damase faillit perdre l'équilibre tellement il pivota rapidement sur ses talons.

— Qu'est-ce que tu dis ? demanda-t-il, effaré.

— C'est Hector Barrette qui m'a raconté ça !

— Quand ?

— Il y a deux ou trois jours. Ils ont repêché son corps dans la rivière près d'Upton. Il était quasi méconnaissable. Hector a emmené sa tante pour l'identification et elle l'a reconnu.

Gérald remarqua alors les yeux hagards et le teint blême de Damase.

— Qu'est-ce que t'as, mon vieux ? As-tu vu un revenant ?

Damase alla à la table, but à même la cruche d'eau et prit place sur une des deux chaises, imité par son compagnon.

— C'est la chaleur ! se justifia-t-il. C'est comme l'enfer à côté du feu !

— Tu transpires sans bon sens. Couvre-toi pour pas prendre froid, lui suggéra Gérald.

Ce disant, il s'empara d'une couverture de laine qui traînait sur le lit et revint aussitôt la déposer sur les épaules de Damase.

— Merci !

— Tu devrais demander de l'aide pour faire tes sucres.

— Y a personne de libre en ce moment.

— Pis moi qui peux pas ramasser l'eau avec ma maudite patte boiteuse !

— Arrête de te tracasser pour moi. J'ai juste à prendre mon temps. Y a rien qui presse de toute façon.

Damase baissa la tête pour cacher sa peine.

— Tu t'ennuies de ta tante, hein ? Avoue-le…

— Elle me manque, oui…

Après le départ de celle-ci pour l'Hôtel-Dieu où elle recevait des soins, Damase avait espéré vivre une plus grande intimité avec sa femme. Ils auraient très bien pu remplir les longs après-midi d'hiver d'ébats amoureux. Seulement, Flore ne se laissait plus approcher qu'à de rares occasions, prétextant que si elle voulait tomber enceinte, les époux devaient respecter un certain calendrier de fécondité. « Le docteur Mongeau insiste, il faut faire au moins deux semaines d'abstinence pour que ta semence soit plus forte », lui avait-elle répété plusieurs fois.

Damase rongeait donc son frein en attendant la période propice à la fécondation. Ils ne faisaient plus l'amour que dans le but de procréer et parfois cette obligation le refroidissait complètement.

— Et pour ce Benoît Brown, qu'est-ce qui va arriver ?

— Ben, vu qu'il est mort noyé, l'enquête s'arrête et la vieille tante d'Hector Barrette va enfin hériter de l'argent qu'il avait placé à la banque. Un assez bon montant à ce qui paraît.

Damase se leva pour aller vérifier le niveau de l'eau dans l'évaporateur.

— Je vais faire la tournée, annonça-t-il à Gérald en sortant de la cabane.

— Et moi, j'entretiens le feu, répondit celui-ci en marchant vers le tas de bûches.

Dehors, l'air frais lui fit du bien, mais il refroidit la sueur qui trempait son cou et ses bras. Damase frissonna et accéléra le pas. Arrivé derrière la cabane, il empoigna deux chaudières de cinq gallons en métal par leurs anses de bois et marcha vers le premier érable au tronc duquel pendaient quatre seaux remplis à ras bord d'eau d'érable. Avec ardeur, Damase les détacha un à un et versa leur contenu dans une des chaudières qu'il avait emportées. Il fit de même avec les trois autres avant de regagner la cabane où il déversa le liquide sucré dans un réservoir placé sur un tréteau de bois. Cette installation, une invention de Cléomène, permettait à l'eau d'approvisionner les pannes de l'évaporateur et ainsi de ne pas retarder la densification du sirop. « Sinon, ça fait du sirop foncé ! » disait Cléomène. Et il avait raison.

L'air maussade et préoccupé de Damase n'échappa pas à Gérald qui préféra cependant garder le silence et éviter d'importuner son ami avec ses questions.

Damase retourna à sa besogne, versant et déversant le contenu de tous les seaux au-dessus desquels la sève coulait goutte à goutte dans les chalumeaux de bois. Quand le soleil finit sa course à l'ouest, Damase et Gérald avaient mis en bouteilles pas moins de trois gallons d'un alléchant sirop ambré.

— C'est du beau travail, ça ! se rengorgea Gérald en disposant sur la table la dernière bouteille qu'il venait de remplir.

— Oui, on va se régaler ! Et c'est pas fini ! Demain et après-demain...

— Demain, c'est dimanche. Je pourrai pas venir te donner un coup de main, l'avertit Gérald.

— Je viendrai seul.

— Arrête donc un peu !

— Arrêter quoi ?

— T'as pas une belle Flore à la maison ? Prends-tu un peu de temps pour te reposer ?

— Je vais pas rester chez moi à me tourner les pouces quand les érables coulent à plein ! Le temps des sucres, ça dure pas toute l'année. Faut y être quand ça passe ! Et puis ça me permet de faire un peu d'argent en vendant du sirop aux gens du village.

— Je disais juste que…

— Je fais ce que je veux ! le coupa Damase. Je suis ici chez moi !

Gérald fit la moue, déçu de constater que Damase devenait de plus en plus irascible.

— T'es plus le même depuis qu'on est venus bûcher cet automne, laissa échapper Gérald.

— T'as vu ça, toi ? le nargua Damase.

— Oui. T'es plus pareil. On dirait que tu caches quelque chose !

— Je cache rien ! J'aime seulement être seul parfois. J'ai le droit, non ?

— OK, OK ! retraita Gérald.

Le mari d'Edwina attrapa sa vieille canne, fit mine de partir et, se ravisant, dévisagea Damase qui jetait une bûche dans le brasier.

— Je sais pas si tu l'as vu, mais quelqu'un est venu faire un feu sur ta terre à bois.

— Où ça ?

— Sur le rocher, pas loin de la savane.

— Comment tu t'en es aperçu ?

— Il y a de la suie sur la pierre. Comme celle que fait le charbon ou le kérosène. Une chance que la forêt a pas pris feu. Ta cabane y serait passée !

Gérald quitta la cabane sans un salut, laissant Damase dans le désarroi.

L'image du corps rongé par les flammes se profila sur le mur devant lui.

— Quand vais-je enfin pouvoir oublier tout ça ? grommela-t-il.

Heureusement, le crépitement du feu lui rappela que sa tâche de sucrier commandait qu'il l'alimente encore.

Chapitre 40

L'accident

La mi-mars avait apporté des jours cléments durant lesquels les hommes et les femmes s'étaient affairés à la sucrerie. « Un redoux avant que le printemps s'installe ! », clamait Gérald qui avait hâte d'entreprendre les travaux printaniers sur sa ferme. Dans quelques mois, il en serait l'unique propriétaire.

De son côté, Damase avait travaillé presque jour et nuit à l'érablière, plus souvent seul qu'avec d'autres. Les journées à enfourner les bûches, à vérifier la température du sirop et à faire la tournée s'étaient succédé sans relâche. La sève sucrée finirait par pousser plus loin sa route, jusqu'aux branches où apparaîtraient bientôt les bourgeons, marquant dès lors la fin des sucres. Il en était à sa deuxième semaine, s'acclimatant aux caprices de la nature qui avait commencé à gonfler les ruisseaux.

— Paraît qu'il va pleuvoir deux jours durant ! annonça Flore, venue le rejoindre à la cabane.

Elle apportait des victuailles, sachant que Damase apprécierait cette attention. Depuis le départ de Léontine, le couple mesurait davantage la place qu'elle occupait entre eux. Bien que les rapports entre Damase et sa femme soient demeurés quelque peu distants, une saine collaboration les rapprochait enfin, chacun cherchant à retrouver avec l'autre la complicité qui les unissait à bord du camion de livraison.

Flore travaillait pour deux, trouvant du plaisir à se sentir enfin utile. Damase ne la traitait plus comme une bonne à rien et, il devait se l'avouer, il ne pouvait désormais compter que sur elle pour le seconder dans ses tâches. Flore avait rapidement mis de côté son projet d'enseigner, se concentrant sur le travail quotidien et cherchant à reconquérir le cœur de Damase. Cependant, malgré tous les efforts déployés, ses «affaires» revenaient tous les trente jours, réglées comme une horloge.

— La pluie, c'est pas bon pour les sucres, ça! maugréa son mari. Si ça gèle pas la nuit, les érables couleront pas.

— Y va sûrement neiger un peu, ajouta Flore en disposant des gamelles sur la table et en y déposant les tartines de lard et les cretons.

— Ça va faire une giboulée du diable! pesta Damase en venant s'asseoir.

— J'oubliais! Monsieur Adrien s'est arrêté à la maison pour te voir.

— Qu'est-ce qu'y voulait?

— Il a besoin d'un homme à la scierie demain. Son employé est malade.

Damase se rappela son devoir envers celui qui était venu, avec d'autres, faire un «bi» l'automne dernier sur sa ferme.

— Je vais y aller.

— Et le sirop?

— Demain ça coulera pas assez pour bouillir toute la journée.

— C'est toi qui le sais!

Flore prit place à son tour à la table et ils mangèrent en silence.

Dans le bois, le son des gouttes d'eau d'érable s'écrasant au fond des seaux d'acier galvanisé jouait en staccato une ritournelle joyeuse.

— Gérald est passé aussi, reprit Flore. Y paraît qu'Edwina ressent déjà des contractions.

— Déjà? répéta Damase en levant la tête vers sa femme.

Celle-ci concentra son attention sur la tranche de pain entre ses doigts.

— Elle va peut-être accoucher prématurément.

À ces mots, la bouchée de pain resta coincée dans la gorge de Damase. Il toussa pour ne pas s'étouffer. Les soupçons qui avaient effleuré son esprit quelques mois auparavant se précisaient. Son regard se porta sur le lit. Il revivait en pensée leurs ébats interdits.

— Ça va?

La voix de Flore le sortit de son rêve éveillé.

— Oui, oui.

Damase alla déposer son assiette vide sur le comptoir, ouvrit une porte sous celui-ci et fouilla à l'intérieur à la recherche de sa boîte à tabac. Ses doigts s'accrochèrent à un morceau de bois qu'il retira de l'ombre, et il le brandit devant lui.

— Qu'est-ce que c'est ? l'interrogea Flore en posant à son tour son assiette sale par-dessus celle de Damase.

— Un souvenir…

— Que c'est beau ! s'enthousiasma sa femme en découvrant une sculpture en bois qui représentait un chat sauvage. C'est Bernard qui te l'a donnée ?

— Non. C'est moi qui l'ai faite, avoua Damase.

Remplie d'admiration, Flore avança la main et toucha délicatement l'animal sauvage habilement représenté par les coups de canifs de son mari.

— En as-tu d'autres sculptures comme ça ? demanda-t-elle en s'accroupissant et en fouillant dans l'armoire.

— Perds pas ton temps ! J'en ai fait deux ou trois, pas plus. Je les ai oubliées ici avant de partir pour les États.

Flore, fourrageant au fond de l'armoire, en extirpa une autre figurine avec un cri de joie.

— C'est un cheval ! s'exclama-t-elle, exhibant sa trouvaille avec un air triomphant. Quel autre animal as-tu sculpté ?

— Un ours, je crois…

Flore s'agenouilla pour retrouver la troisième figurine, mais se releva, bredouille.

— Je ne le trouve pas.

— C'est probablement Cléomène qui est parti avec, conclut Damase en retournant à l'évaporateur sous lequel il ajouta des bûches.

Flore referma la porte de l'armoire et vint se coller contre Damase.

— Je vais retourner à la maison, murmura-t-elle.

— Prends garde en chemin. J'ai remarqué qu'il y a de la glace sur le sentier près de la Butte aux renards. Ce serait pas le temps que tu te casses une jambe.

— Je vais faire attention où je mets les pieds, promit-elle en l'embrassant sur la joue.

Damase se dégagea rapidement, trop absorbé qu'il était à l'idée de la possible naissance prématurée de l'enfant d'Edwina.

Déçue du peu d'attention manifesté par son mari, Flore fit demi-tour et, laissant les restes de nourriture sur la table, quitta la cabane sans un au revoir. Sur le chemin que la glace, la neige et la boue se disputaient, la jeune Américaine avança, à la fois triste et résignée.

— Y faudrait deux hommes pour aller enlever la neige sur le toit ! cria Adrien pour bien se faire entendre.

Le bruit infernal de la grande scie de métal fendant les troncs d'arbre emplissait tout le bâtiment.

Le lendemain, Damase s'était rendu à la scierie, bien décidé à régler sa dette envers son voisin avec cette journée de travail. Deux autres habitants s'y trouvaient déjà.

— Je vais monter, annonça Kilda.

— Je vais t'aider, lança Fabien Demers.

Damase comprit qu'il devrait continuer à faire fonctionner la scie à grumes aux côtés d'Adrien. Son travail se résumait à installer le billot sur une courroie de cuir. La crue des eaux de la rivière Scibouët, qui jouxtait la scierie, actionnait un ingénieux mécanisme hydraulique mis au point par un voisin patenteux.

Au-dessus de sa tête, les coups de pelles en bois raclant les lamelles de cèdres du toit accompagnaient le ronronnement de la scie. Damase recula de quelques pas, histoire de se délier un peu les jambes. Il reçut une première goutte sur le front suivie d'une autre. Quand il releva la tête vers le toit, il vit la poutre qui ployait sous le poids des pelleteurs. Avant même de comprendre ce qui arrivait, Damase entendit le craquement de la masse de bois qui se détachait d'un côté. Par instinct, Damase rentra sa tête dans ses épaules et croisa les mains sur sa casquette.

Dans le fracas qui suivit, Adrien eut tout juste le temps de se tasser sur le mur derrière lui, évitant ainsi le bout de la poutre qui s'abattit sur la tête de Damase, avant que ne suivent à leur tour et les bardeaux de cèdre, et les deux travailleurs. Au cri de Damase, tous s'empressèrent de se dégager pour lui porter secours. Damase ne bougeait plus...

— Y est pas mort, j'espère ! prit peur Kilda.

L'ACCIDENT

— Je crois pas, avança Adrien en se penchant au-dessus de Damase qui respirait encore.

— Va prévenir le docteur ! Vite ! ordonna Kilda.

Fabien s'exécuta tandis que les autres demeurèrent silencieux, debout autour du blessé. L'un d'eux alla chercher une couverture dans un berlot dehors et l'étendit sur celui qui n'avait pas encore ouvert les yeux.

— Faudrait pas qu'y meure ! Pas dans ma scierie ! déplorait le propriétaire des lieux, anxieux.

— C'est pas de ta faute, c'était un accident, le réconforta son compagnon.

Arrivé en hâte, le docteur Lafrenaye confirma avec grand étonnement que la blessure de Damase Huot n'avait pas été mortelle. À la bosse qu'il avait sur le dessus de la tête et à la raideur du cou, il conclut que le jeune homme l'avait échappé belle. Deux plaies ouvertes laissaient toutefois s'échapper du sang qui, en séchant, formait une plaque brunâtre dans ses cheveux.

— Il faut le transporter chez lui pour qu'il se repose, déclara le praticien. Assis de préférence. Pas couché ! Pour que le sang ne stagne pas dans le crâne.

— Je vais aller le mener, mon traîneau est juste à côté, proposa Adrien.

— Laisse, intervint Fabien. T'as assez de remettre ta scierie en état. Je vais y aller, moi.

Dans un état second, Damase gardait les yeux fermés, une douleur lancinante enveloppant sa tête entière. Il voulut porter la main à sa tête, mais le médecin l'en empêcha.

— Vous avez des plaies ouvertes, monsieur Huot. Vaut mieux ne pas les infecter avec vos mains pleines de terre et de sciure de bois.

Obéissant, Damase laissa retomber son bras et rouvrit les yeux. Autour de lui, le décor dansa dans un brouillard laiteux qui recouvrait tout.

— Je … je vois tout embrouillé, bredouilla-t-il.

L'angoisse qui se lisait sur son visage n'échappa pas au docteur.

— Que dites-vous ?

— Je vois pas bien !

Le médecin rapprocha son visage de celui de l'accidenté. Il souleva délicatement les paupières. Chaque œil était injecté de sang.

— L'hémorragie s'est propagée dans vos yeux. Je pense que c'est temporaire, déclara-t-il sans conviction.

Le docteur se releva, remit son stéthoscope et ses divers instruments dans la mallette qu'il avait placée en équilibre sur un tas de planches.

— Je viendrai vous voir demain, chez vous. On va laisser passer une nuit. Vous avez reçu tout un choc sur la tête, mon pauvre monsieur Huot. Vous êtes chanceux de ne pas y être resté !

Encore une fois, la Grande Faucheuse l'avait croisé, mais avait passé son chemin. « Qu'est-ce que ce sera, la prochaine fois ? », songea Damase.

L'ACCIDENT

Il fut soulevé par deux bras puissants. Ceux-ci le soutinrent jusqu'au traîneau de Fabien, qui attendait déjà, les rênes en mains. Les scieurs firent asseoir Damase sur le banc, l'obligeant à appuyer son cou contre le dossier froid.

—N'allez pas trop vite ! recommanda le médecin au conducteur. Il ne faut pas qu'il reçoive d'autres coups.

—Ça sera pas facile avec les "moraines" qui commencent à sortir des champs. Mais je vais faire de mon mieux !

—Je vous suis avec ma *sleigh*, déclara le docteur.

Le cortège s'ébranla sous les regards de leurs camarades.

⌒

—Damase a eu un accident ! annonça Flore en faisant irruption chez Gérald.

Celui-ci était attablé avec Edwina et terminait une tasse de thé à la menthe.

—Qu'est-ce qui est arrivé ? s'inquiéta Gérald qui se leva aussitôt, prêt à se rendre au chevet de son ami.

—Il a reçu une poutre sur la tête à la scierie, lui apprit Flore avant d'éclater en sanglots.

Edwina se leva et l'invita à s'asseoir.

—Oh ! Une tasse de thé te fera du bien pendant que Gérald se prépare, lui offrit-elle en plaçant une troisième tasse sur la table.

Elle se dirigea vers le poêle, y prit la théière et revint vers sa voisine. Cette dernière nota le rebondi du ventre sous la robe et le tablier. Elle vit le corsage déboutonné, laissant entrevoir les seins déjà gonflés de lait. Sa démarche était aussi plus empesée. Malgré l'inquiétude qui la dévorait depuis le retour de Damase, elle ne put s'empêcher de jalouser cette femme que la vie choyait.

— Merci, murmura-t-elle quand Edwina versa le liquide chaud dans la tasse de porcelaine.

Flore entoura celle-ci de ses mains tremblantes et y but quelques gorgées. Elle croisa le regard humide d'Edwina.

— Et comment va-t-il ?

Le tremblement dans la voix et de son hôtesse la mit mal à l'aise.

— Le docteur dit qu'il est chanceux de ne pas être mort.

— Ben chanceux ! déclara Gérald qui revenait dans la cuisine. T'es venue à pied ?

— Oui, j'ai couru dans le champ.

— Damase est tout seul chez vous ? s'alarma Gérald.

— Oui. Il se repose. Je pense que j'aurai besoin de ton aide dans les prochains jours.

— Je serai toujours là pour lui. Et il le sait !

Flore baissa la tête, refoulant le sanglot qui l'étouffait. Quand elle la releva, ses yeux s'accrochèrent à une petite figurine de bois représentant un ours, debout sur ses pattes arrière.

Edwina suivit le regard de la visiteuse.

— C'est Damase qui me l'a donnée, il y a bien longtemps, précisa-t-elle.

Le cœur de Flore se serra à lui faire mal. Elle porta une main à sa poitrine. Dans quelles circonstances Damase avait-il bien pu lui faire ce cadeau ?

Flore marcha vers la porte et sortit sans un mot. Ses voisins mirent son attitude silencieuse sur le dos du chagrin qui l'accablait. Gérald mit son chapeau et la suivit.

À la fenêtre, Edwina, une main sur son ventre, regarda s'éloigner l'attelage. Elle laissa libre cours aux larmes qu'elle avait dû ravaler devant Flore, venue les mettre au courant de l'accident du père de son enfant.

Chapitre 41

La guerre de Damase

Dans la maison des Huot, Damase, couché sur son lit, fixait le plafond. Sur les carreaux de la fenêtre soufflaient des rafales.

Depuis son accident, Damase n'était pas sorti de la maison, sur ordre du docteur. Les maux de tête qui l'avaient affligé s'estompaient peu à peu, grâce aux médicaments qu'il lui avait prescrits. La bosse sur son crâne désenflait et les plaies cicatrisaient bien, indiquant que la guérison allait bon train.

De la cuisine lui parvint un bruit de vaisselle qui s'entrechoque et Damase bénit le ciel que Flore soit là pour l'aider à surmonter cette épreuve. Il s'en voulait d'avoir été impatient avec elle et de l'avoir rabrouée plus souvent qu'à son tour depuis l'automne dernier. Il repensa aux confidences de Gérald à propos de l'infidélité probable de sa femme, et à celles de Bernard au sujet de son avortement, mais repoussa vite ces histoires passées. Seul le présent comptait maintenant. Il le comprenait peut-être un peu trop tard. La vie se chargeait de dompter les esprits récalcitrants et de leur montrer le chemin à suivre pour atteindre un bonheur durable. Damase se rendait enfin compte que Flore, tout autant que lui, avait un caractère impétueux, quoique généreux et loyal. Son épouse était désormais irremplaçable et il espérait qu'elle ne lui tiendrait pas rigueur de ses sermons et rebuffades.

Bien décidé à reprendre ses tâches délaissées depuis trop longtemps, Damase s'assit dans son lit. Il devait aller à la cabane. Gérald lui avait promis de terminer les sucres avec Edwina, histoire au moins d'enlever les seaux et les chalumeaux, et de les nettoyer avant de les entreposer sur la tablette près de l'évaporateur. Damase s'en voulait d'imposer une nouvelle besogne à son ami à la jambe de bois. Et il n'aimait pas savoir Edwina là-bas, enceinte et fragile de surcroît.

Damase se leva, ajusta les bretelles de son *overall* et quitta la chambre d'un pas hésitant. La tête lui tourna et il ferma les yeux un instant pour combattre le vertige qui le surprit. Il s'appuya au cadre de porte. C'est ainsi que Flore l'aperçut, faible et blême.

— Que fais-tu debout ?

— J'en ai assez de rester couché toute la journée. Y a du travail à faire.

— Le docteur a pourtant spécifié que…

Damase marcha vers la sortie, décrocha sa veste de denim foncé et se coiffa de la casquette de Cléomène.

— Où vas-tu ?

— À la cabane.

— Tout seul ?
— Gérald devrait déjà être là à l'heure qu'il est.
— C'est pas prudent. D'autant plus que les ruisseaux et la rivière sont sortis de leurs lits hier. C'est Henri, le facteur, qui me l'a dit en venant porter une lettre de ma mère. Il pense bien que les 3e et 4e Rangs vont être inondés sous peu.
— C'est normal, ces crues-là, au printemps ! Ça arrive tous les ans. Et puis cesse de t'inquiéter. Je vais mieux.

Flore se leva vivement.
— Je vais avec toi !
— Tu m'aiderais mieux en allant nourrir les animaux et lever les œufs.

Flore se rassit aussi vite.
— Comme tu voudras, laissa-t-elle tomber avec une moue boudeuse.
— Je reviendrai pour souper.

Sans un mot de plus, Damase ouvrit la porte et sortit.

Dehors, le soleil d'avril éclaboussait le ciel. Damase leva la tête vers le firmament sans nuages. L'azur étincelait. Une douleur à la tête le vrilla et il crut, le temps d'un clignement des yeux, ne plus rien voir devant lui. Il referma ses paupières, qu'il tint fermées longtemps, avant de les ouvrir de nouveau. Le ciel réapparut.

— J'ai eu peur de devenir aveugle, murmura-t-il pour lui-même dans le vent qui gonfla sa veste qu'il n'avait pas boutonnée.

Le fermier se dirigea vers l'étable, bien décidé à atteler la jument, puis il se ravisa et fit demi-tour.

—Finalement, je vais marcher un peu. Ça va me faire du bien, s'enhardit-il en empruntant le sentier qui menait à l'érablière.

En chemin, Damase ressassait les événements des derniers jours et se rendit à l'évidence que le travail de cultivateur ne lui convenait pas. Pas plus que ne lui seyait le travail de scieur de bois, de bûcheron ou d'acériculteur. À vrai dire, il n'en pouvait plus de ces travaux forcés que dame Nature imposait au gré des saisons. La vie à la campagne ne lui apportait que déception et désillusion. Il avait juré à Cléomène de s'occuper de Léontine, dont il avait reçu une lettre depuis son départ. Certain qu'elle ne guérirait pas, il avait décidé de payer son hébergement à l'Hôtel-Dieu de Saint-Hyacinthe où elle finirait ses jours. Il se promit d'aller lui rendre visite aussitôt qu'il le pourrait.

—Je vais vendre la ferme, se résolut-il en avançant d'un bon pas sur la terre boueuse que le dégel et les pluies des derniers jours avaient gorgée d'eau, la rendant glissante par endroits.

Au hasard de sa route, Damase entendit le rugissement du ruisseau, près de la Butte aux renards. Attiré par le bruit des rapides qui s'y formaient, il bifurqua vers la gauche pour s'y arrêter un moment. De la butte, il scruta l'horizon. Il aperçut sa maison, reconnaissable à la longue galerie maintenant dotée du cagibi qui servait de toilette. Son attention se porta vers la porte d'entrée d'où émergeait Flore, un panier d'osier sous le bras. Celle-ci se dirigea vers la corde à linge, déposa le panier à ses pieds et en tira un drap blanc qu'elle étendit sur la corde. Il se souvint alors du code suggéré par Clara au premier soir de sa désertion. À la vue du drap étendu, il revécut le cauchemar de la nuit qui avait précédé la battue, avant qu'il parte pour les États. Comme un oiseau de mauvais augure, l'idée qu'un autre malheur puisse le frapper, lui ou quelqu'un qu'il aimait, l'effraya.

— Edwina…, murmura-t-il.

L'image de la jeune femme remplit ses pensées. Damase plaqua ses mains sur sa tête, en proie à une douleur intense qui le tarauda encore, atteignant un tel paroxysme qu'il tomba à genoux. Une nausée le fit se plier vers l'avant.

— Aaaah! cria-t-il.

Torturé par ce mal qui s'emparait de sa tête, Damase tenta de maîtriser sa respiration haletante. Avec peine, il se releva, bien décidé à aller chercher de l'aide auprès de Gérald qui se trouvait probablement dans la cabane à sucre, trois cents pieds plus loin. Quand il rouvrit les yeux, une nuit obscure masquait le paysage autour de lui.

— Non… C'est impossible… Non…

Damase cligna plusieurs fois des yeux. Le néant qui s'offrait à lui confirmait ses pires appréhensions.

— Mon Dieu! Non!

Affolé, plus désespéré que jamais, Damase appela de toutes ses forces :

— GÉRALD ! GÉRALD !...

Il tendit l'oreille, espérant entendre la voix de celui qui pourrait le sauver. Le bruit assourdissant du ruisseau en furie s'amplifia et étouffa son cri dans les replis de son tonnerre.

Damase comprit que personne n'allait l'entendre. Avec courage, il se leva, avançant avec précaution, les yeux grands ouverts sur le vide, les bras tendus devant lui, les pieds glissant sur le sol parsemé d'obstacles. Il marchait ainsi, comme un somnambule, suffocant de douleur et d'effroi, cherchant dans les bruits avoisinants des repères pour guider sa marche lente. Seul le grondement du ruisseau retentissait dans la forêt.

Son pied buta soudain contre une racine traîtresse qui courait sur le sol. Damase perdit l'équilibre et tomba sur le côté. Il chercha à tâtons un buisson, se rappelant que, près de la butte, il y avait des touffes de buis, dont les chevreuils raffolaient en automne. Sa main droite balaya l'espace devant lui. Ses doigts accrochèrent au passage les tiges asséchées du buisson. Il s'y agrippa, se mit à genoux et inspira profondément, reprenant un peu de forces. Puis, il se releva lentement, descendit la butte et avança à pas de tortue sur un sentier qu'il ne reconnaissait pas. Sous les semelles de ses bottines, il sentit soudain une surface glacée et voulut s'en éloigner le plus rapidement possible, de peur de chuter encore. Quand il esquissa un pas de côté, le sol se déroba sous lui.

Le choc de l'eau fut brutal et frigorifiant. Les yeux écarquillés d'effroi, victime de la noirceur qui le retenait prisonnier, Damase battait des mains et des pieds avec la frénésie du désespoir. Le courant l'entraînait irrémédiablement vers les flots tumultueux qui se formaient en contrebas du ruisseau, calme et chantant aux beaux jours de l'été. Sa guerre, il la livrait ici, maintenant, face à un ennemi implacable et cruel. Un ennemi sourd et invisible… Le corps ballotté dans le courant rageur, Damase voulut appeler à l'aide. Lorsqu'il ouvrit la bouche, une lame froide et tranchante comme l'acier d'une épée s'engouffra dans sa gorge et descendit jusqu'à ses poumons qui brûlèrent sous l'assaut de l'eau glacée. Le souffle de vie le quitta à l'instant même où il apercevait le ciel au-dessus de sa tête. Il y flottait un unique nuage transpercé en son centre par un reflet d'arc-en-ciel.

Dans la cabane à sucre où s'affairait Gérald, à une centaine de pieds de là, entrait Edwina, venue porter à manger à son mari. Un courant d'air balaya la cabane, effleurant au passage la joue de celle qui porta la main à son bas-ventre d'où s'écoulait un liquide chaud, précurseur de la naissance de son premier enfant.

Le temps était venu…

Encore une fois, la Vie et la Mort régissaient, par leurs inexplicables caprices, la destinée des êtres humains.

Table des matières

Chapitre 1   Le chemin inverse 9
Chapitre 2   Le projet d'Edwina 27
Chapitre 3   L'engagement 37
Chapitre 4   François 45
Chapitre 5   Le curé 51
Chapitre 6   La veillée au corps 61
Chapitre 7   Les funérailles 71
Chapitre 8   La blessure d'Edwina 85
Chapitre 9   La certitude 99
Chapitre 10   L'amnistie 109
Chapitre 11   L'héritage 123
Chapitre 12   Le déchirement 131
Chapitre 13   La visite au curé 143
Chapitre 14   La surprise 151
Chapitre 15   La rumeur 157
Chapitre 16   Les noces 163
Chapitre 17   La résolution d'Edwina 175
Chapitre 18   La décision 183
Chapitre 19   Des rencontres cruciales 191

Chapitre 20	Le destin	211
Chapitre 21	La désillusion	219
Chapitre 22	L'infidèle	229
Chapitre 23	Le nouvel employé	239
Chapitre 24	Le télégramme	247
Chapitre 25	La révélation	257
Chapitre 26	L'impardonnable	265
Chapitre 27	Le nouveau curé	275
Chapitre 28	L'escapade	281
Chapitre 29	L'irréparable	289
Chapitre 30	La demande	295
Chapitre 31	Un nouveau départ	305
Chapitre 32	L'espoir	309
Chapitre 33	Le bonheur	317
Chapitre 34	L'horreur	327
Chapitre 35	Les confidences	341
Chapitre 36	Noël 1919	347
Chapitre 37	Le bonheur des autres	355
Chapitre 38	Le mauvais sort	359
Chapitre 39	Le temps des sucres	367
Chapitre 40	L'accident	375
Chapitre 41	La guerre de Damase	387

Suivez-nous

Achevé d'imprimer en octobre 2016
sur les presses de Marquis-Gagné
Louiseville, Québec